風月傳說

卷·2

帝都陰雲

無極——著

風月傳說 卷2 帝都陰雲（原名：風月帝國）

作者：無極
出版者：風雲時代出版股份有限公司
出版所：風雲時代出版股份有限公司
地址：105台北市民生東路五段178號7樓之3
風雲書網：http://www.eastbooks.com.tw
官方部落格：http://eastbooks.pixnet.net/blog
Facebook：http://www.facebook.com/h7560949
信箱：h7560949@ms15.hinet.net
郵撥帳號：12043291
服務專線：(02)27560949
傳真專線：(02)27653799
執行主編：朱墨菲
美術編輯：許惠芳

法律顧問：永然法律事務所 李永然律師
北辰著作權事務所 蕭雄淋律師

版權授權：蔡雷平
初版日期：2014年1月
初版二刷：2014年1月20日
ISBN ：978-986-5803-51-3

總經銷：成信文化事業股份有限公司
地　址：新北市新店區中正路四維巷二弄2號4樓
電　話：(02)2219-2080

行政院新聞局局版台業字第3595號 營利事業統一編號22759935

定價：280元　特價：199元

國家圖書館出版品預行編目資料

風月傳說 ／ 無極著. -- 初版-- 臺北市：風雲時代，
2013.07 -- 冊；公分

ISBN 978-986-5803-51-3（第2冊；平裝）

857.7　　102020708

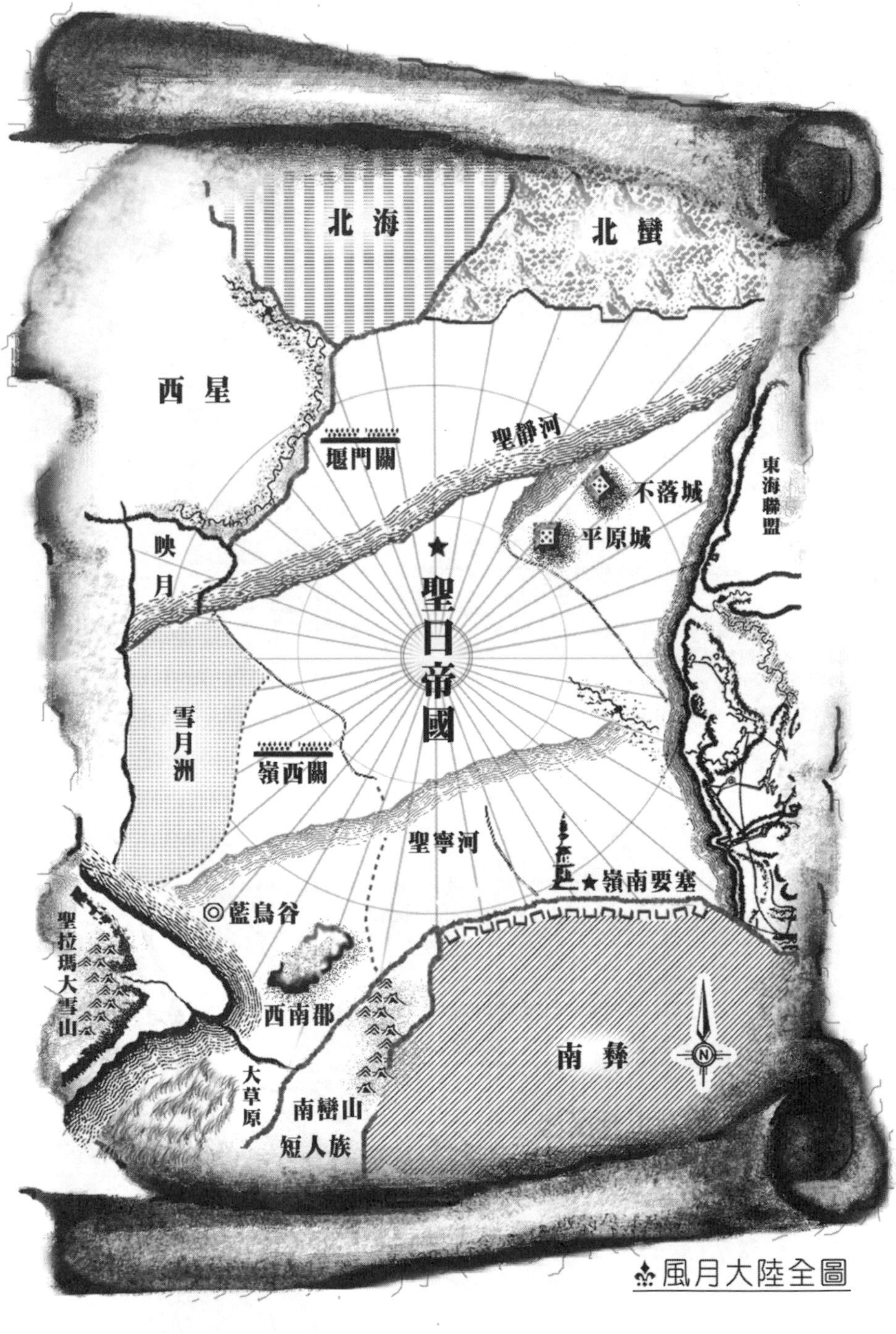
北海
北蠻
西星
堰門關
聖靜河
不落城
平原城
東海聯盟
映月
聖日帝國
雪月洲
嶺西關
聖寧河
嶺南要塞
藍鳥谷
聖拉瑪大雪山
西南郡
大草原
南巒山
短人族
南彝
N

風月大陸全圖

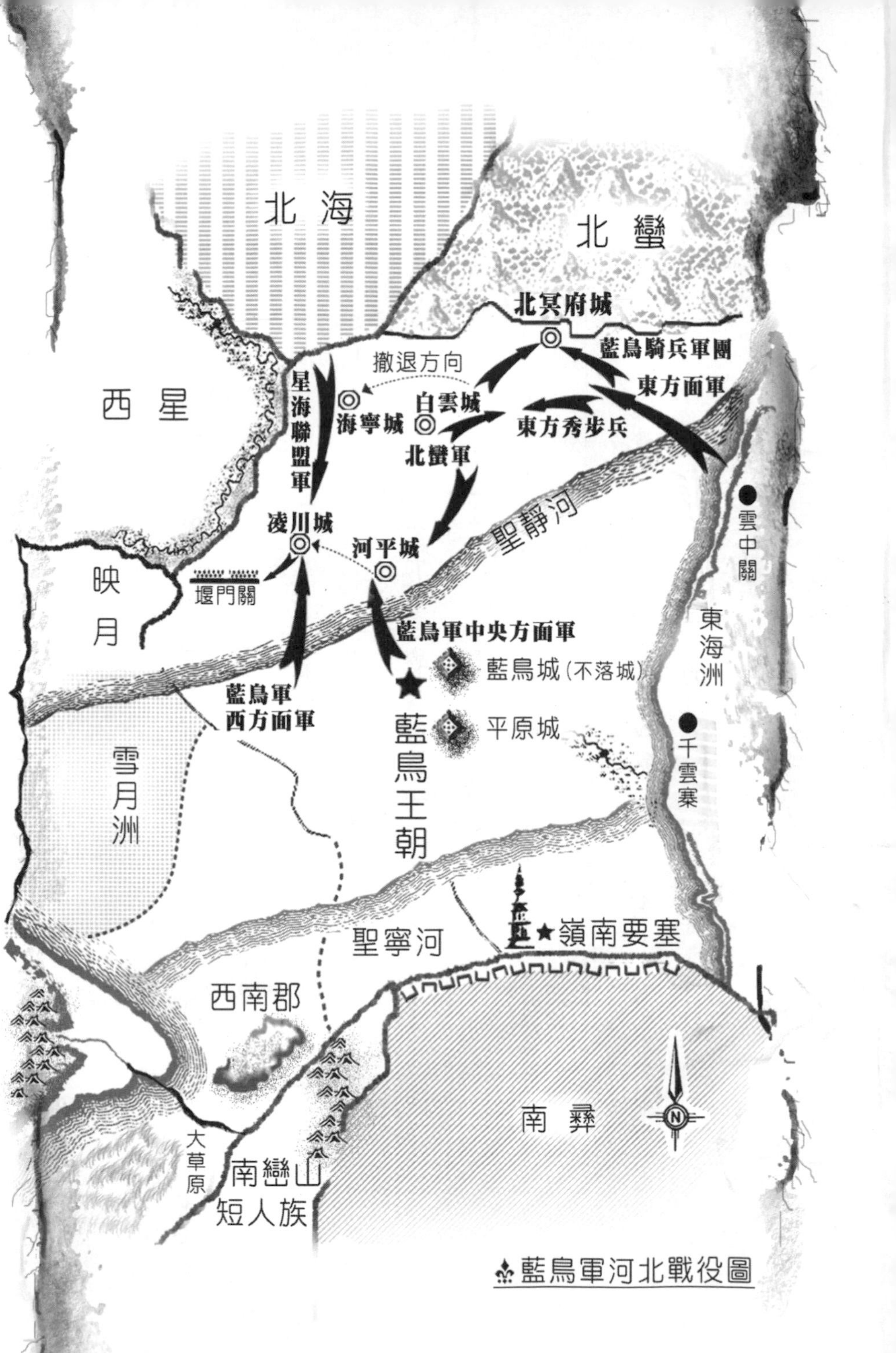

北海
北蠻
西星
北冥府城
藍鳥騎兵軍團
撤退方向
東方面軍
星海聯盟軍
海寧城
白雲城
東方秀步兵
北蠻軍
凌川城
河平城
聖靜河
映月
堰門關
藍鳥軍中央方面軍
藍鳥城(不落城)
藍鳥軍西方面軍
平原城
藍鳥王朝
雪月洲
雲中關
東海洲
千雲寨
聖寧河
嶺南要塞
西南郡
南彝
大草原
南巒山短人族
N

藍鳥軍河北戰役圖

第一章　重組藍鳥

幾個人倒吸了一口冷氣，知道雅星所說是一點也不會錯，大戰在即，聖日危機就在眼前，幾人都是軍人，知道在戰亂的年代，只有強大的實力才能夠生存，否則一切都是空談，當下每一個人更加堅定了支持雪無痕的心，幾人又商討了一些事情，分頭辦事。

藍鳥谷內，萊恩與列奇早幾天就接到天雷會戰路定城，大敗映月軍隊的消息，心中十分的高興，接著，天雷收復嶺西全郡，佔領嶺西關，舉國同慶，爲藍鳥谷贏得了如此的榮耀，全谷慶祝了好幾天了。

現在又接到騰越的傳訊，知道帝國有意讓天雷出掌嶺西軍政，兼管西南，明白又是在打西南富足的主意，但二人瞭解大亂在即，對於西南郡是天雷兼管還是由騰越做主，都是自己家裏的事情，嶺西必須要天雷接掌，又怕天雷有什麼想法，不願意接管嶺西，所以谷中也非常的擔憂，連忙命令騰越親自到嶺西郡去，拜見天雷，以安其心。同時令藍鳥谷的雪奴族從雪洞中抽出三十萬擔糧食，緊急運往嶺西，爲天雷壯色。騰越明白自己師叔的能耐，自己實在也不是爭霸天下的人選，所以聽從父親的安排，率領五十名親衛，急赴嶺西嶺關城，經過三日的快馬加鞭，於六月十二日到達嶺關城。

西南商盟二日前就通知嶺關城的消息，騰越十二日將到達嶺關城，早有人通知了維戈，維戈轉告了天雷。天雷知道現在是決定大事情的時候了，兩位老師兄派騰越赴嶺西不會爲了別的事情，心中稍微有些安慰。他是相信師兄的，現在騰越的到來，就是看藍鳥谷最後決定。

這幾日，各城百姓不斷地到嶺關城中求見天雷，要求他留在嶺西，帶領嶺西百姓共度難關，嚇得天雷很少出門。

聞聽騰越到來，天雷率領西南及藍鳥谷眾將迎接騰越進城，來到府中，爲雅星、驚雲和秦泰引見，三人拜倒在地，口稱叔叔。

騰越笑呵呵地扶起三人，帶著感情說道：

「三位賢侄都爲當世豪傑，看著你們，我實在是高興。驚雲，里雷特老將軍爲國盡忠，美名傳天下，騰越深表欽佩，這次騰越一定到靈前一拜，同時，多謝你這次對無痕等人的諸般照顧了。」

「多謝叔叔誇獎，驚雲代父親多謝叔叔，世人能如此看待家父，他老人家是死得其所，驚雲作爲人子，深爲家父感到驕傲。」

「是的，你應該以你父親爲榮！」騰越對這驚雲再一次點頭。

「久聞雅星賢侄才高八斗，青年俊傑，今日一見果然不虛，我與你父親雖同朝爲臣，也有五年沒有見過面了，凱旋一向可好？」

「叔叔過獎了，小侄實在不敢當叔叔如此的誇獎，家父一切安好，只是時常惦記著叔叔等好友不能長聚，感到遺憾。」

「凱旋是多情之人，深宮之中也太難爲他了，咳！」騰越感歎。

「對了，這次嶺西會戰，秦泰賢侄處險不驚，穩定凌原城，實在是帝國之福，真是將才啊！」

「多謝叔叔誇獎，秦泰只是略盡薄力，不能和督統領一起殺敵，實爲遺憾！」

「呵呵，賢侄說的那裏話來，以後你與無痕並肩作戰，機會多得是呢！」騰越看了眼在一旁的兒子維戈、侄兒雷格，心中感到無比的驕傲，臉上掛著滿意的神情。

天雷看著騰越，心中湧起一陣陣溫暖，他一直把西南當成自己的家，西南之人就是自己的親人，騰越比奧等年長之人就是自己的長輩一般。

「騰越，兩位師兄可有什麼交代天雷？」

「呵呵，我正是奉兩位老人家之命趕來嶺西，天雷，父親和叔叔讓我告訴你：掌管好嶺西，不要為西南郡的事情操心，西南永遠是你的家，大家都是你的親人，你是西南的驕傲，西南永遠是你的後盾，聽從你的調遣！」

「騰越，我不能把兩位師兄的心血……」天雷剛剛說到此處，騰越騰的站起後，翻身跪倒在地，口裏說道：「師叔！」

「騰越，你這是逼我！」

「師叔！」

「咳，騰越，你起來吧，天雷一切聽從師兄的就是。」

「多謝師叔成全！」

騰越起身後看著雅星、驚雲、秦泰目瞪口呆地望著天雷的樣子，微笑著說：「你們不知道吧，無痕還有一個名字叫天雷・雪，他是我的師叔，出身聖雪山。」

天雷臉微微一紅，衝著三人點了點頭，接著騰越的話說道：「對不起，三位哥哥，天雷這個名字是我在西南用的，因為知道的人太多，所以就用雪無痕這個名字。」

雅星目露精光，看著天雷問道：「是聖雪山，老神仙的傳人？」

「是，大哥！」

「呵呵……，果然如此！」

「好了！」騰越接過話：「天雷的事情就暫時告一段落，不過你們卻要更加的辛苦，以後事情多得是，你們要提早做好準備。天雷，我已經調集了三十萬擔糧食給嶺西郡，不夠你自己再調集，我出去會會文謹，有十年沒有見著了！」

「好，那你就過去吧，騰越，我想過一段時間回越谷裏，再上山看看師父，有兩年多沒有見到師父，真的很想他老人家！」

「也好，不過你要先通知我一聲。」騰越邊點頭邊回答。

「好吧，騰越，你回去後，聯繫一下短人族，兩個原則：一是結盟，二是做買賣。告訴短人王卡奧，結盟一切平等，共度難關，做買賣則只看金錢，不談情誼。」

「我明白！那我就不來向你辭行了。」騰越懂得天雷的意思，提前作告辭。

「好吧，另外，你告訴草原各部，過幾日會盟藍鳥谷！」

這時候，雅星等人起身相送，騰越連忙相阻，最後只有維戈與騰越父子二人一起出去。維戈有兩年多沒有見到父親，顯得格外的不捨，父子之情流露於表。

「維戈，你要聽天雷的話，好好地扶助他，天下將是你們的了！」

「父親，我會的，天雷所學高我十倍，這兩年我學到了許多東西，我實在是很高興。」

「是的，你爺爺對你非常的滿意，誇獎你是萊得家族的希望，你可要努力啊。」

父子二人邊走邊談，沒幾句就到了文謹的府內。

文謹聽得騰越父子到訪，忙迎了出來，三人見面，格外的親熱。

其實騰越進城時，文謹就得到了消息，更知道京城中的種種傳聞，以文謹家族的實力，瞭解帝王家想把嶺西郡交給雪無痕，他自己倒沒什麼說的，畢竟這是帝家的事情，只要與雪無痕搞好關係，這就夠了。騰越的到來只能說明一件事情，這件事情可能已成爲了事實。

騰越與文謹談了有一個時辰，起身告辭，再拜祭了里雷特老將軍，回轉西南，安排各項事宜。

雅星見騰越出去，忙與天雷等人商議重整嶺西的各項事情，天雷明確表示糧食不是問題，現在只談軍隊的重整、各城市的重建，今後的大致方針政策，與帝京城交換的條件，爲嶺西郡爭取的政策，一直到天色很晚，眾人才統一了各項事宜。

天雷通過傳訊，向列科提出三項條件，爲嶺西爭取利益：一，嶺西郡要求免稅三年。二，各城市的城防軍要留下十萬人，以作爲重整第一兵團的基礎，另外，近衛青年軍團要留下。三，要求重建嶺西的費用總計五千萬金幣。

至於要錢一事，經過雅星的計算，有三千萬就足夠了，但天雷可是不同意，硬是多加了兩千萬，說什麼這是平安王的賠償，雅星只有苦笑，倒是也不反對，畢竟是多給錢，越多越好，只怕帝君不同意罷了。

三天後，嶺西軍訊處傳來消息，帝君同意了天雷的條件，只是在近衛青年軍團一事有一些調整，那就是帝國近衛青年軍團中人，願意留在嶺西第一兵團的可以留下，不願意留下的，可以隨文謹中央兵團一起回轉帝京城，繼續完成學業，軍職不變，完成學業後，可到軍中任職。

雅星等人看見帝京城的回信，也吃了一驚，這才知道天雷在帝國的分量有多重，帝國能接受嶺西提出的條件，本身就是一件不可思議的事情，又給予嶺西如此的優厚政策及金錢上的支援，可見對雪無痕出任嶺西主將一事是十分重視，天雷再也無話可說，回訊接受帝京城的旨意。

六月廿八日，嶺西郡軍隊臨時指揮雪無痕與帝國中央兵團兵團長官文謹，同時接到帝京城傳訊來的帝君陛下的旨意：

「任命雪無痕出任嶺西郡郡守，恩賜侯爵，同時出任帝國嶺西第一兵團兵團長官，軍銜為將軍，轄管嶺西軍政，重新組建帝國第一兵團，同時管轄帝國西南郡所屬部隊。

帝國給予嶺西郡免稅三年的政策待遇，同時給予五千萬金幣作為嶺西郡軍政重建的資金。嶺西軍政一切事宜，雪無痕將軍可以便宜行事。

帝國近衛青年軍團改為青年軍團，原近衛青年軍團的人員可自行決定返回京城，繼續完成學業，保留軍職或留在青年軍團，為帝國效力。各城防軍按百分之七十的比例留在嶺西第一兵團，各級將官士兵隨後封賞。」

正式任命書不日到達。帝國中央兵團接旨後，一月返回京師。

文謹聽得旨意的內容，心中暗暗吃驚，想雪無痕以小小的年紀接掌嶺西軍政已經讓人吃驚，而且又管轄西南軍隊，在帝國如今可以說是掌管軍隊最多的一個將領，況且，帝國這次給予嶺西的金幣可以說實在太多了些，看來雪無痕在帝王家的心目中的地位現在是如日中天，聽說盛美公主有意下嫁雪無痕，從這次的任命上來看，亦非空中說影，一定是有些意思。

當下，文謹向雪無痕道喜，中央軍團的將領及嶺西的眾將都過來向無痕道喜，雅星的感觸更深，維戈和雷格等西南的眾人喜悅無比，驚雲與秦泰放下了心事，安心不少。

天雷雖說不是很願意接掌嶺西，但只是因為自己年紀小而不願多費心力，但如今事已至此，自己彷彿一下子長大了許多，身繫百萬百姓的性命，只好擔起重任，當下也是非常的高興，眾人舉杯慶賀。

文謹半開玩笑地對無痕說道：「雪將軍，如今掌管嶺西，實至名歸，但不知老夫何時再喝將軍的喜酒！」

天雷臉色一紅，連忙說道：「大人說笑了，無痕年紀還小，實不敢有如此的想法，等各位哥哥都成家了之後，才能喝無痕的。」

眾人大笑。

從第二天開始，天雷開始在嶺西行使權力。以雅星為首，成立了嶺西軍政參軍處，下有從西南郡入帝國軍事學院的學生，及在京城學習的三百三十人，共計三百八十九人，分軍事處、民政處。軍事處主管軍隊的作戰計劃、後勤的保證、平時的訓練及整編、徵集新兵，如今的首要任務是整編各地的城防軍為正規軍。而民政處則主管各城市、鄉村的重建，人口的統計，糧食的分配，當前最緊要的就是統計人口，準備協調糧食的分發。

徵得驚雲的同意，天雷保留了原第一兵團的沉雲軍團的番號，任命驚雲為沉雲軍團的軍團長，全部軍團定編為五萬人，人員全部用原第一兵團歸攏的士兵，凡原第一兵團的士兵可以到沉雲軍團報到登記，軍團整編、訓練等事宜全部由驚雲掌管，天雷將不再參與。

成立凌原軍團，由秦泰出任軍團長，各地的城防軍將領全部歸屬凌原軍團，出任軍團的骨幹，劃撥五萬留下的城防軍爲士兵，軍隊的整訓全部由秦泰等將領負責，天雷不再過問。

關於沉雲軍團和凌原軍團的成立及人事任命，是天雷和雅星經過深思熟慮後作出的決定。驚雲畢竟在嶺西多年，熟悉原第一軍團的將領及士兵兄弟，同時也不讓原第一兵團的將士心寒，特意安排給驚雲，相信他們爲里雷特老將軍的聲譽，決不會有損老將軍的威名。至於秦泰，則在這次嶺西會戰中有傑出的表現，實屬實至名歸，各地的城防軍將領歸屬凌原軍團，可以讓他們放心與秦泰合作，激起鬥志，有力於軍隊發展。

原帝國近衛青年團改編爲青年軍團，由越劍出任軍團長，全部將官一百七十人均爲帝國軍事學院的學生，部分學生軍銜不變，先降級使用，劃撥城防軍五萬名士兵歸青年軍團，整訓等事宜天雷不再過問。

近衛青年軍團的隊長森德、雲武、海天、尼可和威爾不願留在嶺西郡，願意回帝國軍事學院繼續深造，同時大部分學生願意回歸學院，只有五百七十名平民學生願意留下。經過路定城一戰，近衛青年軍團戰死一千八百餘人，二千餘人負傷，只有千餘人是完整的，負重傷的將留在嶺西治療，直至痊癒。

爲了給嶺西多留下一些帝國軍事學院的學員，天雷還特意召開了一次大會，他作為軍團長，在大會上作了嶺西會戰的總結，並針對這次嶺西青年軍團的成立，發表了流傳後世的一篇講話：

「同學們，我知道作為帝國軍事學院的同學，有許多人是我的兄長，有些人是我的兄弟，作為帝國近衛青年軍團的一員，我們都是親密的戰友，共赴生死的兄弟。」

「無痕無能，讓這次隨無痕而來的許多兄弟躺在了嶺西的大地上，英雄碧血，血鑄長城，是他們用自己的身軀為帝國擋住了外敵的入侵，是他們用血肉之軀擋住了外敵的鐵騎，無痕與帝國人民無以為報，只有在路定城築一座英雄碑，刻上他們的名字，讓他們流芳百世！」

「承蒙帝君的恩賜，無痕這次留任嶺西，不能與各位同學回歸帝京城軍事學院一起學習，無痕深表遺憾。但是，無痕卻知道嶺西是帝國的大門，無痕願和死去的兄弟們一起，保衛帝國的大門，同時，我將擔起嶺西三百餘萬民眾生死的重擔。」

「我知道帝國如今很困難，特別是兩年來連續旱災，糧食無收，再加上這次映月的入侵，嶺西百姓就吃一項就很困難，但無痕在這裏發誓，決不讓嶺西人民受苦，讓他們有飯吃，有衣穿，無痕決不花百姓的一分錢，與嶺西人民共甘苦。所以無痕希望有志於與無痕一起為嶺西人民做點事的同學們能夠留下，和我一起奮鬥，共同開創嶺西郡的新局面，無痕相信大家！」

雪無痕這篇講話爲嶺西百萬民眾所傳誦，得到嶺西人民的一致愛戴，無論是多麼困難的時刻，嶺西人從沒有背棄過他，雪無痕也用自己的行動實現了他的諾言。

當下就有三百餘人表示願意留在嶺西，而許多人卻低下了頭去，但是，正是這一次的講話，後來卻深深地影響著許多人的人生，他們在無痕爭霸天下的大業中紛紛歸順，並跟隨他統一大陸。

這次講話後不久，青年軍團的建設就走上了正軌。

爲了更好地掌握軍隊，打下自己爭霸天下的基礎，雅星建議天雷成立了自己的軍團：藍鳥軍團，從此，藍鳥軍團活躍在整個大陸上，伴隨著天雷統一全大陸。

風月大陸通曆二三八六年七月十五日這一天，必將是在歷史上留下重重痕跡的一天，在聖日帝國嶺西郡第一兵團內正式成立藍鳥軍團。藍鳥軍團駐紮地址在臨關城外，南臨美麗的聖寧河，景色秀麗迷人，北依臨關城。軍團長由雪無痕兼任，整個編制五萬人，分爲左右雙「翼」，前後雙「爪」，「腦」，「胸」部，「額」部，尾「羽」部。

左「翼」部爲「翎翼」部，由原藍鳥谷部眾藍翎部六千人和西南勒馬城支援凌原的一萬名騎兵組成，統領爲維戈，副統領忽突，部隊爲騎兵單位制。

右「翼」部爲「羽翼」部，由原藍鳥谷部眾藍羽部六千人和西南奴奴城支援凌原的一萬名騎兵組成，統領爲雷格，副統領衣特，部隊爲騎兵單位制。

前「爪」部爲「藍爪」部，由八百人組成，爲軍團的前哨偵察部隊，隊長威尼斯，藍鳥谷出身，所部全部爲騎兵。

後「爪」部爲「黑爪」部，也由八百人組成，爲軍團暗探部門，主要任務是逐步接替、加強西南商盟的核心力量，人員身分隱蔽，主管奧卡，出身藍鳥谷。

「胸」部爲藍鳥軍團的主力部隊，由三萬步兵組成，其中又分爲重步兵五千人，弓箭兵五千人，刀兵五千人，闊劍兵五千人，槍兵一萬人。正副統領爲溫嘉與商秀，藍鳥谷出身部眾調入五百人爲骨幹，訓練部隊，士兵則從當地徵兵，挑揀嚴格。

尾「羽」部爲藍鳥軍團的後勤部，由一千人組成，負責全部軍團的各項後勤補給等事宜。

「額」部爲藍鳥軍團的參謀部，全部人員三十五人，全部由西南入帝國軍事學院出身的學員組成，由雅星兼管，亞文爲副手。「額」部以上爲「腦」，大腦雪無痕，以下軍師爲雅星，統領維戈、雷格、溫嘉和商秀，共計六人。

藍鳥軍團的核心爲「腦」部，配合部門爲「額」部、前後雙「爪」和「尾羽」部，作戰部門爲左右雙「翼」和「胸」部。平時各部由統領及各隊長負責管轄整訓，作戰時由「額」部擬定作戰方案，由「腦」部派出人統領，各部門全力配合，有功人員授予「羽毛」獎章，軍銜升一級，原職務待機提升，戰時可為臨時指揮。

雪無痕與雅星吸收凌原作戰的經驗，設立「羽毛」獎勵制度。主要是接受臨時指揮這一經驗，同時為了更好地控制部隊，成立了「腦」部和參謀部，主將全部採取臨時授權制度。戰事完成後，立即交回軍權，收歸「腦」部所有，部隊主要實權控制在各隊長手中，但每一個大隊人員最多為五千人，少則為三千人，作戰時受臨時指揮統領。

這一新行的制度，既像中央集權制度，又像民主制度，但中央無霸權，民主權卻又分散在少數人手中，而這少數人又無實權，只有臨時委派時才充當指揮，實權掌握在各隊長手中，但各隊長的權力又比較小，只能統領少數部隊，所以，每一個人要想升職，就必須充分發揮自己的才智，在集體中有所長，爭取一席之地，但地位是提高了，實權卻時隱時現，平時較小。

藍鳥軍團一成立就採取了全新的制度，再加上軍種雜亂，雖齊全，但人數卻少，完全不像一個獨立的軍團，同時又隱隱地透露出強大的潛力以及強調各兵種配合的重要性。

嶺西郡現今發生了翻天覆地的變化，帝國中央兵團在七月五日離開嶺西郡，回歸帝京不落城，隨行還有解散的近衛青年軍團人員，送別的場面宏大熱烈，眾人依依不捨，雪無痕與部分人員留在了嶺西郡。

如今，在嶺西關有沉雲軍團的七萬人和青年軍團的五萬人駐守，凌原軍團名副其實地回到了凌原城駐守。沉雲軍團回歸的第一兵團士兵超過了原來的預計五萬人，多出兩萬人，驚雲向雪無痕彙報後，雪無痕也就同意了多出的兩萬人入編，但卻讓驚雲成立了兩萬人的騎兵，步兵依然保持五萬人。

第一兵團的人員整訓等不必細說，但在嶺西郡發生的民政體制改革，卻得到所有百姓的支援和歡迎。這次，映月兀沙爾東月兵團進攻嶺西郡，佔領有十二個城市，奪得所有的糧食及軍用物資。現今在嶺西郡的貴族幾乎沒有幾個人，餘下的全部爲百姓，雪無痕接掌嶺西郡後，從西南郡源源不斷地運來三十萬擔糧食。

雅星爲了更好地利用這有限的糧食，採取了人人村村登記註冊在案，成立以村鎮爲單位的暫時性集體，同時對各個貴族的土地進行收購，土地重新丈量，按人頭分發給無土地農民。規定原有土地的人家人均土地不得超過五十畝，超過的部分郡裏全部收購，向農民分發，沒有土地的農民人均得到二十畝土地，從旱災過後的第一年起，交百分之四十的糧食稅，第二年百分之五十，以後爲百分之六十，按當地糧食畝產的平均數爲基準，所以這項政策得到了幾乎全郡人的支持。

當前人們沒有什麼活計幹，所以規定組織青壯年進行軍事訓練，婦女做飯等事情，有願意參加軍隊的，各地都成立城防軍訓練處，給予少量的軍餉，所以參加軍訓的人越來越多。

各個城市內也採取了新的管理制度，各城市成立商盟，管理商業，各行各業推舉出代表，分發允業證書，決不允許跨行業經營，實行嚴格管理，有新的經營則必須向管理商盟申請，允許後方可開業，稅金爲原來的百分之五十，物品市價按商盟規定的價格出售，不允許私自漲價，受到了各商人及百姓的歡迎。

各城市採取城防軍巡防制度，上街巡邏，同時成立法制部，統一管理民事案件，對搶劫、盜竊等實行嚴懲，無論是什麼人，違者嚴懲不怠。

嶺西郡經過兩個月的新制管理，平民極其的歡迎，特別是世世代代沒有土地的貧民得到了土地，對雪無痕等年輕一代的郡守給予極高的評價和支援，對嶺西郡的前途出現了空前期望，平民熱情高漲，各項事情逐步走向正規。

帝國給予嶺西郡的五千萬金幣全部由西南商盟代理接收，爲嶺西購買各種物資。在大陸災害的年頭，只要是有糧食，商人就蜂擁而至，其他的買賣貿易幾乎很少。閒置的大量的手藝好的人，爲了糧食養家糊口，不斷地接受西南商盟的遊說，在商盟安排下舉家遷往嶺西。也有人雖獨自一人上路，西南商盟卻承諾，只要你有良好的手藝，能幹，得到嶺西的認可證明，西南商盟將供養你的家人，保證吃喝生活，所以大量的各行各業人才不斷地湧入嶺西。

嶺西郡對湧入的人才採取了獎勵措施，安排住處，無償地給予建築房屋，分發土地，參與各行各業建設，保證全家糧食的供給，工錢優厚，一時之間，他們感激流涕，使他們全身心投入到爲嶺西的建設中，融入嶺西。

藍鳥軍團徵兵人多得是，到各個城市盡情挑選，把身體好的、會武技的挑選出三萬人加以訓練。出身藍鳥谷的每一個人都從小在谷中接受軍事訓練，這時候他們都當上了大中小隊長，組織訓練新兵並不生疏，軍隊建設正規化，欠缺的是訓練強度，臨陣的對敵經驗。

帝國給予這次路定會戰的士兵及軍官極高獎勵，各級軍官有功者全部升一級，沒有參戰的人也各有封賞，每個士兵二十個金幣，對戰死者按三倍撫恤，子女家屬有優厚的地方政策，原第一兵團老將軍里雷特被追封爲忠勇公，家族受厚恩，驚雲繼承其父爵位，特晉封爲嶺西郡副使，協助雪無痕管理嶺西。

參加路定城會戰的全體生還將士，雪無痕全部留下，組成萬人親衛隊，隸屬第一兵團長雪無痕直接指揮，平時負責管理軍紀的督查，人人極其榮耀，自豪地稱爲雪將軍的親兵。

嶺西郡正悄悄地進行著翻天覆地的變化，爲雪無痕的崛起，慢慢地澆灌著一方沃土。

第二章　安定西南

南巒山方圓八百里，山高林密，人煙稀少，野獸縱橫，爲短人族的領地。它南與南彝國泉山洞土司部落爲鄰，北與西南郡巒山城爲鄰，向西越山後爲聖拉瑪大草原。

短人族與雪奴族一樣，爲大陸遺棄民族之一，現總人口三十多萬人。短人族人雖然個子短小，普遍只有一米五左右，但人人身體強壯精悍，個性堅毅。特別是千百年來短人爲求生存，在南巒山中不斷地採礦冶煉，以換取生存的糧食。

經過幾千年經驗的積累，短人已經掌握了一手無可比擬的打造技術，打造兵器全大陸聞名，爲極佳的上品，只是產量較少。二十年來大陸安定，極少發生戰事，對武器的需求量不大，所以短人族失去了大量金錢收入

南巒山方圓爲山地，糧食產量極低，加上短人族本身不願意種糧食，所以糧食主要依賴聖拉瑪平原進口，近兩年以來大陸旱災，中原本身糧食就缺少，購買極其困難。

三個月前，族長卡奧與各位大長老經過反覆的協商，決定想盡一切辦法購買糧

食，派出許多使者到各族尋求幫助。各族原本對短人族就歧視，自己糧食也不多，各地都陸續出現饑民的現象，所以短人族派出的使者也沒有什麼實質性的收穫，卡奧焦急萬分，就是沒有辦法。

陸續從大陸各地返回的使者個個垂頭喪氣，但也爲卡奧和長老會帶回一些消息，其中最重要的二條，就是聖日和映月在嶺西關開戰，剛剛結束。聖日帝國在帝國軍事學院學生雪無痕的率領下擊潰映月大軍，現出掌嶺西郡大權及管轄西南軍隊。二是聞聽兩年前西南郡收購了大量糧食，現在可能有存糧。

這兩條重要的消息爲短人族帶來了隱隱希望，一是聖日、映月開戰，說明大陸新一輪大戰爲期不遠，短人族是武器生產的民族，只要有戰爭，其餘的事情就有解決的辦法。二是這個雪無痕，極其可能就是從聖雪山藍鳥谷出身的「聖子」，當年西南郡求短人族爲「聖子」造車，短人族給予西南郡及「聖子」極大的面子，可以說是欠了短人族一個人情，只要派出使者以合理的條件遊說，有可能爲短人族解決百年罕見的大災難。

幾天來，族長卡奧和長老反覆協商各種方案，以求完美一蹴即成，否則將喪失更多的利益。今天卡奧的心情好一些，剛剛商量完出使西南的使者人選，在客廳休息，忽然，守山的勇士進來傳報：「報族長，西南郡守騰越將軍派來使者騰遠求見！」

卡奧聽完大喜，長出一口氣後，大笑一聲道：

「傳令戰斧團列隊十里，以最高禮儀迎接西南郡使！」

門外有人答應一聲，不久，悠揚的號角聲一陣陣響起，腳步聲鏗鏘有力地傳出，一陣忙亂，這時，已經有三位長老來到客廳之中，卡奧笑呵呵地對他們說道：

「長老，西南郡派使者來了！」

三位長老也是面帶喜色，知道時機已經來了，就看這一回合的較量如何，利益和損失如何的分配，當下，卡奧吩咐一聲：「出迎！」

西南郡使者騰遠是騰越的遠房兄弟，他四十多歲的年紀，體格稍瘦，爲人精明，一身文士打扮。騰遠一直是西南騰越的有力助手，協助騰越辦理外交事宜，出出主意，兼管出使各郡，相當與一個郡的外交官，騰越由於他是本家的兄弟，極其的信任。

這次騰遠出使短人族，是奉騰越之令，負有重大使命。騰越從嶺西郡歸來，一路上思考天雷所說的話，特別是對短人族的態度，越思考他是越心驚，對天雷是越加的佩服。如今大陸旱災，大戰轉眼就至，短人缺糧食，而中原缺武器，特別是嶺西第一軍團。

天雷只短暫的幾句話，要麼結盟，要麼做買賣，結盟對於短人族來說，是幾千年來族人的夢想，爲求與各族平等，短人族已經奮鬥了近千年，苦苦哀求，但各族只把短人和奴奴族一樣，當成一個棄族，不理不睬，而短人也苦苦尋求這個夢想。加上如今短人的困難，以現在西南與嶺西郡的實力，加上天雷「聖子」的名義、爲人、作爲，要求與短人族結盟，短人族就可能會接受。

雖然現在西南還是一個郡，但這也是短人夢想的開始，如果短人族放棄這個機會，只談買賣，那麼，西南郡只要用糧食做要脅，也會達到短時期的目的，但長遠的利益必將會有所損失，短人族的損失會更大，因爲，那將是全族千年的夢想在眼前瞬間即逝，這也是他們不能接受的。

騰遠抬頭望著連綿起伏的南巒山，盤旋的山道，濃密的樹林，耳聽著遠處傳出的長號聲，閃動的旗幟，飛速而來的戰馬，臉上露出微微的笑意，心中對天雷這個小小的師叔更加的佩服，對騰越老練的佈局更加贊佩，對自己這次的出使更增加了一分信心。

以騰遠一個郡使者身分，短人族是無論如何也不會用如此的禮儀來迎接他，但如今短人族用最高的禮儀接待西南的一個小小使者，這只能說明兩件事情，一是短人族陷入困境，需要與西南郡修好，建立一種穩定的關係，以度過難關。二是表示對「聖子」的尊敬，獻上最高的禮儀，同時也表示一種對「聖子」示恩的體現。

騰遠身軀微微地向前傾斜，面帶微笑，兩手下垂，十分的恭敬。

卡奧帶領長老、長子卡萊遠遠地就下馬，緊步上前，笑呵呵的聲音老遠就傳了過來：「呵呵，騰遠賢弟遠來辛苦，卡奧慢怠之處還請海涵！」他大步走了上來，抓住了騰遠的手，他們是老相識。

騰遠微笑更加的燦爛，出語如春風般的令人溫暖：「卡奧大哥別來無恙？騰遠久不見大哥，心中十分惦記，見大哥和族人兄弟安康十分高興！」

「呵呵，好，好，騰越賢弟也好吧？」

「騰越大哥身體安康，也十分惦記卡奧大哥，這次特讓騰遠來問大哥好！」

「謝謝，謝謝！來，來，卡萊，見過你騰遠叔叔。」

卡萊是卡奧的長子，未來的族長。他的身高在短人族是較高的，體格健壯，寬而有力，二十幾歲的年紀，聲音洪亮，他上前一步恭敬地說道：「卡萊見過騰遠叔叔。」他知道，這次騰遠的到來關係著全族的生命，一點也不敢怠慢，跪倒施禮。

騰遠伸手相扶，嘴裏仍然笑呵呵地說：「賢侄請起，呵呵，看賢侄如此少年有爲，叔叔也十分高興，不知可願意與叔叔一起到西南藍鳥谷走走，見見一些當世的少年豪傑，維戈與雷格對你是非常想念啊。」

維戈與雷格現今可是帝國年輕人中的風雲人物，卡萊也是久聞大名，短人族離勒馬、奴奴兩城近，從小互相聞名，如今也是卡萊渴望一會的人物之一。

當下卡萊興奮地說：「叔叔客氣，卡萊久已嚮往到聖雪山藍鳥谷去拜訪聖子，只是聞聽聖子到帝國軍事學院學習，一直不能成行，卡萊對聖子和維戈、雷格兄長是欽佩已久，不知這次可能見到幾位兄長？」

騰遠知道卡萊是在試探天雷是否出掌嶺西郡一事，同時倒也說的是真心話，當下接過話：「聖子如今出掌嶺西郡軍政，兼管西南，不久將回藍鳥谷，九月二日草原各部將會盟藍鳥谷，聽候聖子聖訓，研究共度災難的事宜。」

卡奧聞聽知道騰遠是對自己說話，通報吐露消息，有暗示的意思，忙接話道：「騰遠兄弟遠來辛苦，有話請到裏面說，請！」。

巒山景色秀麗，從山腳到山上有十餘里，一路上山路崎嶇曲折，樹木林立，大理石精雕細刻鋪成的臺階向上伸沿，短人戰斧勇士列立兩旁，旗幟招展，短族眾人民在勇士後歡迎，幾年來，短人族很少出動這樣的迎接大禮。

短人雖然長得粗壯，但從少數的老人婦女的面色上，騰遠還是看出一絲饑餓的痕跡。他心中有數，知道短人已經缺糧食，旱災又遙遠無期，短人的困難自己是無法克服的，看來自己來得正是時候。

眾人入山，卡奧安排騰遠及隨從人員略微休息後吃飯。飯菜十分簡單，卡奧與三位長老作陪，酒喝三巡，騰遠微微一笑，對卡奧說道：

「多年以來，西南郡與短人族合作愉快，族長和各位長老對西南郡是諸多照顧，兩位老城主一直感激不盡，常常念及，兩位城主對卡奧兄及各位長老也是心存謝意，不敢有忘。前年，又贈送聖子車輛，聖子大人每每念及此事，這次聖子特意告訴騰越城主派騰遠來此，就是與短人族共赴難關。」

「卡奧兄長也不用隱瞞，短人族面臨著幾百年來最大的困難，那就是糧食。現今大陸旱災，糧食無收，而旱災結束又遙遙無期，如再有一年時間，相信短人必將餓死過半，不知道騰遠說的可對？」

卡奧與眾位長老面面相覷，露出痛苦之色。

「騰遠臨來之時，聖子有句話吩咐：結盟平等，做買賣不講情誼。以聖子的為人，雪奴族為榜樣，城主保證，西南郡願意與短人族結盟，共度難關，騰遠由衷地希望卡奧兄長及各位長老把握住這次機會，帶領短人族走向平等、自由、充滿希望之路。」

卡奧等人長出了口氣，他激動地說：「騰遠兄弟，聖子和西南郡有什麼條件？」

「什麼條件也沒有，只希望卡奧兄弟和長老能參加九月二日的會盟大會，但是，騰遠保證，各族決不會苛求短人族，結盟之後，我們就是兄弟，以後戰亂四起，大家共度災難，為大陸的和平而努力。」

這雖然是一次普通晚餐，但是對於短人族來說，比無數次盛宴還要來的隆重，他們等待、奮鬥了上千年的目標就在眼前，而且唾手可得，彷彿一切都在夢中，這時候，一點點的災害已經不重要了，在他們的眼中充滿著對未來、自由、平等的渴望。

以聖子的爲人和對草原各族的作法，卡奧等人是相信聖子的，何況他還是大草原的大神，在短短的幾年時間裏，草原各部，尤其是雪奴族走上了夢想的生活。聖子帶領草原勒馬族、雪奴族、聖日族人和平相處，共同奮鬥，使西南郡及大草原出現千百年來罕見的富強和安定，如果真如騰遠所說，那麼，短人族從此將走上與各族平等的路。

「卡奧感受到了聖子的恩賜，感受到了他那太陽般的溫暖，短人族感受到了他那如海般的鴻恩，等下卡奧與眾位長老商議後，與騰遠兄弟共去西南，叩謝聖子的恩德。」

「好！」騰遠點頭答應，回去休息。

卡奧見騰遠離去，起身吩咐：「來人，請各位長老、各部首領到聖殿開會，快去！」

長老卡申對著眾人說道：「騰遠所說無論是否真實，對於我們短人族來說，都是極大的誘惑，必須派人參與這次會盟，這也是我們期盼了千年的希望，如果聖子真如人們所說的那樣神聖偉大，短人族就投入到大神的摩下，爲短人族爭取到平等、自由的機會。」

卡提長老也是滿懷激動：「聖子的仁慈是不用懷疑的，上百萬草原人就是最好的證明，尤其是雪奴族，他們能有今天的地位和榮譽，全靠聖子之恩賜，短人族如果在大神的恩澤下，必將走上康莊大路！」

「是的！」眾人一致贊同，向聖殿走去。

短人族聖殿在巒山的最高處，密林懷抱，守衛森嚴，是短人族的禁地，也是全族祭祀的地方，平時沒有重大之事是不會在這裏開會的。每年也只一次祭典時，才有各部首領族長長老聚在一起，今天傳令人們開會，知道有最大的事情發生，各部首領、長老以最快的速度來到聖殿內，坐好，等待著族長卡奧開口。

「各位都知道我族目前所處的困境，糧食短缺，不久將會出現斷糧的危機，卡奧無能，使族人陷入百年來最大的災難之中。但是西南大草原的聖子派來了使者，希望我族能夠參加九月二日在藍鳥谷召開的各族會盟大會，話只有一句：『結盟平等，做買賣不講情誼』，卡奧不敢做主，希望大家共同拿出一個好的主意。」

卡申長老接過話：「使者說聖子希望我族能夠參與會盟，爭取平等、自由的地位，共度難關，相信不用我說，大家都知道聖子大神的事，如果這次我們錯過了機會，也許我族將不能走出千百年來困境，永遠失去我們的希望，如果我們參與了這次盛會，我們也許會失去一些東西，甚至是族人的生命，因爲我們要爲保衛聖子和我們的榮譽、地位的而戰鬥。」

大家議論紛紛，提出種種可能發生的事情，直到天已經放亮，大長老卡神才睜開眼睛，緩緩地說道：

「會盟是一定要參與的，這事由卡奧、卡提帶人前往，聖子既然說沒有條件，這是指引我族走向希望之路，卡奧，你要記住，要有所得就要有所失，何況是為了捍衛自己的利益，短人族如今既面臨百年來未有的災難，同時又出現空前未有的機遇，為了我們後世子孫的未來和幸福，即使我們有所付出也必將在所不惜。」

「是，大長老。」卡奧有些激動。

「如果大家不反對，這事情就這麼的定下了。」卡提說道。

「好！」眾位首領、長老紛紛贊同。

短人族千百年來的重大決定就在騰遠沒有條件中完成，後世短人王卡壇高度評價騰遠這一偉績：「他帶著對短人族的真誠和深深的情誼來到我族，雖然他負有重大歷史使命，但在他智慧的指引下，以無與倫比的高超外交手段贏得了短人族的信任，開創了外交歷史上第一個無條件收服一族的先河。」

短人族對騰遠的尊敬永流後世，他的子孫後代永遠是短人族的最高貴賓，在他入山的山口停留處，一座豐碑永遠記住了這一次永存青史的業績。

八月十五日，短人王卡奧帶領長老卡提、少族長卡萊等二十人，與騰遠一起前往藍鳥谷，路上在奴奴城稍作停留。

路定城經過兩個月的清理，基本上已完工，幫助清理建設的百姓多得是，原因只有一個，那就是糧食，每一個民工除供吃外，完工後將得到十斤的糧食。

天雷對路定城的感情是複雜的，有驕傲、憂傷、痛苦和愧疚。當初他有意清理路定城，得到雅星等人的全力支持，並且要求把路定城當作帥府的所在地，天雷答應了下來。如今的路定城清潔乾淨，原來城牆加高了二米，用清水清洗、粉刷，城內也鋪上一米厚的黃土。殘缺的房屋全部清除，每一個原來的居民都得到豐厚的金幣作為補償，安排住處，在城內重新建設四處大院留用。一處是靠西部的帥府及配套設施，一處是靠東「嶺西軍事學院」學校住址，一處是靠北「嶺西管理學院」學校住址，還有一處就是在靠南門的「嶺西孤兒院」住址。

嶺西軍事學院是天雷要求建設的，他的想法是，嶺西要有自己的軍事訓練基地，要求小隊長以上的官員全部要得到軍事訓練，為嶺西郡培養自己的軍事人才，得到大家的全力支持。學院的教員除在京城招攬一批外，就是嶺西的將領全部為教官，以原軍事學院學員為骨幹，組成教師隊伍，另外還要招收一批大好的青年，作為軍隊的後備力量。學院規模宏大，傾盡嶺西郡全部的人才。

嶺西管理學院是經過雅星提議專門建立的一所學院，主要培養城市建設管理、商務管理及法制管理的人才，爲嶺西郡的建設輸送後備力量。學員主要是藍鳥谷的孤兒及嶺西郡現有的年輕管理人員，教師爲嶺西原有的老年官員，由雅星主持。

嶺西孤兒院是天雷特意組建的一所嶺西郡戰爭孤兒院，收養孤兒，同時培養他們成爲嶺西郡儲備力量，爲兩所學院輸送人才的基地，平時訓練依照藍鳥谷的規定，由藍鳥谷抽人管理訓練。

嶺西郡初建事情繁多，工作量極其巨大，好在有錢，天雷又有西南郡作爲後盾，有糧食，如今有糧食就好辦事，糧食控制人們的生命，再配合良好的法制管理，組成村村聯防，青年訓練，一切走向正軌，而天雷本人的事情就比較少，全部分配給雅星及眾人來辦，好在藍鳥谷眾人個個都是高手，嶺西郡原來的人才陸續回歸，加上各地人才的湧入，基本上是不缺少。

兩個月來，天雷最主要的工作就是到各個城市視察，經過戰爭的洗禮，十二個受戰爭重創的城市逐漸恢復了元氣，而沒有受到戰爭洗禮的四個城市除凌原城外，就是凌原城以北靠近堰門關的堰南城和巒北城，以及凌原城以南的望南城。天雷對四城的控制也是採取雅星提出的辦法，以糧食爲基礎，人員調配爲手段，頒佈新法律爲準繩，對那些無能之輩逐步清除，對城防軍隊逐步的調整、控制，加入城市督查隊，成立商盟，取得可喜的效果。

每一個城市的官員貴族都知道天雷背後有帝王家的支援，手中有強大的軍隊，爲人年輕有幹勁，清正，辦事公正，嶺西郡是天雷的天下，而嶺西各城市的貴族官員主要是原里雷特將軍的心腹人員，如今有驚雲爲嶺西副使，可以不費什麼力氣就歸屬驚雲，而驚雲的爲人天雷信得過，所以也沒大動干戈，操什麼心，全部按天雷的規定辦。

費時一個多月的視察，天雷回到路定城，心中感慨萬千，休息兩天，正好到城南看孤兒院的建設情況，望著忙碌的人們，他突然感到自己肩上擔子的沉重。這次巡查，他看到了各城市、鄉村百姓的情況，要不是他從西南郡調糧食，及時採取辦法，如今餓死人無數，盜竊橫生，百姓身處水火之中，剛想以後要多調集一些糧食時，就看見親衛帶著雪藍、雅雪、雅藍來到近前，激動地看著他，天雷大喜，叫道：

「雪藍、雅雪、雅藍！」

「大哥！」三人激動地上前緊緊地抱著他，眼淚流了下來。

天雷也是很激動，叫道：「你們怎麼回來了，不上學了？」

「不上學了，只要跟著大哥，我那也不去！」雪藍有些得意地說。

「是的，大哥！」雅藍姐妹齊聲回答。

「好，回來了也好，嶺西的事情正多，你們來幫忙最好了。」

他臉對著雪藍，接著問道：「對了，凱雅和公主還好吧？」

「他們很好，只是惦記著大哥，還讓我們問候大哥好呢！」

「哦！」天雷點頭。

「你們路上也累了，走，回去休息，過兩天我們回藍鳥谷一趟，想不想去？」天雷笑呵呵地問。

「當然想去了！」三人異口同聲地說。

「呵呵，呵呵……」

幾個人向天雷的住處走去。

兩天後，天雷帶著雪藍、雅雪姐妹及十名親衛向嶺關城出發，準備與雅星商談回藍鳥谷的事宜。

雅星如今可是大忙人一個，幾乎沒有一點休息時間，人也有些消瘦。他在嶺西的身分極其的特殊，既不是什麼官員，又管理著嶺西的全部事宜，天雷把城市建設管理、未來的規劃做好，具體由他協調進行，鷩雲、維戈、雷格等人全部聽從雅星的調遣，沒有一點的怨言。

他們知道自己不是這方面的人選，幹不了，所以聽從雅星調度，你說怎麼辦就怎麼辦，決不費力出什麼主意。好在雅星手下有天雷撥給五百名軍事學院學員和藍鳥谷在京城培養的人才，分成幾個部門，幫助他做事情，省了不少事情。兩個月來，事情終於忙出頭緒，走上正軌，只要按照計劃進行就是，雅星長出了口氣，剛坐下休息，茶杯端起喝一口，就聽見腳步聲響，天雷推門走了進來，後面跟著雪藍等人。

「大哥，你瘦了！」天雷心痛的表情掛在臉上。

「無痕，你回來了！」雅星還是叫他雪無痕，看著天雷臉上的表情，心中一陣溫暖。

二人坐下，雪藍等人上前見禮，雅星知道雪藍、雅雪姐妹是天雷的貼身侍女，雖一起上學，也叫大哥，但要想成爲天雷身邊的人，就必須和她們搞好關係，何況，以後自己妹妹也可能成爲他們中的一員，如今可要爲妹妹做好鋪墊，所以對三人十分客氣。

雅星和天雷閒談了一會兒，天雷突然對雅星說道：「大哥，今天都已經是八月十八日了，我想後天動身回西南藍鳥谷，不知大哥願不願意與小弟一起走一趟？」

雅星看著天雷眼裏期盼的神情，心神震動，他早已聞聽聖雪山藍鳥谷的大名，嚮往已久，何況，這個地方可以說是西南的大本營，草原的心臟聖地。出現天雷、維戈、雷格、溫嘉等西南眾豪傑，人數之多，當世罕見，同時，他心中一直在尋找家族的「宿主」，對天雷不敢肯定，如今天雷提出和他一起到藍鳥谷走走，正是他心中期望已久的事。

「好吧，無痕，明天我把事情交代一下，後天我們就動身，不知你想帶些什麼人回去？」

「嶺西事情正多，我想只大哥和維戈就可以了，另外再帶幾名隨行人員，嶺西的事情有驚雲大哥在，暫時沒什麼問題。」

「也好，來人！」一名參謀聞聲而入，先向天雷施禮，然後等雅星吩咐。

「請驚雲副將來一趟，就說將軍回來了。」

「是！」

不久，就聽見驚雲的腳步聲響，驚雲腰懸寶劍，跨步而入，兄弟三人見面自然親熱一番，談一些事情的安排，直到天色已晚，雅雪進來喚三人吃飯。

第三天天亮，天雷帶領雅星、雪藍、雅雪姐妹及十名親衛動身往臨關城而去，驚雲帶領嶺關城的部分將領，悄悄地前來送行，天雷不敢驚動太大，趕緊起身。

臨關城藍鳥軍團大營維戈、雷格、溫嘉、商秀等人早早就等候在營外，向北方眺望，等待著天雷的到來。昨天，維戈接到雅星的傳信，告知天雷要起身往西南郡，眾人都很興奮，維戈趕緊派人起身先往嶺北城，告知情況，然後向奴奴城報訊。

天雷一行十五人快馬來到大營外，遠遠就看見雷格等人，藍鳥軍團的將領全部出身藍鳥谷，是天雷的親信部隊，看見天雷全部跪倒施禮，天雷一一相扶，簡單地談了幾句話，帶上維戈，起身渡河。

嶺北城與臨關城隔聖寧河相望，遠不及十里，中間的聖寧河不是很寬，僅有百十米，由於兩年的大旱，天氣炎熱，遠處的聖雪山像一個大蒸籠，籠罩在濃濃的雲霧之中，雪水融化量較大，順著山坡往下趟，彙集在山下的河水並不因為旱災而減少，滾滾流淌，氣勢如前，令人神動。

天雷矗立在岸邊，望著滾滾奔流的河水、南岸翠綠的青草，感慨萬千，眼前彷彿出現自己三年前帶領西南眾少年神采飛揚渡過聖寧河的情景，轉眼三年，物是人非。

雅星站在天雷的身邊，望著遠處的聖寧河畔、雪山，心中是萬分的羨慕。他是第一次來西南，頭一次見到聖寧河的美麗、神秘、聖潔，孕育出像天雷這樣的人物，實在是必然，一點也不讓人感覺奇怪，西南豪傑四起，英雄輩出，像藍鳥谷的部眾，哪一個不是英雄人物，只是在天雷的豔陽下光彩遜色罷了，但也並不影響他們的英雄形象。

第三章　縱論天下

以聖寧河爲界，兩岸景色分明，截然不同。北岸黃灰，天氣炎熱，大地毫無生氣，僅僅只是在河邊有一些青草，略顯出一點生色。而南岸綠草油油，生機勃勃，一點也看不出大旱災的景象，顯示出一派活生生的氣象，而連接大河兩岸的一座舟橋，彷彿要把南岸的生機帶往北岸，牽動著人的心弦，看得雅星驚訝不已。

其實也不怪雅星不知，聖寧河在聖拉瑪大雪山的北側，起源於雪山，依靠雪山冰雪消融而匯聚成河，聖雪山千年冰雪在陽光的照耀下緩緩融化，冰水順山而下，哺育著山下萬里山河，萬千的人民，大旱對於中原來說是災難，但對於西南三洲及大草原來說影響不大，天氣越炎熱，冰雪消融越快，雪水越足，空氣越濕潤，再加上山周圍的人民擔水抗旱、掘渠引水，澆灌田地，莊稼照樣生長，收成倒也沒減少。

不久，就見南岸出現了幾百人，簇擁著一輛蓬車來到岸邊，靜靜地等待。天雷從癡迷中醒了過來，看了眼身旁的雅星，笑了一笑，帶領眾人渡河。

西南郡早就知道天雷要回轉藍鳥谷，騰越回去後，令人把天雷的座車運到嶺北城，恭候天雷起身，昨天維戈派人通知嶺北城，今早在城守的帶領下，西南藍鳥谷五百部眾已經恭候在岸邊，看見北岸的幾人，這才在河邊等候。

天雷等人渡過聖寧河，嶺北城守及藍鳥谷部眾跪倒迎接。

「嶺北城城守比斯叩見將軍。」

「藍鳥谷部眾叩見少主。」

天雷聽聞報名，知道是兩撥人，上前扶起比斯。比斯是比奧的唐兄弟，雷格的遠方叔叔，天雷是知道的，當下叫起藍鳥谷眾人，兩年多沒見，這些當年比天雷小些的兄弟都成長為十七八歲的青年，學得一身好武藝，每個人見到天雷，神情激動。

雅星及眾人上前見過比斯，口叫叔叔。比斯見到維戈，眼裏流露出疼愛、讚賞之情，見雅星知道是豪溫家族的長公子，嶺西郡軍師，他雖是長輩，也是十分尊重。

眾人親熱一陣，天雷吩咐起身，藍鳥谷部眾上馬，百人先行，眾人隨後，天雷與雅星上車，向奴奴城而去。比斯揮手相送，神情中說不出的尊敬。

從嶺北城到奴奴城全長五百里，中間村落人口稀少，儘是繞山的土道，其中山嶺縱橫，溝壑較多，溪水長流，從雪山上化下的雪水明顯地沖刷出條條痕跡，田地裏莊稼長得繁茂，田野裏勞動的人偶爾抬頭看著在田間土路上行進的車隊，對八匹馬拉著華麗的車感到新奇。

行走一日，晚間在一處小小村落休息，村中的一位老人讓出自己的家院，挑自己平日裏捨不得吃的野味招待著客人，閒談的時候，天雷問這位六十多歲的老人道：

「老人家，村裏的日子還好吧？」

「還行啊，我們這地理比較偏僻，人口較少，地多，貴族老爺雖收七八成的糧食，但地多，還過得去。」

「那你們每年收入的糧食都上交貴族，餘下的可有餘存？」

「剩餘的糧食也不多，主要是自己開墾一些荒地收入，這些地，貴族們三年內收的稅收比較少，每年開墾一些，賣些錢，貼補家用，日子還過得去。」

「這周圍的田地都是貴族的嗎？」

「是啊，好的一些地都是貴族們的，百姓只是自己開墾荒地，三年後也要按好地給貴族們交糧食稅。」

「平時貴族們可來看看？」

「他們哪能到這個小地方來，只有在秋後時，管家過來收糧食，我長到六十一歲也沒有看見過老爺呢。」

「是這樣啊。」

「是！」

天雷聽得兩眼放光，只靠這雪山方圓千里的肥沃田地，就足以養活西南三角洲九城民眾吃喝，何況整個三角洲，如今中原大旱災，糧食貴重無比，西南郡的貴族們富得可是流油，他看了眼身旁的雅星，雅星衝天雷笑了笑，天雷懂得他是明白自己的心意了。

第二天，天剛濛濛亮，眾人起身告辭，天雷吩咐爲老人留下了足夠的金幣，老人捧著金幣來到天雷的車前，磕頭道謝。

看著老人慈祥的臉上充滿著滿足、感激之情，天雷感動萬分，他告訴老人，自己就是西南郡的將軍，總領這方圓千里的土地，不久以後，老人和村裏的平民可以有自己土地，爲自己種田，都會過上幸福的好日子。老人呆呆地看著他，彷彿聽到了大神在說話。

一路上，天雷慢行，在鄉村裏住宿，與樸實的平民談話，懂得了許多自己從不懂的事情，瞭解到只要是平民，他們沒有更多的奢求，只求自己有一塊屬於自己的田地，能吃飽，穿暖就夠了，他們爲貴族們耕種，只求吃上一口飯，讓別人把自己當人看。

天雷這次的西南之行，爲他增長了許多知識，特別是平民的想法、要求，使他的心被平民樸實無華所感動，在自己的心中紮下了爲天下百姓謀幸福的根。只要自己有權利，就一定要給平民土地，讓他們吃飽飯，睡得安穩，他的思想正趨於成熟，但是，他卻不知要實現自己的遠大理想，需要什麼樣的力量，什麼樣的權勢。

第四天上午，奴奴城遙遙在望，遠處不時地有騎兵過來，又打馬回去，穿梭不斷，近城有十里，就看見有成千上萬的百姓排在大路兩旁，觀看、歡迎著西南的英雄回轉家園。千百年來，西南郡何曾出現過像天雷這樣的人物，帝國最年輕的聖騎士、西方大將軍，總領西方兩郡的軍政長官，帝國真正的英雄。

騰越、比奧率領西南郡全體城主、各級將領出城迎接，天雷一方面是西南郡出身的人，另一方面也是聖雪山的傳人，輩份較高，況且如今帝國暗潮洶湧，天雷出掌第一兵團，轄西南軍隊，可以說赫赫有名的一方將領，同時也是西南郡的驕傲。

天雷在五里外下車，隨身僅跟著雅星與維戈，五百藍鳥谷部眾，分兩列在前維持前進路上的秩序。民眾高呼著「雪將軍、雪將軍」的名字，場面熱烈，令天雷感到近鄉情怯，臉陣陣發紅，但他不時地揮手向百姓致意，加快了前進的步伐。

城門前，騰越、比奧搶步上前，跪倒施禮，口稱：「西南郡守騰越、比奧叩見雪無痕將軍！」

天雷上前相攙，扶起二人，他有今日的這番成就，離不開萊恩、列奇兩位師兄弟的幫助，騰越、比奧和維戈、雷格父子的相助。是西南士兵用鮮血和生命換來的，是西南這個家爲後盾，讓他成長爲一名傑出的將領。

當下各城的城主、各級將領、以下各級官員等等，上前拜見西南將軍，雅星看見西南眾人忙得差不多了，這才過來拜見騰越、比奧，口稱：「雅星・豪溫拜見兩位叔叔！」

比奧見雅星拜倒，聽見豪溫的姓，知道是老國師的後人，凱旋的長公子，騰越自然認得雅星，忙爲比奧介紹，比奧雙手相攙，拉住雅星的手，口稱：「賢侄兒！」親熱不已。

維戈上前見過父親、叔叔，比奧見得維戈，想起兒子雷格，感歎不已，兩個人如今都成爲帝國有名的年輕將領，前途無量，他老臉發光，腰板直了又直。

今天的奴奴城，可以說是披上了節日盛裝，大街小巷張燈結綵，道路兩旁各家買賣一律停開，門前載歌載舞，熱鬧非凡。大人小孩子滿街都是，孩子們嘴裏大聲喊著雪將軍的名字，不時地有家長教育著自己的子女長大後要像雪將軍一樣，一股股家的溫暖湧上天雷心頭，是那麼的溫馨、舒暢。

奴奴城多年來人沒有這麼齊全，天雷少不得答謝一番，喝了不少的酒，迷迷糊糊回到騰越、比奧爲他安排的列奇原住處，顯示對天雷的尊敬，雪藍、雅雪、雅藍一陣的忙亂，侍候他休息。

天亮後，騰越、比奧來到天雷的住處，知道天雷時間緊，必有事情安排。天雷、雅星隨二人來到秘室，坐好，騰越這才問道：「天雷，不知你有什麼事情還需要安排？」

「短人族的事情不知道辦得怎麼樣了？」

「騰遠已經回來了，事情辦得不錯，短人族族長卡奧、長老卡提正在城內，另外少族長卡萊也來了，短人族基本上是同意結盟，你什麼時間見他們？」

「明天吧，騰越和比奧你們二人先與卡奧族長談談，與西南結盟，各族地位平等，短人族永遠是西南人的兄弟，他們的困難我們全部幫助解決，糧食保證供應，讓他們放心。另外，既然結盟了，短人族要抽出一萬名工匠來西南和嶺西，幫助我們打造兵器。告訴短人族：武器不允許再外賣，實在不得已，也要少賣，事先要通知我們，還要告訴他們，爲我們儘快準備二十萬套裝備，價錢我們照付。以後的我們全要了，錢不成問題，通知短人周邊兩城全面對短人開放，不得歧視，派人上街巡邏，發現有歧視現象者重罰！」

「是！」

「另外，再告訴卡奧派人到西南郡學習種糧食，你們要盡心幫助培養，以取得他們的信任。同時，西南也要組織青年工匠準備向短人學習製造手藝，學好的重賞。」

「明白！」

「如果他們有意結盟，明天我見見他們，雅星大哥，你看這樣可行？」

「無痕，這很好，我想我們的條件並不苛刻，短人族能夠接受，但是，最主要的是誠心，只要我們真誠地對待他們，我想一定能把短人族控制在手上。」

「是的，大哥！」

天雷又對騰越、比奧說道：「大陸戰亂將起，控制住短人族至關重要，他們能夠給我們提供最好的武器，你們要告訴所有的人，對短人族必須真誠，決不允許有絲毫的歧視。」

「是！」

「西南富足安定，如今大戰一觸即發，還有條件擴軍備戰，你們最少要組成一個兵團的軍力，配備短人精良武器，做好準備。」

「西南經過二十年努力，如今在我勒馬城與比奧的奴奴城已經各有十萬精銳部隊，其中騎兵就達一半。」

「很好，騰越，看來你二人準備十分充分，好吧，你們再為我訓練一些。」

「是！」

「我回來的路上，略微停了一下，看見雪山方圓千里的良田肥沃，不知是哪家所有，你們二人給我買下了，作爲西南糧食基地，另外，在各城實行買田制，最好像嶺西郡那樣實行平民土地所有制，收購所有的糧食。如今，西南的糧食富有，要嚴格控制外流，加強各城巡邏，有走私糧食者重罰，特別是在通平城一帶，加強駐軍，控制糧食通道，有聖寧河爲天塹，我想很容易，大陸大戰明年必將再起，只不知道規模大小而已。」

「明白。」

「大哥，你還有什麼要說的？」

「阿……，二位叔叔，你們最好多派一些人員暗中調查各城與南王間的聯繫，防止吃裏扒外，動搖西南的根基，像通平城這樣的重城，要派人牢牢掌握在手，決不允許出現不穩現象，否則將成爲致命處。」

「好的，雅星賢侄看法非常的重要，我們一定會加強，如果有誰吃裏扒外，我決不輕饒！」比奧聽得騰越的話，點點頭。

「好了，你們有什麼事情，也可以說說？」

「剛才，天雷與雅星把重要的都說了，我們也沒有什麼可說的了，西南郡的前途就看你們了，我和比奧只是你們的後盾而已。」

午後，天雷和雅星一起，又會見了部分城主及隨行人員，天雷對各城的穩定和各位城主作出的努力給予肯定，對今後的發展提出建議等等。

天稍晚一些時，維戈進來看望天雷，這兩天，維戈回到了自己的家，父子、母子、兄弟姐妹少不了一番熱鬧，如今他也是西南的驕傲，雖沒有天雷的顯赫，讓人敬畏，但走到哪裡也都被少年們包圍著。

上街的時候，維戈看見不少江湖人士跨刀帶劍，提著兵器在走動，他問隨行人員，知道從去年十二月帝國軍事學院比武後，西南郡及聖雪山附近陸續出現江湖人士，而且越來越多，行蹤詭密，心想：可能是自己霸王槍惹的禍，最好別給雪山及藍鳥谷帶來大麻煩，所以急急忙忙趕到天雷的住處，述說情況。

天雷沉思有頃，心想：這件事情必須有個說法，作一了斷，否則必將影響西南及藍鳥谷的安全，他吩咐維戈傳出消息，就說九月五日在聖雪山藍鳥谷外，將舉行「縱論天下，以武會友」大會，屆時希望所有前來西南的江湖各派豪傑參加。

他看了眼雅星，微微一笑說：「大哥，縱論天下就由你來說了，想二十年前，老國師大人一篇上書稿論盡天下形勢，分析聖日的戰略方針，爲大陸爭取二十年的安定和平，流傳千古，二十年後，大哥在西南藍鳥谷外繼承他老人的遺願，暢談天下，爲帝國和老人爭光，顯現豪溫家族少主的風采，怎麼樣？」

「賢弟所命，敢不相從，雅星自不敢比先祖大人，但決不敢妄自菲薄，爲豪溫家族丟臉，試論天下形勢，雅星還有一些把握。這次賢弟縱論天下，以武會友，說不定給嶺西及你自己的麾下增添多少豪傑呢，只是不知這以武會友是否是由賢弟出手？」

「到時候大哥就知道了，天色已晚，大哥早點休息，明天事情正多呢！」

「好吧，你也早點休息。」

「我送大哥！」

天雷送雅星出去休息，雪藍雅雪姐妹忙爲天雷準備休息床鋪，各自安歇。

八月廿六日上午，在聖日帝國西南郡比奧副將軍府內，「聖子」天雷・雪會見短人族長卡奧及長老卡提一行，揭開了短人族歷史的新篇章，在這一歷史的重要時刻，只有「聖子」天雷・雪和軍師雅星、騰越、比奧、維戈和卡奧、卡提及短人族少族長卡萊。

關於這次會面，歷史學家有許多種描述，但是無論是怎樣描寫，最後的結局總是這樣的：一、短人族與西南各族平等相處，永世結盟爲兄弟，不離不棄，互相扶助。二、短人族派出一萬名工匠參與西南的建設，並派出大量的青年到西南學習耕種技術。三、短人族爲西南提供二十萬套優良的裝備，以後生產的武器全部爲西南所有，同時承諾不向其他勢力提供武器。四、短人族有承擔盟友的負擔和義務。

對於短人族的承諾，西南郡及各結盟族回報：一、西南郡各城全面向短人族開放，各族人民地位平等，不得歧視。二、西南郡保證向短人族提供糧食，先期糧食三十萬擔，隨後起運。三、各族保證短人族武器的銷售，平等交易。四、戰時有承擔保護短人族安全的義務。

作爲補充的條款：短人族將成立三萬人的戰斧軍團，隨時聽從聖子的號令。

其實，補充條款是短人王卡奧在聽得聖子提出的最後要求後，感到短人族這次結盟實在是得到了太多，自己自願提出爲保護聖子派出三萬戰斧勇士。

不論怎樣看待這次結盟的條款內容，從表面上看，聖子給予短人族的平等、自由和支援都是大於對短人族的索取，取得了短人族的充分信任和支持。從此以後，短人族收歸聖子的麾下，跟隨他轉戰大陸，是他統一大陸不可缺少的力量。從長遠利益上看，聖子把全大陸最好的武器生產民族控制在手中，保證了自己武器的先進性，加強了自己的力量，牢牢地控制住西南的全境及周邊的勢力，真正地有了自己的基地。

午後，聖子召開盛大的宴會，歡迎短人族加盟。西南各城主及將軍全部參加，並宣布從此後與短人族平等相處，不得有一絲的歧視，違者嚴懲。人人對短人族的加盟表示歡迎，表現出空前的熱情，卡奧幾十年來第一次感到自己與各族平等的滋味，感慨萬千，卡萊與維戈親熱得不得了，卡提老淚縱橫。

卡萊和維戈等年輕一輩子弟是宴會上最耀眼的角色，西南的貴族彷彿對年輕人有一種特殊的偏愛，爲他們創造與發展的機會和空間，當然，天雷和雅星的年紀輕也是一種原因，雖身分地位不同，但並不影響西南年輕一代的融合，卡奧看見卡萊的幸福和快樂，由衷地感到高興。

宴會到晚間才結束，天雷準備明日啓程，前往藍鳥谷。

雪山下的早晨空氣非常的清新，讓人陶醉，天雷呼吸著帶雪山氣息的新鮮空氣，彷彿一下子又回到了雪山上，聆聽著藍鳥歌唱。雪藍過來叫他換衣服，準備起程，他才從自我陶醉中清醒了過來，不情願地向室內走去。

今日天雷與往日不同，這是雅星見著天雷後的第一個感覺，他身穿白色的鑲藍邊的衣裝，腰紮天藍色腰帶，腳穿白皮毛的鞋，頭上紮著藍色的束頭帶，半尺長的帶穗飄在腦後，人顯得格外的精神和流露出一種祥和的氣質。天雷站在一輛敞車前，微笑看著走近的雅星，口裏說著：「雅星，來了，今天勞煩你騎馬了。」

天雷說罷，擺了下手，有人牽過一匹白馬交給雅星，他自己上車，端座在車上。

這時，府前通往城西門的大道兩旁站滿了全副武裝的士兵，靠門前，騰越、比奧、卡奧等人立在馬前，靜靜地沒有說話，維戈、雪藍、雅雪及雅藍牽馬立在車的兩旁，等待著天雷的命令。

「出發！」眾人上馬，車緩緩地向城西走去。

大街小巷站滿了人，人人表情嚴肅，沒有一絲的喜笑顏開之色，流動著莊嚴的氣氛，沒有一個人說話，望著緩緩走過的車隊，神色裏充滿著崇敬。

雅星第一個印象，就是今天與往常不同，氣氛太嚴肅、沉悶，透露出莊嚴，他不敢失禮，靜靜地跟在天雷的車旁，用心體會著今天的不同。

城西門緩緩地打開，百名勇士搶步站在兩側，天雷的車慢慢的行駛而出，站在車旁的雅星被眼前的情形嚇了一跳，心不停地加快，有些目瞪口呆。

從城西門外到遠處，路的兩旁站滿了人，眼望不到頭，前排是威武的草原騎士，後面是一排排大草原的牧民，遠處的帳篷連成片，在莊嚴肅穆中沒有一絲的聲響，而每一個人的眼神，全部飄向了天雷。

「大草原的牧民啊，聖拉瑪大神保佑你們，願你們永享太平，幸福安康，賜福你們！」祝福聲緩緩地從天雷的口中飄向遠方。

「叩見聖子！」

「叩見聖子！」

聲音從路的兩旁齊聲轟響，人們緩緩地下拜，伴隨著車緩緩向前，人們下拜的浪潮形成一道道波浪，向前推進。那種虔誠是雅星從沒有見過的，他的心神在這一刻，全部被大草原虔誠的牧民們、聖子的莊嚴肅穆、大雪山、大草原的無比氣勢所奪，此時此刻，在他眼中的天雷就是一尊神，一尊永遠無法撼動的神，此刻他才明白，爲什麼剛才天雷的態度與以往不同，因爲如今他是大草原的神。

「賜福你們！」

「賜福你們！」

賜福的聲音從聖子的口中不斷地發出，天雷端坐在車中，神色祥和，面帶微笑，神色間流露出陽光般的燦爛，彷彿有一絲神光照在他的身上，散發出神的光彩和神秘，讓人崇拜，讓人信服，心甘情願地拜倒在他的腳下。

突然，一個洪亮的聲音在飄蕩在天空，顯得格外的響亮：「寇里部勇士穆雷恭迎聖子！」隨後有人齊聲轟響：「恭迎聖子！」

雅星舉目向前看去，在前方不遠處路旁，領先跪倒一名勇士，他身材魁梧，體格健壯，一身嶄新的衣裝，腰紮藍色繡金鷹腰帶，身後跪著近百名勇士，此時，就見天雷緩緩走下車來，近身來到穆雷的身前，用手按在他的頭上，一束耀眼的光從天雷額頭發出，照亮穆雷全身，嘴裏說道：

「我以聖拉瑪大神的名義恩賜你爲草原金鷹勇士，願你馳騁大草原，永保草原和平安定，賜福你！」

「賜福你們！」

「謝聖子恩賜！」

天雷起身上車，眾勇士跟隨在騰越等人身後，一路西行，前後有六批勇士迎接聖子，天雷一一給予祝福，全部授予草原金鷹勇士，中午的時候，眾人在草原一大帳篷內用飯休息，天雷利用休息時間給予草原牧民賜福，從遠處奴奴城跟隨而來的牧民有三十萬人，包圍整個休息的大帳篷，而遠處向西藍鳥谷的路上，排列的牧民仍然望不到頭，幾乎全草原的牧民全部來到了路上迎接著聖子。

午後，天雷一行繼續西進，不時地有草原部落的族長和長老迎接聖子，然後跟隨在身後，向藍鳥谷而去。

天雷實在沒有與雅星等人說話的時間，他把全部的心神都放在了牧民身上，為他們祈禱、賜福，那宏大的場面，洋溢著人間寬恕、祝福和良好的祝願，使雅星感到人與人之間的那種親切、自然和平等的感覺，而那種感覺，是他從沒有感受到的，也是他一直追求的夢想。

從認識天雷的那一天開始，雅星就感到了天雷的不平凡，然而這種不平凡，也實在是來得太大、太熱烈、太火爆，他從沒有想到一個十幾歲的少年能如此地得到百姓的愛戴，就是在帝國的京城，他也不能看到人民發自內心的一種擁護，而天雷作為西南大草原的聖子，他可以讓牧民們快樂，讓他們幸福、平安，他為他們賜福，分享他們的快樂，並為此而願意奉獻出自己的一切，他的那種真誠，是牧民們看得見的東西，而且永遠地留在他們的心中。

而就在天雷為勇士祝福的那一刻，神光初現，彷彿聖子就是神，是整個風月大陸的神，雅星的心中不斷的呼喚著自己，家族的宿主已經出現了，他幾乎同時可以肯定，聖子就是自己為家族尋找的宿主，而這個人就是雪天雷，他可以肯定自己一輩子也離不開他。

卡奧和卡提的感覺與雅星一樣，而在卡萊的心中充滿著興奮的激情，短人族百年來何曾有過這樣熱烈的場面，自己長了二十年也沒有這般的真情流露，跟隨這樣的人一定會把族人帶向光明，自己願意和族人一起，為保護這樣的人而獻出生命，而這一刻的決心，一直伴隨著卡萊一生，他伴隨在聖子的左右，跟隨他轉戰南北，一生不離不棄。

第四章　西南盟誓

從八月份騰越傳訊大草原，聖子要回歸藍鳥谷召開各部會盟時起，草原各部時刻關注著聖子的回歸行程。由於大陸大旱，草原也出現前所未有的災難，草場枯萎，畜牧不斷的死亡，只有在雪山周圍三、五百里的草場依賴雪山的雪水，還保持著翠綠，供養著牧畜生存。

這三百里草場是聖子的牧場，賞給雪奴族放牧，各部落尊重聖子，輕易不敢進入，心中焦急萬分，幸虧雪奴族少年族長科藍在天雷的教育下識大體，顧大局，允許各部向雪山三百里草場靠近，暫時度日。由於大旱災無期，牧畜大量死亡，各部落糧食所剩不多，人心惶惶，各部沒有一個統一的應對方案措施，深怕引起草原動盪，所以聞聽聖子回歸，各部落族長統一決定全部向雪山及藍鳥谷靠近，閒暇人等全部到沿途迎接聖子求恩賜福，保佑牧民度過災難。

這次跟隨天雷參加草原第二次會盟的西南郡人員眾多，因為是草原的一場大盛會，所以都想跟來看看熱鬧，再加上短人族的代表、雅星等嶺西人員，有三百人，中原各派江湖人士擠在周圍，觀看著草原大神賜恩賜福這一盛大的場面，心中吃驚。

「聖神」、「聖子」在草原是至高無上，大陸各族都有自己的祭神形式方法，而且祭神是不容任何侵犯的，否則將成為草原各族共同的敵人，至死方休，中原武林各派深知其中的厲害不敢有所不軌。何況天雷畢竟在中原有聖騎士的威名，現今嶺西郡將軍也算半個中原人，能夠統領草原，被草原人認作神，也是中原之福，所以只靜靜地觀看。

一路上歡迎的牧民部落越聚越多，三天後到達聖雪山藍鳥谷外時，幾乎達百萬人，僅科里部、烏格的就有近六十萬人，最後是雪奴族。從藍鳥谷向西排列著望不到邊際的帳篷，把僅有的草場包圍在中間，馬、牛、羊等牧畜在草場上自由的遊蕩，偶爾抬頭看一眼遠處龐大的帳篷人群，感受著歡樂的氣氛。

藍鳥谷口外，老萊恩、列奇率領著二萬餘名藍鳥谷孤兒列立在前，清一色的天藍色勁裝，隊伍威武雄壯、整齊，個個腰桿筆直。萊恩、列奇雪白的鬍鬚隨風飄擺，臉上洋溢著幸福的微笑，天雷遠遠地看見，抑制不住心情的激動，急忙下車向兩位老師兄走去。

「萊恩、列奇拜見聖子大人！」二人躬身行禮。

「藍鳥谷部眾叩見少主！」眾人齊刷地拜倒在地。

藍鳥谷部眾與外人不同，是天雷的私人部眾，這時候尊天雷為少主，明顯地與草原人和西南人有區別。嶺西、西南人稱呼他為將軍，草原人稱呼他為聖子，而藍鳥谷稱呼他為少主，雅星聽著，心裏就明白這些人是天雷的直系部眾，任何人恐怕也不能調動使用，再加上如今在嶺西郡的一萬二千名藍鳥谷部眾，天雷的直系部眾就達到三萬五千多人，而這些人個個武藝高強，是聖雪山的嫡系子弟，這支隊伍恐怕真是天下無敵的部隊。

當下天雷上前扶著萊恩、列奇，淚水不由得流了下來，近三年沒有見面，兩位老師兄人明顯見老，萊恩七十五歲，列奇七十三歲，二人自從天雷六歲時在聖雪山師父處相見，為天雷默默無聞地奉獻十五年，教導他做人，陪伴他學習，習文練武，培養出像維戈、雷格、溫嘉、商秀、衣特、格爾、雅藍、雅雪等藍鳥谷的優秀子弟，在天雷的心中，與父親無異。

緊靠著藍鳥谷口向西，為奴奴族的帳篷，東方不遠處則搭建著一座高大的彩台，有三米高，高聳寬大，五顏六色的旗幟隨風飄揚。從谷口向內，鋪設著一趟草原牧民親手編製的羊毛氈地毯，谷內的房屋擴建了許多，整齊有序，顯得更加有氣勢。

天雷率領著一干部族首領、族長、長老和城主來到谷內，早有女侍安排休息處，雅星和天雷向裏走，直接來到天雷自己靠北的住處。

夜晚，藍鳥谷內外格外的熱鬧，草原牧民們盛大的篝火照亮著夜空，載歌載舞的牧民歡慶著自己大神的回歸，洋溢著無比歡樂，而中原人融入這盛大的晚會中，顯得是那麼渺小，微不足道。

九月二日，「聖子」天雷召集草原各族各部開會，從草原旱災到草場枯竭，牧畜減少，各部向雪山靠攏，科藍放開靠雪山草場，到目前草原的整體形勢、各部的穩定情況，糧食的餘存多少，以及今後的方向，各部族長在巴烏呀代表下發表講話，眾人補充，基本上已經齊全。

目前，草原各部主要的問題爲：一、草場面積小，牧畜草食物困難，牧畜死亡率高；二、糧食存量幾乎將盡，各部落面臨缺少糧食的困難；三、部分草原部落出現動盪現象，有可能出現馬賊，掠奪畜牧，必須採取措施。

針對草原出現的一連串問題，天雷首先決定草原各部的牧畜按頭數量清冊，混合放牧，草場全部開放，沒有界限，而各部宰殺牧畜按自己登記數量比例領取宰殺，對那些老、弱、病的牧畜當即宰殺，各部製成肉食品備用，以度天災。

二、藍鳥谷拿出一百萬擔糧食補用，按各部的人頭比例分配，各部落最好進行合併爲幾個大族部落，以便管理，而糧食的分配由各個部落的長老、首領組成聯盟隊，進行監督管理、分配。

三、由草原各部組成三十萬大軍，二十萬爲常備隊，五萬人駐守草原最西部，防止各部動盪，阻止馬賊的掠奪，另五萬人組成精銳騎兵部隊，由金鷹勇士統領，在大草原掃蕩馬賊，緊急時刻出動安定草原各部。

四、對出現動盪的部落堅決鎮壓，決不姑息，各部落如有困難，可由長老和首領向各部聯盟提出，聯盟派出人員儘快給予查實，如真有困難，聯盟要盡全力給予解決。

當前，草原各部要拿出十萬匹戰馬作爲對糧食的交換，交由嶺西郡使用，以後如有需要再行支援，而草原的二十萬常備部隊要隨時準備聽候「聖子」的調遣，任何人不得以何種理由拒絕。

會議由各族代表同時決定：由草原勒馬族各部、奴奴族和巒山短人族及聖日族的嶺西郡、西南郡組成聯盟，各族地位平等，互相扶助，有維護聯盟的義務和責任，各族統一由「聖子」指揮，各盡職責。

隨後，「聖子」天雷在藍鳥谷舉行了盛大的晚會，招待嶺西、西南及草原各部的族長、長老，雅星作爲聖日帝國豪溫家族的長公子、老國師文卡爾的嫡系傳人及嶺西郡天雷的助手，得到了草原各部及雪奴族、短人族人的尊敬，確立了他在西南集團的地位。

九月四日上午九時，聖子天雷・雪在藍鳥谷外東側，召開「縱論天下，以武會友」英雄大會，參加英雄會的中原武林各派豪傑八百餘人，各族的首領等勇士一千二百餘人，加上藍鳥谷的部眾、草原各部的牧民近二十萬人，聖子在大會前只做了簡短的講話，然後，就由雅星・豪溫作「縱論天下」演講，這一年，雅星二十三歲。

「兩千年來，風月大陸戰亂不斷，豪傑四起，各族為了自己的生存空間，不斷地積累實力，向外擴張，聖日、映月、西星、北蠻等族依靠自己強大的實力，戰成一團，而弱小的草原勒馬族人、雪奴族人、短人族人被迫屈於大陸一角，苦苦求存，其生活的艱辛不是我們可想像的。百年前，聖日崛起於中原，依靠中原人的堅韌卓絕，建立了強大的聖日帝國，使中原逐步走向穩定，以後，在倫格大帝的領導下和國師文卡爾的幫助下，聖日人民艱苦奮戰，拓展疆土，才有了強盛聖日帝國的今日。」

「二十年來，倫格帝君以民為本，休息兵戈，培養國力，聖日漸漸強大，各門各派豪傑四起，出現空前的強盛，只是，近二年以來，大陸出現百年罕見的天災，大旱不斷，如今仍然望不到頭，聖日久據中原，沃野千里，糧食多產，二十年來積累了許多的庫存，人民生活勉強可以維持，但如今也已有二年，糧食庫存將盡，而映月，佔據聖雪山北麓，西臨沙漠，土地本就貧瘠，糧食低產，災害更增加了百姓的困苦，但是，聖皇月影雄才大略，二十年休養生息，培養國力，軍隊十分的強大，再加上他時刻不忘圖霸中原，隨時準備發起戰爭，中原時時提防映月的入侵，不久前，映月東月軍團入侵嶺西郡就是最好的證明。」

「西星盤據北海以南，西臨沙漠，人口生存困難，但星主星晨以武林一派起家，國中豪傑眾多，高手幾乎達十萬，軍隊強大，如今大陸荒旱，西星百姓生活更加困難，時時有入侵中原的呼聲，星晨隱忍一時，以窺時機，然大陸的旱災給予了他千載難逢的機會，西星隨時都有出兵的可能，聖日堰門關時刻也不敢懈怠。」

「北海國小，北靠北海，資源貧乏，人口少，百姓勉強度日，但北海人個個自強不息，雖只幾十萬軍隊但各國也不敢小視，且北海在西星北蠻間求存，依附之心強，如映月西星與北蠻有入侵中原之心，北海必然出兵，以分一杯羹，聖日從不敢小視北海。」

「北蠻國大，民族強橫，人口稀少。北蠻地處北疆，國土貧乏，氣候寒冷，糧食平日裏少產，百姓困苦不堪，如今大陸大災，百姓食不果腹，以北蠻的強橫，不久必將出兵。」

「東海聯盟地源廣大，一百零八島人口眾多，海軍時刻有入主中原的實力，況且如今天下大災，東海聯盟決不會就此放棄圖霸中原的時機；南彝山高林密，七十二洞不穩，中原一旦大亂，南彝必乘亂入兵。」

「如今大陸旱災，百姓困苦，各國忍耐已經達到了極限，聖日地處大陸的中央，富足正是各國窺伺的原因，以映月、西星、北蠻的實力，以及三十多年前聯盟入侵中原的經驗，聖日時刻面臨著各國發動的入侵戰爭，所以……我們中原的英雄豪傑必須團結在一起，時刻準備著爲捍衛自己的家園而戰鬥。今天，我雅星以個人的名義向各位提出問題：當此國家即將面臨危難之際，百姓將深陷於水火，各位不思考中原的危難，卻遠來西南，不知道是做何道理？」

雅星環視眼前的各派中原武林高手，見無人回答，他用深情的語氣接著說道：「雅星自比不上各位英雄，但豪溫家族的人敢說爲中原百姓盡心盡力。如今帝國危難將至，前此映月帝國三十五萬大軍出兵嶺西，百姓生靈荼炭，嶺西郡有幸在雪無痕將軍的帶領下，以弱旅擊潰東月大軍，保黎民百姓免遭戰火，如今，雪將軍以百姓爲本，奔波於嶺西與西南之間，爲嶺西百姓求糧，穩定中原西面江山，雅星衷心地希望各位有識之士參加嶺西郡的建設，保護中原百姓安寧，我謝謝大家了。」

說到此處，雅星站起身躬身向下施禮，台下人以熱烈的掌聲對雅星的縱論天下回報以掌聲。

至此時，天雷上臺，以帝國嶺西將軍的身分，真誠地邀請中原各派英雄到嶺西第一兵團。台下群雄被雅星的言詞所動，再加上天雷的要求，當時是人心激動，場面熱烈。

這時候，一個洪亮的聲音響起：

「流雲劍派恆雲聞聽老國師嫡系子孫雅星大人的縱論天下，深表慚愧，深感自己的淺見，並對雅星大人憂國憂民的心懷感到佩服，對雪將軍在嶺西關的所作所爲感到佩服，流雲劍派願意爲中原的安危略盡自己的力量，但是，恆雲久聞雪將軍爲帝國最年輕的聖騎士，武藝高強，請問將軍可是這聖雪山聖僧前輩的傳人？」

台下之人聞聽此言，一時間鴉雀無聲。

天雷在臺上微微一笑，點頭說道：「不錯，天雷正是聖僧他老人家的傳人！」

恆雲敞聲大笑：「聖雪山就是聖雪山，雪天雷就是雪天雷，久聞雪將軍已得聖僧老前輩的真傳，秋水劍法當世無雙，將軍並獲得霸槍絕技，恆雲這次西南一行雖多有冒失，但不知能否領教聖雪山絕技，以不虛此行？」

「好，天雷久聞中原各派武藝各有所長，流雲劍派劍法出眾，各位英雄既然來到西南，就此空手而回必心有所憾，聖雪山藍鳥谷願以十陣與中原各派相約，以武會友，不知可否？」

台下各派人等紛紛議論，三五成群，相互商量，時間不大，還是恆雲站起說道：

「雪將軍的豪氣令恆雲及各位英雄心感敬佩，藍鳥谷久已揚名中原各派，這次我們願意與雪將軍相約十陣，以武會友，只不知道將軍這十陣怎樣比試？」

「這樣吧，今天天色已晚，各位就在此休息，明日開始，各位選出十位代表，藍鳥谷出十人，每天比試三陣，餘下的時間，各位參觀一下藍鳥谷，不知各位意下如何？」

「好！」

「那好，我們就此約定，維戈，你帶領人安排各位英雄食宿，不要怠慢了各位。」

「是，聖子！」

天雷走下臺來和中原各位豪傑一一握手，互相問候，他從中原回來不久，深知中原門派林立，豪傑眾多，以後大陸征戰，須依靠中原武林的支持，心中一點也沒有輕視武林人的意思，深得中原各派高手的讚譽。

雅星沒有隨天雷回谷，他留宿在谷口外，和中原各派人士在一起，以他的為人心性、才華，加上發自於內心的真誠，不久就得到各派的認同，親熱之情不言於表。

其實，這次中原各派來到聖雪山，主要是搜尋天王印訣，碰碰運氣，再加上聽說聖僧隱居雪山，傳人雪天雷得到霸槍絕技，心存嫉妒，所以到聖雪山來看看，彼此之間心照不宣，但雅星的一番縱論天下之言，深深地贏得了中原武林各派高手的認同。

雅星爲文卡爾老國師的嫡孫，各派尊重老國師，同時也知道雅星是中原不可多得的人才，所以雅星之言可信度就十分的高了。他們雖不甘心就此退出聖雪山，但遇見天雷也不枉費此行，比武是最好辦法，既可留下退出的面子，又可領教雪山絕技，對於他們這些武林人士來說，這是再好不過的事。

藍鳥谷在萊恩、列奇的主持下，挑選出八名年輕的好手，天雷三年內沒有在谷中，對各位兄弟的情況不是很瞭解，但他們二人不同，每日領著眾人操練，考查每一個人武功的進境，深知每一個人的情況，同時也根據各人的進境，把秋水神功的第四、五重陸續相授，所以由他們挑選的人，都是先期隨維戈進入谷中的少年，練功已有七年，如今都已經十八歲了，正是藍鳥谷的好手，槍法、刀法、重劍法純熟，武藝上的高手。

晚間，在維戈的帶領下，大家在後谷的練武場演練武技，天雷看著很是滿意，讓維戈把後三式槍法傳授給使用槍之人，自己指導用刀之人和使用重劍之人，直到深夜，布萊、洛德、卡斯、楠天等八人興奮不已。

從第二天開始，在藍鳥谷外，中原武林和聖雪山藍鳥谷十陣比賽正式開始，前來觀看的人有幾十萬人，幾乎在藍鳥谷外的練武之人全部來到比武場外觀看。爲了尊重各位英雄，維戈首先出場，迎戰流雲劍派高手恆雲，交戰有四十個回合，維戈以神奇的霸槍絕技取得勝利，但後二場全部失敗，天雷也不氣餒。

次日，布萊與卡斯竟然取勝，令天雷等藍鳥谷人興奮不已，畢竟，藍鳥谷出戰的都是十八歲的少年，與中原各派的高手比試，無論是功力、經驗上都還有一定的距離，雖然武藝精巧，招式神奇，但這不能決定比武的勝負，對此，天雷很是滿意。

在以後的一天比賽中，洛德也以招式取勝，雖後兩場全部失敗，但三天的比賽也取得了四場的勝利，令中原武林大失面子，要不是藍鳥谷的少年使用的是聖僧絕技，早就羞憤而去了，同時也感到聖雪山的武藝的不平凡。

十日，天雷和紅雲派的長老林段陰論劍，林長老一點也不敢小視，施展一百零八式紅雲劍法，天雷始終都沒有還手，施展騰、閃、挪天罡身法，在擂臺上迎戰，林長老在施展完一路劍法後，停下手，拱手認輸，並要求天雷獻技，天雷也不推辭，在擂臺之上展開秋水劍法，贏得中原各派的尊敬，實至名歸。

論劍大會後，天雷邀請中原各派人士參觀藍鳥谷，又熱鬧了兩天，眾人漸漸散去，藍鳥谷這才恢復平靜。

十四日清晨，天雷起身上山，一路上看見熟悉的山峰、飄飛的白雪、歌唱的雪鳥等，心情漸漸激動，快速來到山上，雪山聖僧早已經站在了玄冰洞外，看見天雷嘴角露出了笑意。

「天雷，回來了，師父正在等你。」

「師父！」天雷跪倒在地，淚水流了下來。

「師父知道你做了驚天動地的大事情，爲百姓造福，正是師父所期盼。二十年前的九月二十三日，師父在聖靈峰藍鳥谷帶你上山，轉眼已經二十年，你沒有辜負爲師的期望，我很欣慰，如今你已經不用師父操心了，但是，天雷，你要記住：百姓爲天下之根本，水能載舟，也能覆舟，離開了百姓，你就沒有了回頭路。」

「是，師父，我記住了！」

「紅塵滾滾，迷失雙眼，塵世滔滔，誤我之心，二十年歷劫，只爲百姓。天雷，如今我塵劫已滿，飛升在即，以後的天下，任你縱橫馳騁！」

「師父！」

「癡兒，去吧，師父會看著你，爲你指引！」

「是，師父！」天雷叩首在地，淚水已經打濕了衣襟，他起身向山下馳去。

二十三日夜，睡夢中的天雷聽見師父的呼喚，看見聖僧面帶慈祥的笑容，身形從雪山頂上冉冉升起，七色的彩虹環繞全身。

「師父！」天雷大叫一聲醒來，他跑出屋外，面向聖雪山跪倒在地，遠遠地看見聖雪山頂上霞光萬道，光彩四射。

雪藍、雅雪、雅藍姐妹聽見天雷的叫聲，先後跑出室外，看見天雷向聖雪山跪倒，舉目光向雪山看去，突然渾身顫抖，緩緩跪下，這時，藍鳥谷外的整個大草原開始傳出陣陣祈禱之聲，一浪高過一浪，直到天色大亮。

雅星在雪藍的叫聲中醒來，他來到屋外，看見聖雪山如神山一般，霞光萬丈，也跪倒在天雷的身後，只聽見天雷喃喃的低語聲：「師父！師父！」

第二天，萊恩與列奇喚天雷來到室內，兩個人也是雙眼通紅，彷彿一下子老了許多。

「天雷，是師父去了？」

「是，師兄！」師兄弟三人再次面向聖雪山方向，叩下頭去。

午後，天雷帶著悲傷起身告辭。回到嶺西郡後，天雷沈默寡言，極少說話，把一顆心都投入到嶺西的建設中，軍校、管理學校、孤兒院都逐步走上正軌，人員陸續進入，軍隊的整訓熱火朝天。

不久，南蠻山短人族五千名工匠在卡萊的帶領下來到了嶺西，天雷看見卡萊，心情稍微好轉些，雅星忙叫人安排短人族工匠住處，卡萊拜見天雷，滿心的興奮。

「卡萊見過聖子！」

「卡萊，快起來，自己兄弟，不要這樣，以後還是叫我無痕吧！」

「這……」

雅星接過話：「卡萊，不如以後叫將軍吧，這樣一來，大家都方便些。」

「是，雅星大哥。」

「卡萊，從西南運往巒山的糧食到了嗎？」

「將軍，騰越將軍爲我族運去了三十萬擔糧食，現今全部到齊了，全族上下無不感念將軍的恩德，我來的時候，各位族長和首領、長老叫我帶他們謝將軍大恩。」說罷，卡萊又要跪下。

天雷連忙扶住卡萊嘴裏說道：「不要這樣，卡萊，我知道了！」

卡萊有些激動：「我來時，族長讓我帶來一萬人，有五千人留在了西南郡，另外還帶來了二十萬套的裝備和我族新研製的五百套弩機！」

「弩機？」

「是，這是我族經過幾百年實驗才發明的一種機器箭弩，發射速度快，射程遠，威力比弓箭大許多。」

「太好了，卡萊，我謝謝族長和各位長老了！」天雷興奮得搓著手。

「是太好了，將軍，不如我們看看去？」雅星看天雷心情不錯，趕緊提議。

幾個人先後來到外面，嶺西郡的人和短人工匠正在卸貨，卡萊到一輛大車前，從車上拿下一張像小些的弓，但從弦到弓背處有一橫板，有鐵絲簧，卡萊安上一隻獨特的箭，弦聲響處，箭飛射而出，釘在三百米外的一棵樹上，入木一半。

「好弩機，神箭啊。」

眾人一起過來觀瞧，無不讚賞。當下，天雷吩咐雅星抽調八百人成立神弩營，由卡萊帶人指導使用，直接歸兵團指揮。

幾天後，裝備陸續投入部隊中，弩機營也在訓練實戰經驗，工匠在雅星的安排下都給予極高地位，開始成為嶺西軍器製造的中堅，各城都在為自己的發展而不斷的忙碌，不久，騰越又陸續運來一百萬擔糧食。

雅星自從藍鳥谷回來後就像變個人似的，拚命地幹事情，把嶺西郡的各項事情都攬在手中。他知道天雷的最近心情不好，幹活只是一種心情的發洩，但是這並不是辦法，要讓他慢慢地從心靈上解脫出來。嶺西的兄弟們，維戈和雷格、溫嘉、商秀也都不讓他操心。每當天雷走到哪找點事情做的時候，大家就會搶過來，漸漸地，他的心情被兄弟們的真誠所感動，從悲傷中解脫出來。

十月二日，京城忽然傳訊，說雪無痕將軍正式冊封的使者已經出發，向嶺西郡而來，帶隊的是盛美公主，副使列科，隨行人員中有雅靈等人，天雷聽得歡喜，日日的企盼。

盛美公主從天雷五月份率領帝國近衛青年軍團離開京城前往嶺西以來，心情隨著嶺西郡的交戰而起伏跌蕩，有了許多的心事和牽掛，自己常常半夜醒來，回憶起許許多多的往事，腦海中常常浮現雪無痕的影子，終於知道自己是喜歡上了雪無痕。她開始一個人發呆，細細的思念折磨著她，終於忍受不住，跑到宮中與帝后訴說，帝后早就知道帝君有意把她許配給嶺西將軍，所以就與帝君商量，準備正式冊封雪無痕，讓盛美公主到嶺西郡去，盛美公主這時候也顧不得害羞，點頭答應。

倫格大帝怕盛美一個人辦不好事情，就與平安王商量，讓列科隨行，列科當然願意，事情就這樣定了下來，盛美與雅靈一說，不想雅靈聽後如晴天霹靂，回到家中就一病不起。

雅靈的母親雅美雅公主看見女兒病重，自然百般安慰照顧，但病並不見好轉，這才知道是心病，與雅靈一談，才知道女兒是喜歡上了嶺西將軍雪無痕，得知道盛美公主有意西行，哪能不病。

雅美雅沒有辦法，進宮叩見母后，帝后這才知道還有一個雅靈，帝后與倫格大帝一說，帝君自然知道有這麼回事，當初平安王曾經與他說過，雅靈爲了這個雪無痕，自願到軍事學院中級部院去，受過許多苦，自己也曾經說過，如果雅靈願意就成全他們，如今帝王家兩個最好的女兒同時喜歡上同一個人，帝君這才感到尷尬。

但倫格大帝並不迂腐，雅靈是國師的孫女，自己的外孫，何況凱旋兄弟爲國盡力，帝國也少不了豪溫家族，如果雅靈有什麼事情，必影響巨大，何況這事是雅靈佔先，盛美公主在後，是搶了雅靈的，但如果成全了雅靈，那麼，盛美一旦接受不了也不行，沒辦法，帝君全權讓帝后處理，他乾脆不管了。

第五章　整兵備戰

帝后看帝君不再管這事情，知道是有意成全，當下與雅美雅商量辦法，最後找來盛美公主，把事情一說，盛美呆了一呆，這才想起雅靈到中級院部的事情，但如今自己也陷入其中而不能自拔，也就無話可說，乾脆與雅靈一起，反正自己從小就和雅靈一起長大，親如姐妹，事情既然到此，也就認了。

雅美雅回家後與雅靈一說，雅靈當然高興，叫人請來盛美公主，兩姐妹在房裏說著話，漸漸地更加的親熱，當說到雪無痕的時候，兩人同時看了對方一眼，臉紅紅的。

盛美氣呼呼地說了句：「便宜他了！」

兩人最後決定同時前往嶺西，雅靈和盛美當然知道嶺西郡的困難，自己從家裏要了許多的錢，在京城裏買了許多的東西，凱文知道雅星也在嶺西，他與別人又不同，給予購置了許多物品，雅美雅公主知道事情已經如此，自然也給了不少，凱旋看著忙碌的妻女，一句話也說不出，這下可好，兒子、女兒都跑到嶺西郡去了。

西南商盟騰輝知道事情的經過，更是不敢怠慢，正巧藍翎有人在京城，全部派出，交給了列科，於是，浩浩蕩蕩二十餘輛大車裝滿物資，起程趕往嶺西郡。

京城內自然有人說些閒話，但並不影響盛美和雅靈一行，十月二十五日，經過一路上的顛簸，眾人終於趕到凌原城，天雷帶領雅星及秦泰和凌原城的一千將領出城迎接，雅靈與盛美見到天雷的時候，激動得淚水都流了下來。

天雷見到二人，把心中的悲傷忘卻，自然親近。列科代表帝君宣讀了聖旨，授予天雷將軍印，從此留在嶺西度假，年底才歸去。

雪藍、雅雪姐妹看見盛美公主與雅靈親自來到嶺西，自然知道是怎麼回事，親自侍奉二人，又要照顧天雷。天雷看見三人實在太累，又向藍鳥谷要人，不成想萊恩與列奇一下子派來了三百名谷中女弟子，全部充當天雷府的女侍兼近衛，天雷也沒辦法，只好收下，又為雅星、驚雲、維戈、雷格各安排了二人，照顧他們起居生活。

風月大陸二千三百八十六年，是暗潮洶湧的一年，自從映月帝國東月軍團攻擊聖日帝國嶺西郡失敗後，映月聖皇月影並沒有給予主帥兀沙爾什麼處罰，相反，聖皇還給予他無上榮譽，映月是崇拜英雄的民族，兀沙爾以區區四十萬兵馬攻佔嶺西關，搶佔十二城，血戰近月，在沒有後援的情況下取得如此成績，是映月百年來沒有的戰績，況且，如今映月陷入災害的困境，急需要戰爭來補償、滿足百姓的心靈和解決眼前的困難。

聖皇月影準備了二十年，如今也只是差了一個時機，而大陸大旱就是一個最好的時機，所以戰爭是必然的，兀沙爾只是先行一步，爲映月做出一次試探，所以東月兵團又給予了重新的補充和加強。

考慮到聖日的實力，聖皇月影不打沒有把握之仗，他把目光放在了西星身上。西星星主星晨與他一樣，有著同樣的困難，同樣的野心，同樣有實力，加上百年來，兩國爲對付聖日多次聯盟，關係密切，聯合出兵是可行的，月影考慮至此，忙派出使者出使西星，把自己的意思傳達給星晨，看看反映如何。

七月五日，使者到達西星京城星落城，星晨給予很高的待遇，第二天在星落殿接見使者，使者表達了映月聖皇月影的意識，星晨聽後大喜，忙令映月使者回去，安排與月影會面日期，詳談出兵情況和計劃。

西星國如今的情況和映月差不多少，連年災害，百姓食不果腹，民怨極大，爲了平息民怨，解決問題，需要向聖日出兵，佔領中原，解決糧食問題，滿足民眾的要求，同時，二十年來，西星軍事力量也十分強大，需要發洩，滿足自己的中原夢想，所以兩國是一拍即合。

七月三十日，映月西星兩國君主秘密會見於邊境的沙月小鎮，詳細談了雙方共同出兵的計劃、兵力和後勤情況，只是在出兵計劃上存在了一定分歧，考慮到強攻嶺西關和堰門關損失巨大，兩人都不十分願意，必須提出一個行之有效的辦法，既可減少傷亡，又可迅速攻佔聖日，有立足之地，本著這一原則，兩人苦思苦想了三日，不得解決。

這時候，西星老元帥星智提出了一個建議，令兩人大喜，星智說：「映月西星困難，北蠻就更困難，我們何不與北蠻聯合，共同出兵，一來可以轉移聖日的注意力，二來可以減少我們的壓力，三來我們也可以達到突然襲擊的目的，將來在利益分配上，如我們兩國聯手，相信也不會吃虧。」

月影笑道：「老元帥說得好，事情就這麼辦，同時何不把北海也牽連進去，這樣一來，如聖日在嶺西關、堰門關、北海、北疆全面開戰，戰線過長，兵力分配不足，我們必勝無疑。」

星晨笑呵呵地說：「如果我們能與北蠻達成協定，北海就不是問題，如北蠻首先出兵，吸引聖日注意力，北海突然出兵，直指堰門關，裏應外合，我想堰門關已是我囊中之物，呵呵！」

月影也笑道：「如堰門關失守，映月西星大軍長驅直入，再分兵搶佔嶺西關，裏應外合，聖日的半壁江山就是我們的了。」

當下兩人忙派出聯合使者，幾個人又詳細計劃了一番，就如何聯合北蠻出兵，加強北海的突擊，搶佔堰門關，攻擊嶺西關等事情詳細計劃，就兵力的分配，統帥的人選，出兵的路線等事情進行安排，就兵力的調動，後勤的協調等也是計劃得天衣無縫。商議了有十五天，派出出使北蠻的兩國聯合使者飛鴿傳喜訊，北蠻主同意了四國聯合出兵計劃，決定西星與北蠻聯合對北海施加壓力，迫使北海加入陣營，並借道出兵，事情就這麼定下來。

北蠻國地處北疆，土地廣大，但多是不毛之地，極北地區氣候寒冷，不適應糧食生產，多以捕獵爲生，食物奇缺，幸虧北蠻人口較少。大陸旱災以來，北部地區就陸續出現斷糧現象，如今更是民不果腹，國主蠻龍心急如焚，暴跳如雷，三位王爺蠻虎、蠻彪、蠻豹多次上書，說率領軍隊進犯中原，爲國主蠻龍所阻，一直拖到現在，但他也把軍隊和北蠻國百姓一百二十萬人集結在靠近聖日國邊境附近的近南城，等待時機。

映月、西星國使者一到北蠻國都蠻興城，蠻主就緊急召見，雙方一說條件，一拍即合，蠻主大喜，當即命令蠻豹出兵十萬，向北海國邊境靠攏，蠻虎、蠻彪率領三十五萬大軍在近南城準備，時刻準備出兵聖日。

映月西星使者見到國主，把事情的經過一說，兩位國主大喜，又商議一番，決定由西星出主力軍隊五十五萬人向北海國靠攏，準備進駐北海，同時派出使者入北海談判聯合出兵的條件，並時刻準備強制出兵北海。

北海國主北海無疆接到手下報告，北蠻出兵十萬向國界靠攏過來，當即大驚，知道危機就在眼前，北海國臨近北蠻，最害怕的也是北蠻，北蠻人強橫無禮，在大災害過不去的時候出兵北海是必然的事情，正人心惶惶之時，又聞聽西星出兵五十五萬人馬，國主當即就昏了過去，眾大臣手忙腳亂地救醒他，一時無語。

北海無疆長歎一聲說道：「眾位愛卿，如今國難就在眼前，西星北蠻是要滅我北海，不知道如何是好？」

見眾人無語，丞相站出來說道：「陛下，不如我們先派人與西星北蠻先談一談，看看兩國有什麼條件，然後再說！」

看眾人也沒有什麼辦法，北海國主只好說道：「什麼條件，如今只有糧食最貴，各國缺少糧食，我們也是如此，兩國無非是要糧食要錢，錢好辦，但糧食沒有，哎……糧食，糧食，就依丞相之言吧！」

派出使者回來一說，西星、北蠻要求北海聯合出兵聖日，且西星要求借道出兵，國主大喜，借道出兵不是什麼問題，況且和三國一起出兵聖日，也可分得一些好處，解決眼前國內的危機，能搞到糧食何樂而不為。

風月大陸通曆二千三百八十六年十一月二十五日，北蠻國首先向聖日帝國不宣而戰，出兵四十五萬人迅速佔領北部邊境的鎮北城，並迅速向前推進，後部百姓共八十萬人跟隨大軍南下。聖日鎮北大將軍凱武組織二十萬大軍抵抗，節節敗退，連失六城才穩住戰線，兩國軍隊暫時對峙。

十二月十日，北海國出兵三十萬人偷襲邊境，佔領臨海城並迅速向前推進，同時，映月、西星兩國出兵攻擊嶺西、堰門兩關，到十八日，聖日帝國堰門關被北海國部隊偷襲失守，西星、映月共計六十萬大軍迅速向前攻擊，大陸戰爭全面爆發。

藍鳥軍團的成立，使聖皇帝天雷・雪有了自己爭霸天下的武裝力量，並伴隨著戰爭的爆發迅速擴大，成爲爭霸天下的主要力量之一。

聖靜河位於京城不落城以北三百公里，西起聖拉瑪大雪山北麓的餘脈，東至東海，全長二千零五十六公里，河最寬處二百三十米，最狹窄處也有近一百米，流經映月、西星、聖日三國，十二郡府，兩岸六十一城。

倫格大帝剛剛度過七十二歲生日，在聖靜河以南的南河山莊靜養，忽然聽得值班督衛報告：「北蠻帝國忽然出兵四十五萬人入侵聖日，前鋒已經搶佔六城，鎮北將軍凱武組織二十萬大軍節節抵抗，現已經在北冥府城穩定住防線，大軍正在苦戰，望火速支援。」

帝君躺在籐椅上動都沒動，他知道北蠻出兵是早晚的事情，拖到現在也算北蠻人耐性好，一點也不稀奇。當下他命令凱武將軍盡全力組織抵抗，又命令聖靜河以北地區的城防軍迅速組織二十萬人馬支援，帝國正規軍團暫時不動，靜觀其變。

幾日後，值班督衛匆忙而入，又報告：「北海國出兵二十萬人馬攻擊邊境，現已佔領三城，前鋒正迅速向前推進。」

「同時，映月、西星各出兵二十萬人攻擊嶺西關和堰門關。」

倫格大帝沈著臉在室內走來走去，一直沒有說話，他心下暗想：北蠻出兵在情理之中，而現在，連小小的北海國都出兵二十萬就足以說明一件事情：北蠻與北海取得了一定的協定，聯合出兵進攻聖日。但西星緊臨北海，不可能一點動靜也沒有，更不可能不知道北蠻與北海聯軍的情況，而如今，映月、西星僅僅以二十萬人馬攻擊嶺西關和堰門關，並不足以說明映月西星沒有興趣出大軍，一定隱藏著什麼自己不知道的陰謀。

思考多時也沒有想出一個可能情況，帝君心情煩躁，命令北海邊境的督統組織抵抗，自己帶領人馬起程回轉帝京城，靜觀局勢發展。一路上，不時地有北海方面傳回消息大軍抵擋不住，連續六天已經丟失四城，而確切的消息是北海大軍決非二十萬人，至少也有五十萬人，現正勢如破竹向前推進。

聞聽北海大軍有五十萬人，剛剛到達帝王宮準備休息的倫格大帝心中一動：五十萬人，北海那有五十萬軍隊，莫非……西星，是西星，西星人馬隱蔽在北海的軍隊裏，對，借道出兵，就是借道出兵，他趕緊來到西北部邊境地圖前，首先映入眼簾的是堰門關，他心中大驚，開戰已經有十天了，堰門關危險，他心痛地大喝一聲，一口鮮血噴出，倒在地圖的前面，朝日和護衛扶著帝君，焦急地喊著「帝君、帝君」。

倫格大帝緩過一口氣後，快速吩咐道：「傳令堰門關注意北面的敵人，北面！」又昏了過去。

倫格大帝甦醒過來的時候，已經是兩天以後的事了，他第一句話就是：「朝日，堰門關怎麼樣了？」

朝日帶著爲難的表情，張了張嘴，卻沒有發出聲音。

「快說！」帝君厲聲說道。

「昨天夜裏，堰門關遭到敵人近二十萬騎兵攻擊，現已經失守，四駙馬爺正在敗退之中。」

「北海方向的情況已經搞清楚了嗎？」

「是，帝君，清楚了，西星與北海聯合出兵約有八十萬人，由帕爾沙特王子親自指揮，分兵二十萬騎兵偷襲堰門關，裏應外合攻取堰門，另外，帕爾沙特命令北海軍隊二十萬夾擊鎮北將軍凱武，親自統領約四十萬大軍直取我河平城，妄圖在最短時間內佔領我聖靜河以北地區。」

「堰門關情況如何？」

「這……，堰門關現已失守，四駙馬爺帶領部分部隊正向後撤退，現無確切的消息，估計不很樂觀，從堰門關方向出現的是映月軍隊，約有六十萬人左右，統帥是明月公主，兀沙爾、騰格爾為副帥，大軍正向我京城方向推進。」

「我軍可向堰門關方向運動？」

「這……，陛下，大軍需要有陛下的命令才能起程，現在文謹將軍已經做好準備，正聽候陛下的命令。」

「哎……，朝日，扶我起來，通知升殿！」

「是，陛下，但您的身體……」

「都什麼時候了，快去準備！」

「是！」

半個時辰後，倫格大帝升朝，文武百官齊聚在帝王殿上，個個戰戰兢兢，不敢說話，倫格大帝看了眼眾位大臣，想起文卡爾國師在時，帝國那用他自己操這份心，又有那個國敢入侵聖日，如今物是人非，今非昔比，自己以七十多歲的年紀還要抱病為國安危操勞，不禁一陣傷感。

虹日畢竟是太子，看見帝君楞楞的樣子，輕輕地喚了聲：「父君！」

「啊……，虹日啊，眾位卿家，北蠻無故犯我邊境，目中無人，就連北海也敢出兵小視我聖日，西星、映月狼子野心，借道出兵，犯我帝國，如今敵人大軍分四路向京城而來，不知道眾位愛卿有什麼好的良策？」

眾位文臣個個臉色蒼白，不敢說話，武將也不敢輕易開口，帝國現在面臨四國入侵，兵力達一百八十萬人馬，誰輕易開口，一旦影響退敵，是死罪不說，恐怕成爲帝國的罪人，一時間，大殿上鴉雀無聲。

文謹將軍看無人開口說話，自己只好出班說道：

「帝君，四國出兵入侵我聖日，也沒有什麼好擔心的，常言說得好：兵來將擋，水來土淹，況且，國師早在二十年前就有教言，加上我聖日二十年休養生息，國力強盛，兵力強大，武將如雲，高手眾多，只要運用得當，一定會殺退敵人，振我聖日雄威！」

倫格大帝聽得文謹之言精神一震，眾位文臣武將也精神大振，帝君看眾人精神好轉，知道是好事情，他心胸一寬，看著眼裏的愛將，口裏說道：「文謹卿家請接著說。」

「北蠻出兵約四十萬人，加上跟隨的民眾，雖號稱百萬，其實能戰鬥的也就五十多萬人，現在雖然向前推進有四百公里，佔據七城，但北方戰線也已經穩定下來，鎮北將軍凱武在國師的教導下，手下兵精將勇，相信抵抗北蠻不會有什麼問題，如今北海出兵二十萬人馬夾擊鎮北將軍，雖北府軍困難重重，但帝君不久前已經命令聖靜河以北的城防軍集結支援，我相信在凱武將軍的帶領下，暫時絕對不會有什麼重大的閃失。」

「說得好！」倫格大帝脫口稱好。

「從北海借道出兵的西星人馬約六十萬人，再分兵二十萬偷襲堰門關，如今向前推進的帕爾沙特部也就是四十萬人馬，相信我方派出一支人馬必可抵抗，也不會有什麼大困難。」

「好啊！」倫格大帝再次叫好。

「如今最大問題，是從堰門關方向而來的明月公主部，相信這次映月、西星是盡出精銳部隊，堰門關方向如今敵人兵力多少暫時不明，但從西星出兵約六十萬的情況來分析，映月至少會出兵六十萬，加上從北海增援的二十萬，堰門關方向至少有八十萬人馬，去掉損失，如今至少有七十萬，而明月公主部必然會分兵攻取嶺西關。」

「不錯！」

「明月分兵嶺西關，至少要三十多萬人馬，從領軍的統帥來看，必然是兀沙爾無疑，這樣，明月公主部就只剩餘五十萬人馬向京城方向而來，我們只要派出兩路人馬殺退帕爾沙特和明月部即可。」

「分析得好，不愧是兵法的大家啊！」帝君歎了口氣，接著說道：「嶺西關如今受到關外映月軍隊的攻擊，又要承受明月部分兵的夾擊，嶺西郡剛剛恢復第一兵團不久，十分困難，文卿看雪無痕將軍能否承受得住？」

「帝君，以臣在嶺西郡的所見所聞，可以保證雪將軍必可殺退兀沙爾部，如嶺西郡有困難，西南郡必然會出兵幫助嶺西郡，帝君可以放心嶺西的事情。」

「那我就放心了，嶺西郡是我們的又一個門戶，決不能有失，看來朕派雪無痕出掌嶺西郡是先走對了一步棋，文卿，以你看，我們如何出兵抵抗帕爾沙特和明月部？」

「帝君，臣願率領本部二十萬人馬迎擊明月部，但帕爾沙特部可以……可以……」

「文卿直說！」

「帝君，環顧各位將軍，除軍機院的幾位老將軍外，實在也沒有誰可以和帕爾沙特相抗衡，但如……如凱旋將軍親自出馬，北可與凱武將軍相互配合，互相呼應，正面足可以殺退帕爾沙特部，但是凱旋將軍鎮守京師，也實在是非常的重要，所以……」

「文卿不必多說，來人，傳凱旋將軍上殿！」

「是！」

時間不大，凱旋快步上殿，跪倒叩首：「臣凱旋叩見帝君，帝君萬歲，萬萬歲！」

「凱旋，如今帝國的形勢相信你已經知道，北部凱武抗擊北蠻，而從北海借道的西星帕爾沙特部分兵偷襲堰門關成功，映月明月公主現率領五十萬軍隊向京城殺來，文謹將軍將率領本部人馬迎戰明月部，而帕爾沙特部，朕想由你率領軍隊抵抗，並配合凱武穩定北方戰線，希望你能不負朕望！」

「帝君，文謹將軍的中央軍團離開京師，京城如今只有十萬城衛軍和臣的五萬日炎騎士團官兵，如臣離開京師，不知道有哪些部隊跟隨臣去迎戰帕爾沙特部？」

「城衛軍你全部帶走，另外日炎騎士團你帶走四萬人，留一萬人守京城即可！」

「帝君，這萬萬不行啊，京師空虛，一旦那路大軍抵擋不住，京城豈不很危險？」

「這你放心，朕將即刻命令南方軍團回京師，朕是相信你們的，但首先是要解決北方的敵軍，如沒有人去抵擋，京城豈不更危險?放心去吧，另外，朕將即刻下令全民總動員，迅速組建新的部隊，相信不久就有百萬大軍出征支援你們！」

「帝君，臣可即刻出征，騎士團就留給陛下吧，臣就是死也不會讓帕爾沙特越過聖靜河！」

「不必，朕知道你的心意，但打仗是需要軍隊的，沒有軍隊這仗怎麼打，去吧，朕會沒事的，文謹將軍聽旨！」

「臣領旨！」

「朕命令文謹將軍爲左軍統帥，率領中央軍團即刻出征，決不能讓敵人越過聖靜河一步！」

「臣領旨！」

「凱旋將軍聽旨！」

「臣在！」

「朕命令你爲右軍統帥，率領十萬城衛軍及四萬日炎騎士團將士即刻出征，同時協調鎮北將軍部，決不能讓敵人越過聖靜河一步！」

「臣領旨！」

「蘇戴革丞相聽旨！」

「臣聽旨！」

「即刻發佈全民增兵令，迅速組建新的兵團，一切事宜可便宜行事，凡有礙於增兵的可即刻斬首，各個部門要全力以赴，有辦事不力者可先斬後奏。」

「臣領旨！」

「眾位愛卿，由於是非常時期，朕身體不適，從明天起，由太子親政，軍國大事由太子處理即可，不必向朕一一彙報！」

「父君！」太子虹日難過地叫了一聲。

「虹日，帝國處於危難之際，爲父這身體……實在是爲難你了，不過，這也是你的一次考驗，朕命令軍機院全力輔助你，你要好好地幹啊！」

「父君！」

「哎……，虹日，你要通知嶺西郡極早做好準備，雪無痕年輕有爲，而後必將成爲你的左膀右臂，另外，帝國軍事學院是帝國軍隊的搖籃，你要借助他們擊潰敵人，放心去做吧！」

「是的，父君！」

倫格大帝喘了口氣，在朝日的攙扶下回到寢宮休息，滿朝文武在太子虹日的帶領下，商議著各項事宜，整個帝國龐大的戰爭機器已經啓動。

映月帝國三公主明月自從去年底參加三國軍事學院比武大會後，整個人隱居在圓月教內，跟隨師父天月大師修習幻月劍法和兵書戰策，不知覺已經十月有餘，武功大進，劍法更加的精湛，天月大師很是滿意，眼看著自己的曾孫女已盡得自己所學，滿心歡喜。

前兩天，聖皇月影來信通知要明月回去，天月大師已經答應，回想起二十年前自己進宮，預言二十年後大陸必將大亂，七王爭霸，一主沈浮，大陸必將一統，如今二十年期已滿，明月也是紅塵中的一份子，就讓她去吧。

「明月！」

「師父。」

「前日，妳父皇派人來召妳回宮，我已經答應，我想大陸戰亂將起，妳也是這塵世的一份子，師父不應該留妳，只是妳要記住：七王爭霸，一主沈浮，大陸一統爲時不遠，就不知主落誰家，但妳在這殺伐中要保持一顆赤誠之心，少造殺孽，爲映月一族留下一絲退路，妳可記住？」

「是的，師父！」

「聖雪山傳人已現大陸，師父好希望妳能脫離這塵世的殺伐之中，最好能和他一起歸隱，但師父也知道你們也是歷劫之人，不可強求，只看你們的緣分吧！」

「師父！」明月臉色羞紅，輕輕地喚了一聲。

天月大師微微一笑，說道：「去吧，好自爲知！」

明月向師父施禮，起身告辭。回到月落城後，聖皇月影即刻任命她爲帝國元帥，在兀沙爾元帥和騰格爾元帥的協助下，統領中央月照兵團和月魂、月魄、月升、月起兵團共五十五萬人向西星邊境靠近，不日準備前往西星。

明月公主不知所以，但父皇有令她也不敢不從，只得起程。十一月初到達西星邊境，帕爾沙特王子已經在此等候她三天了，二人見面，細說別後的情況，感慨良多，帕爾沙特遙望著東南方的聖日嶺西關方向，咬了咬牙。

兩人細說出兵的安排，明月公主這才知道她要在西星堰門關外等候著帕爾沙特從北海出兵偷襲堰門關，裏應外合，拿下聖日西方的要塞，然後進軍中原。

二日後，帕爾沙特告辭，不久，明月公主起兵趕赴西星堰門關外軍事基地，等候消息發起攻擊，配合帕爾沙特行動。

十二月十日，消息傳來，要求明月公主向聖日堰門關發起詐攻，明月公主立即命令兀沙爾率領二十萬人發起攻擊，同時，遠在國內的東月軍團也向嶺西關發起詐攻。

帕爾沙特去年在三國軍事學院比武失敗後，回國被星主星晨一頓臭罵，一度失勢，但西星大王子和二王子也實在是不成才，怎麼也比不上帕爾沙特的才學，在軍隊中威望可望而不可及，慢慢地星晨又想起了這個兒子，正值大陸大戰將起的時期，也只有這個兒子才是自己的助手，又聞聽明月公主統兵來西星，更是臉上無光，所以帕爾沙特又被起用，擔任前軍主帥，和明月公主一起成為爭霸中原的前鋒。

帕爾沙特統領五十五萬人馬出兵北海，心裏就憋著一口氣，這次一定要讓聖日的雪無痕好看，所以他在十二月十日統軍在北海二十萬人馬後，向聖日攻擊，同時命令星智率領二十萬騎兵潛藏蹤跡，快速向堰門關運動，經過八天的急行軍，於十八日夜向堰門關方向發起攻擊，使聖日堰門關守將措手不及，終於攻破堰門關，與明月大軍匯合，所部聽從明月公主指揮，然後兵分兩路，向聖日殺去。

第六章　烽煙再起

初冬的天氣有一些涼爽，空氣也比較好，對於嶺西郡人來說，冬天就意味著休息。天雷一早起來，走到戶外，練了一趟的刀法，雅靈和盛美這段時間也起得較早，跟著他練習武藝。天雷把秋水神功和秋水劍法傳授給二人，兩人自然高興，練起來更是起勁。雅星自從妹妹來了後，也搬到了路定城住幾天，前兩天剛剛回到嶺關城。

上午，將軍府的軍情官急匆匆來到天雷的住處，通知天雷說北蠻出兵五十萬人，越過邊境，正向聖日北方重鎮北冥城攻擊，天雷聽後，心吃一驚，知道大戰已經開始，但他無論如何也沒有想到會是在冬天開戰，而且是由北蠻首先開始。

天雷知道，既然北蠻首先發起攻擊，那麼映月、西星就不會等太長的時間了，他趕緊收拾東西，前往嶺關城，同時派出藍爪、黑爪收集情報，通知雅星和凌原城的秦泰戒備，命令青年軍團越劍保持警惕，以防不測。

十二月十二日，黑爪又傳來消息，北海出兵，向聖日邊境發起攻擊，前鋒有二十萬人。天雷感覺到一種大戰空前的味道，趕緊和雅星、驚雲商量，同時加緊嶺西關的防務。果然不久，映月對嶺西關要塞發起攻擊，連續了幾天，只是規模和攻擊力度比較小，天雷暗想其中一定還有什麼預謀，和雅星商量了半天，也百思不得其解。

軍隊首先要有所準備，嶺西第一兵團絕對不會置身事外。天雷考慮到嶺西郡如今百姓多無什麼活計幹，不如擴充軍隊，整備訓練，忙命令越劍的青年軍團再擴充五萬人，驚雲的沈雲軍團也擴充五萬人，藍鳥軍團「胸」部擴編十萬人，從各城防軍、訓練處迅速開始招人，事情剛剛開了個頭，忽然，西南商盟在堰門關的黑爪探子傳訊，堰門關受到從北海而來的二十騎兵攻擊，現已失守，西星大軍已經入關。

天雷和雅星把目前所知道的情報全部彙總，綜合分析了一遍，才看出映月、西星軍動態痕跡，借道出兵，好高明的計謀。西星既然已經拿下堰門關，在北方與北海、北蠻相呼應，分三路大軍一起向前攻擊，而下一個目標必然是分兵嶺西關，配合映月內外夾擊，天雷命令越劍的青年軍團五萬人立即支援堰南城和蠻北城。

至十二月末，形勢逐漸明朗，西星借道北海，在帕爾沙特殿下率領下，出兵五十五萬人馬，在二十萬北海軍隊的掩護下，騎兵成功偷襲堰門關，而映月軍隊從堰門關而入，合計八十萬大軍，在明月公主和兀沙爾、騰格爾元帥的率領下，向京城方向攻擊，對嶺西郡方向，也有三十萬大軍在集結運動。

天雷、雅星和驚雲經過認真的分析，確定向嶺西郡而來的三十萬軍隊統帥必然是兀沙爾無疑，也只有兀沙爾前階段曾經率軍殺入嶺西郡，對嶺西郡的地形極其的熟悉，況且對天雷擊潰自己決不會甘心，必將會一雪前恥。驚雲在得知兀沙爾將率軍前來嶺西郡後，極其激動，強烈要求天雷，說自己一定要率兵前往堰南城一會兀沙爾，以雪父仇。

天雷沒有辦法，只得同意，但三人在確定以防守聖靜河為前提的作戰方針後，又百般叮囑，驚雲也知道出兵是大事情，不應該參雜私人感情，在保證不會冒失後，率領七萬原第一兵團的將士前往堰南城，嶺西關由藍鳥軍團全面接防。

兀沙爾隨明月公主統帥大軍進入堰門關，前鋒三十萬人馬與西星二十萬騎兵會合，基本上已經肅清聖日堰門關第二兵團的殘兵敗將，佔領整個堰關城，明月公主下令休息一日，前鋒大軍在關內向前推進五十公里，安營紮寨。

第二天，明月公主按照事先的計劃，傳令兀沙爾率領三十萬大軍向嶺西郡的堰南城進發，迅速攻佔臨河城，渡過聖靜河。

臨河城在聖靜河以北十公里處，堰門關以南。堰門關以北地區基本上被西星騎兵佔領，關以南臨河城尚未波及，臨河城不大，只有十萬餘人，守軍三千人，城南隔河與嶺西郡堰南城相望，地勢較高。

兀沙爾統帥大軍三十萬人攻擊嶺西郡，心裏確實抱有一雪前恥的願望，上次他率領映月東月兵團進佔嶺西郡，由於準備不夠充分，加上時間緊，後援少，實在是力所不及，後被天雷在路定城定下火攻計，損失慘重，不得已而撤退，心有未甘。

這次他統軍前往嶺西郡，一有中原大戰為前提，後援不斷，而嶺西郡則實在無後援。二則可以穩紮穩打，步步為營，毫無後顧之憂，佔領一分是一分，緩緩向前推進。三是嶺西郡經過前次的打擊，時間不長，嶺西第一兵團相信還沒有恢復元氣，又受到嶺西關和堰門關內兩個方向的夾擊，勝劵在握。

四是可以暫緩佔領嶺西關，讓西星和北海、北蠻與聖日拼殺，待四敗俱傷時再從嶺西關出大軍，迅速佔領西南及中原南部，可得到最多的實惠，所以兀沙爾並不急，大軍從容不迫地包圍臨河城，迫使守軍投降。

聖靜河比聖寧河寬少許，但水流沒有聖寧河急，也沒有那麼深，在兀沙爾來到河邊的時候，青年軍團的軍團長越劍也剛剛在堰南城內安下了先頭部隊，自己帶著隨從及五百名衛隊也來到河邊，觀察地形、渡口及防守的有利條件，二邊的人馬正好相遇，隔河相望。

兀沙爾看見隔河的越劍，心吃一驚，感到越劍絕對不是堰南城的守軍，看對面的士兵的裝備、人馬的精良條件，是正規的軍團，心想嶺西郡的消息好快，必定是有所準備，自己一個搞不好又會步路定城的後塵，功虧一簣。

兀沙爾大軍要想攻擊堰南城，首先要有兩個條件：一是必須有穩定的後方線，全面佔領臨河城，肅清後方的不穩定因素；二是必須有足夠的渡河用船，或找到合適的渡口。而目前，兀沙爾元帥這兩個條件都不具備，所以他也就放棄速戰速決的想法，做到穩紮穩打，反正也不急。

越劍看到河對面的兀沙爾，也是心裏打顫，自己準備不足，臨來時雖然知道映月西星大軍攻破堰門關必然會搶佔堰南城，但也沒有想到來得這麼快，所以心裏非常焦急。

回到堰南城，越劍趕緊通知嶺西城的天雷，說明情況，一方面快速作出準備。這時，五萬青年軍團大軍正陸續趕到，正在進城，越劍心裏稍微有些底，另一方面趕緊召來堰南城守將烏斯介紹渡口的情況，並迅速派人強佔渡口以南地區，築壕防備。

堰南城與巒北城相距六百多里，中間有小城鎮十四個，渡口十六處，雖然有的地方條件不是很好，但如今天氣大旱，水流量稍小，渡口又有所改善，以當前越劍手中的五萬大軍實在是人單勢薄，讓人心急如焚。越劍在二天內動員河南一帶青壯年人，在河南挖掘防禦戰壕，設置弓箭部隊等防範措施，一直不敢合眼，直到驚雲率領七萬大軍到來，才鬆了口氣。

驚雲率領沈雲軍團七萬人中有兩萬人爲騎兵部隊，到達堰南城後，不敢休息，領二萬騎兵沿河向巒北城方向的河下游走了約有百里，再返回休息，目的是讓河對岸兀沙爾知道嶺西郡主力軍團已經到達，使其不敢輕易渡河。

映月軍團要想渡河，首先要受到河邊防守部隊的阻擊，然後要受到騎兵猛烈攻擊，這是最可怕的，因爲渡河的步兵最怕的也是騎兵衝擊，有騎兵配合攻擊，渡河幾乎困難重重，損失將會更大，名將是不會選擇強渡，所以說，騎兵也是最好的防禦反突擊部隊。

嶺西城內的天雷和雅星這二天來綜合越劍和驚雲的報告，反覆研究郡北的地形及渡口的情況，研究映月兀沙爾進軍動作等消息，分析得出結論：兀沙爾由於是從西星入關，攻擊嶺西郡的準備必然是不會十分充分，渡過聖靜河的船隻一定不多，只能沿河搜尋，正在做出準備；二是從嶺西關外的攻擊力度和四國進兵情況來看，嶺西郡如今還不是四國進攻的重點，映月也有不急於攻取嶺西關的想法。

天雷決定暫時派出藍鳥軍團左右雙翼支援郡北方向，維格和雷格接到通知馬上起程，三萬名藍鳥精銳騎兵部隊立即出發。

與此同時，天雷命令加緊對新招募二十萬新兵的整訓工作，命令全部向嶺關城集結訓練，由雅星全權負責嶺西關防務，溫嘉和商秀帶領藍鳥軍團三萬人作爲防守嶺西關的主力，配合一萬名親衛隊，新編部隊輪番上關，進行實戰訓練，逐步達到經過實戰提高戰鬥力，有這新編二十萬大軍作為預備隊，相信嶺西關也不會失守。待各項事宜安排就緒，兩天後，天雷親自帶領神弓營趕赴堰南城。

凱雅和盛美自從來到嶺西郡後，一直與天雷在一起，平時陪他到各處轉轉，凱雅和雅藍姐妹一起幫助天雷把各個方面傳遞過來的資訊整理出來，供天雷參考，盛美公主倒是沒有什麼事情做。這次天雷前往郡北，二人一定要跟去，沒有辦法只好帶著兩人，一路上倒也不寂寞。

十天以來，兀沙爾佔領了臨河城，雖經過了一番小戰，但不影響大局，他派小隊肅清殘兵勢力，全力搜索渡河的船隻，慢慢向河下游方向發展，同時令人調查沿河各個渡口的情況，眼看著嶺西郡的兵馬越聚越多，快騎兵不斷，沿河奔馳巡邏，百姓們在河岸彙聚，挖掘戰壕，佈置機關陷阱，人數達幾十萬人，夜晚燈籠火把照得南岸通紅，彷彿整個嶺西郡人都來到了郡北。

天雷來到堰南城後，驚雲向他彙報了當前的情況，越劍六天前率領青年軍團開往巒北城，雷格率領一萬五千名右翼藍羽隨行，駐紮在離巒北城西百里小城清河鎮，維格率領左翼藍翎一萬五千名人馬駐紮在兩城中間的靜河鎮，而沈雲二萬騎兵駐紮在堰南城以東百里處小城赤河鎮。前兩天，越劍剛剛來過消息，建議沿河修建訊樓，以便傳遞消息，各方快速支援。

天雷思考了一天，才同意了越劍的提議，只是他補充要建立兩層高的訊樓，一方面觀察對岸的敵人的情況，迅速傳出訊息，另一方面，樓要建成一個百人單位的堡壘，配合弓箭易於防守，這樣一來就避免了兵力過於分散被人各個擊破的危險，同時也節省了部隊，在敵軍突破防線時，手中有足夠反擊部隊，一旦反擊不成功，也可以防守堰南城與戀北城，並建議組織民團駐守訊樓，傳遞消息。

驚雲聽後大喜，自己正愁兵力分散，無法解決，六百里的防線，區區十幾萬人實在是不夠用，如果按照天雷的方法，那麼，就可以把部隊全面抽出，只作爲機動部隊即可，而沿河百姓多得是，組織民團是輕而易舉的事情，連忙出去通知越劍，並派出人等召集訓練民團，著手修建訊樓。

郡北百姓比中部百姓日子稍微好過一些，其原因就是聖靜河。大陸大旱，但聖靜河水不斷長流，岸邊土地濕潤，青草遍地，農民們擔水灌溉，加上城府發一些糧食，日子還算好過些。如今映月入侵，百姓知道如逃離家園，日子會更加的難過，必客死異鄉，所以抗擊外敵人的情緒極端高漲，青壯年紛紛加入民團，保衛家園，一時間竟達到三十餘萬人。

天雷知道兀沙爾絕對不會就此善罷甘休，一定會尋找機找合適地點渡河，他反覆推敲，認爲在兩城六百里之間一定會有一個地點被兀沙爾選中，三十萬大軍必會集中力量實行攻擊，以自己手中的兵力實在是不夠，與其如此被動防禦，還不如讓他渡河，主動予以打擊。

想到這裏，天雷心急如焚，暗中傳令藍鳥谷三萬部眾立即起程趕赴堰南城，又抽調草原十萬騎兵趕赴玄城、安陽城及路定城，等待命令。傳令凌原城的秦泰加強戒備，擴充軍力，隨時支援巒北城。命令維戈一旦發現敵軍渡河，立即給予打擊，一擊即走，不許纏鬥，然後與雷格會合，前往巒北城等候命令。命令駐守在赤河鎮的兩萬騎兵發現敵軍後也是一擊即走，不許纏鬥，立即回歸堰南城。命令除民團外，百姓立即向凌原、安陽等附近城市疏散，各城給予安排。

一個以堰南城、玄城、安陽城、路定城、凌原城和巒北城爲戰略的包圍圈，已經在他腦海中漸漸形成，等待著兀沙爾往裏跳，天雷要使用強大的騎兵力量，對兀沙爾兵團給予殲滅性的打擊，以絕後患。同時，天雷令堰南城豎起自己的帥旗，等待與兀沙爾決戰。

在嶺西郡北醞釀大戰的同時，聖拉瑪大平原北部戰爭正如火如荼地進行。北蠻帝國傾舉國之兵力，在國主蠻龍的率領下，以蠻彪、蠻豹爲先鋒二十萬人馬，向聖日的北冥府郡方向推進，士兵個個身體剽悍，戰鬥欲望強烈，爲了全族的生存而戰的信念無可動搖，聖日鎮北將軍凱武連續丟失七城，才在北冥府郡前穩住戰線。

古往今來，風月大陸戰爭不斷，你爭我奪，但各國都極力避免與北蠻人作戰，從士兵個人身體素質上來看，無論是那一個國家士兵都比不上北蠻士兵，他們雖然頭腦簡單，獸性極強，但身材魁梧，個性殘忍，極其的好戰。作戰時，士兵配備少量的獸皮護甲，多使用戰斧、狼牙棒等重兵器，衝鋒時一往無前，人人都是重步兵，但絕對比各國的重步兵速度快，衝擊力大，所以各國對北蠻人極其頭痛，好在北蠻人生活在極北地區，繁殖力低，人口少，沒有成爲禍害。

鎮北將軍凱武與北蠻人交戰有二十年，積累了豐富的作戰經驗，加上他熟讀兵書戰策，又在父親文卡爾多方教誨下，對北蠻人作戰有一套自己獨特的經驗方法。他集中手中優勢兵力，依托高城不出，背城而戰，疲勞和消耗北蠻士氣和兵力，一旦出兵，則採取快速奔襲的方法，一擊即走，造成少量殺傷，目的是積少成多，逐步消耗。他手中有四個軍團，二十萬精銳大軍，其中有騎兵五萬人，是快速攻擊力量，其餘三個軍團尤其擅長防守，是中原防守部隊中最強大的部隊，號稱北府軍。

二十幾天來，凱武將軍逐步放棄六座城，步步後撤六百里，兵力漸漸集中在北冥府一代，穩住防線，固守待援。從京城已經傳來了消息，北方各地城防軍組成的二十萬援軍正向北冥府而來，他心中有底，憑藉自己四十萬大軍殺退北蠻也不是什麼難事情，如今，北蠻人士氣和力量正逐步減弱，反擊力量正在一點一點地凝聚，等待時機。

正在凱武積聚力量的時候，突然傳來北海出兵的消息，十天後，堰門關失守，映月西星百萬大軍湧入，北海二十萬大軍在北海明元帥的率領下，配合北蠻人向北冥府郡殺來，此時，剛好援軍陸續到達，心裏焦急的凱武知道以後只有靠自己了，他立即整頓到達的城防軍，又從當地民眾中挑選出十萬人加入部隊，同時組織百姓迅速向京城方向撤退，事情忙得焦頭爛額，好在他手下大都是自己家族的子弟，減少許多負擔。

風月大陸通曆二千三百八十七年一月下旬，局勢逐漸的明朗，北海、北蠻、映月、西星四國聯盟，共計出兵一百八十萬人，號稱二百萬，兵分五路入侵聖日帝國，最南路為出堰門關的兀沙爾部，三十萬大軍攻擊嶺西郡，現正隔河與嶺西郡對峙。第二路為明月公主率領的五十萬大軍，前鋒二十萬騎兵部隊，隨後在一千輛戰車的支援下，三十萬大軍迅速向京城方向推進，如今已經進軍六百公里。

第三路為帕爾沙特部，所率大軍三十五萬人，在三萬名星射營高手的支援下，配備近八百輛戰車，向京城方向推進也是最快的一路。第四路是北海帝國二十萬部隊，統帥北海明，所部向北冥府方向配合北蠻夾擊凱武北府兵團。第五路為北蠻出兵的四十五萬部隊，加上隨行的幾十萬民眾，號稱百萬大軍，向北冥府郡攻擊前進。

帕爾沙特所部與其他各路部隊不同，首先是作爲統帥的帕爾沙特，在思想意識上就是要求快速挺進，迅速佔領聖靜河以北地區，正所謂兵貴神速，出其不意，攻其不備。其次，在北蠻與北海聯軍夾擊下，鎮北將軍凱武部無力西顧，況且聖日河北部隊多被吸引過去，北方一時間沒有什麼部隊可以和他抗衡，阻力不大，挺進速度自然就快。第三，這次隨帕爾沙特出征的部隊全部爲精銳，新型戰車就有八百輛，加上星射營的高手相助，一時間真可謂所向無敵。

一個月內，大軍在星海、星碧、星星等將領的率領下，分左、中、右三路快速挺進，前出八百公里，攻克北原城、丹原城等十六城，小鎮村莊無數，帕爾沙特意氣風發，騎在戰馬上隨大軍向前，直逼河北郡首府河平城，北海明部與明月公主部有三百公里，成爲一個最明顯的突出部。

凱旋將軍受命率領十萬城衛軍和四萬日炎騎士團官兵渡河遠征，阻擊帕爾沙特部，由於河北諸城大部官兵都集結在河平城一線，其餘城防軍又抽掉走大部分支援北府軍，所以帕爾沙特部進軍神速，凱旋由於手中兵少，在沒有辦法下，只有在河平城一線組織防禦。

凱旋將軍畢竟是一代名將，到達河平城後立即組織佈防，又緊急抽調出人員在百姓中招募新兵，加上收攏北部敗退下來的城防軍士兵，十餘天來也新組建有十萬新軍，他又從河平城中拿出所有的武器裝備分發部隊，又臨時招募工匠緊急打造兵器、守城裝備等，到把河平城佈成鐵桶一般。

河平城距離聖靜河只有三百多公里，是河北最後一道防線，由於河平城是郡府所在地，城高大寬敞，民富足，平時雖無戰事，少有防禦訓練，但城防設備倒是齊全，且庫存量極大，是唯一讓凱旋感到安慰的事。

如今在河北一帶的戰場上，唯一一個最困難的將領也就是凱旋，他手中兵將少，且京城十萬城衛軍多是貴族子弟，雖裝備精良但少與訓練，將官士兵都沒有什麼實戰經驗，實在叫人擔心，況且新組建士兵才訓練半個月，經驗不足，還有待於訓練，用這樣的部隊實在也不宜與帕爾沙特展開野戰，所以凱旋只有採取防禦措施，他也知道帝國目前的困難，帝君連最後的防禦力量都給自己帶出來了，還能怎麼樣，唯一的希望就是跟隨自己二十年來的四萬騎士團官兵。

臨出京城不落城前，凱旋將軍接待了兩個人，一個是北原城的威爾，另一個是西海郡海城的尼可，二人都是帝國軍事學院的高才生，帝國年輕一代的好手，在前年三國軍事學院比武大會上，凱旋就對二人有極深刻的印象，後來帝國授予他們騎士的稱號，名義上是凱旋的部下，所以凱旋認識二人。

通過短暫的交談，凱旋瞭解到兩人都是河北人士，對北方地形極其的熟悉，況且兩人年輕有爲，凱旋極其的高興，把二人留下在身邊，幫助自己管理些事情。一段時間以來，兩人在凱旋身邊逐步熟悉了各項軍事管理，能力大增，深得凱旋的信任。

如今河北形勢混亂，各路大軍百姓交雜，加上凱旋對兄弟凱武實在是非常惦記，同時也有必要進行聯繫協調，配合作戰，但是前一陣非常忙，加上沒有一個完整的計劃才耽誤至今，如今河平城內大事情基本就緒，也應該考慮這個計劃的時候了。

在凱旋的想法中，無論是西星，還是北海、北蠻，這次出兵聖日，最爲關鍵的就是部隊後勤補給問題。

由於西星是從北海借道出兵，後勤攜帶的糧食必不會很多，況且，如今大陸旱災已經進入第三個年頭，西星存糧一定不多且十分珍貴，如帕爾沙特從堰門關方向運糧，也不是很順利，必須繞道而行，所以糧食問題就成爲帕爾沙特一個心病。

凱旋手中的兵力雖少，但日炎騎士團卻是大陸上當之無愧的勁旅，偷襲西星後方補給線應該沒有問題，這樣一來，既可以減緩正面作戰的壓力，又可以減慢帕爾沙特進軍速度，而且，威爾和尼可是北方人，對地形十分熟悉，如帶領日炎騎士團採取偷襲辦法，則有一定的成功機會，況且打完就走，快速奔襲，必然造成敵人不敢放鬆後方，牽制其力量。

當下，凱旋招來騎士團的副團長斯萊里、威爾和尼可，幾個人經過一番計劃，決定由斯萊里、威爾和尼可三人帶隊，出兵三萬人，繞道經過北冥府南側，迂迴西星人馬之後，偷襲帕爾沙特部的後勤糧道，然後向東與凱武部隊會合，全力擊潰北海的二十萬兵馬，然後放棄北冥府，從東後方策應夾擊帕爾沙特部，再兩部會合，迅速回撤河平城，東與河東郡府河東城相聯，西與堰東郡文謹部相呼應，組成河北平行一線防衛，暫緩戰事。

而目前的問題是，凱旋部必須抵抗住帕爾沙特部對河平城的進攻，同時協調凱武部隊對北海明、帕爾沙特部夾擊，這些計劃的前提是建立在騎士團偷襲得手的基礎之上。

整個計劃的中心就是看凱武北方兵團實力如何，經過幾番連續作戰，北府軍還能否具有強而有力的攻擊力，並隱蔽好自己的真實意圖，從東側翼給予帕爾沙特部有力的打擊。

凱旋將軍命令斯萊里和威爾整隊悄悄出發，進行迂迴，尼可則前往北冥府城與凱武聯繫，進行協調各項事宜。

文謹將軍率領所部中央兵團軍四個軍團向西北方向前進，十餘天後，到達堰東郡首府堰東城，安營紮寨，前方探馬報告，與明月公主所部大軍相距三百多公里，堰門關第二兵團的殘兵敗將正在向堰東城方向潰退。

文謹雖心中對萊格傲多有不滿，但萊格傲畢竟是一位將軍，又是帝君的女婿，自己也不好說什麼，只好派出虹日騎兵軍團向前接應，以儘快尋找到他。虹日騎兵軍團長威尼斯領命令出發，向前尋找，沿途招攬、安撫敗軍士兵，組織百姓向堰東城方向撤退等事，一天也沒有前進一百公里，直到第二天黃昏時分，才在一座小鎮上找到萊格傲與四公主殿下及敗軍近萬人。

明月公主率領大軍從堰門關出發，五天攻克凌川城，轉而向堰東郡挺進，所部十個軍團騎兵就達三十五萬人，其中，西星偷襲堰門關後剩餘騎兵十五萬人，月照中央騎兵兵團二十萬，全部爲自己的親信部隊，四個步兵軍團二十萬人，千輛戰車。前鋒騎兵在副帥騰格爾的率領下，穩紮穩打，兵鋒所指，攻必克，後軍開始整頓佔領的城市，鞏固後防線，按照永久性佔領模式進駐，保證映月、西星兩國軍的後勤補給等。明月部進軍速度雖落後於帕爾沙特，但穩定性確是其無法比擬的。

明月公主心中時刻惦記著嶺西郡方向的戰事，同時又含有一絲興奮，從內心上想看看雪無痕怎麼扭轉戰爭的局勢。她同帕爾沙特一樣，對上次比武大會心有不甘，早有一較長短的想法與渴望，明月公主並不急於催促兀沙爾進兵，讓兀沙爾從容佈置，做到一擊必中，擊中要害，如能讓雪無痕痛苦，她心中彷彿就感到一絲快樂。

明月公主對眼前的戰事並不放在心上，文謹中央兵團區區二十萬兵馬，加上一些殘兵敗將及新招募的新軍就想抵抗住自己五十萬精銳部隊進攻，實在是妄想，有騰格爾元帥在前主持戰局，堰東城已在不遠，實在也不用她操太多心。

第七章 全民動員

西、北方向四國聯合出兵入侵聖日帝國，聖靜河以北地區成爲巨大的戰場，百姓紛紛逃離家園，向河南方向逃難，一時間，從京城到南方的路上難民成患，屍橫遍野，由於沒有糧食，百姓餓死無數，搶劫、盜竊、殺人屢見不鮮，中原一片淒慘景象，而年輕力壯之人紛紛加入軍隊，混口飯吃，帝國這時候也沒有時間和能力管老百姓的事情，而各大世家閥門、武林派別，紛紛組成自己的私人軍隊，不斷發展壯大，向京城方向挺進，進京城勤王，抵抗侵略。

帝國全民增兵動員令一出，首先震動的是帝國軍事學院，軍機院的一位元老親自出馬，到學院與平安王爺一起主持大局，以學院四年級學院爲骨幹，以低年級爲骨架，分成十部，按十個軍團的架勢組建新軍，很快就已成形，士兵從當地徵兵處挑選，條件自然比平常時期優厚一些。

森德、海天、雲武都被任命爲一個軍團的軍團長，里萊、卡奧、利諾家族更是全力扶助自己的子弟，出錢出人，一時間聲勢浩大，軍團組建工作進展順利。利諾家族以丞相蘇戴革爲首，向來是以文臣自居，少參與軍事，但並不是不想。如今大陸動亂，沒有強大的軍事爲後盾，早晚是問題，所以更是熱情高漲，全力扶植雲武軍團。其他文臣看出利諾家族的意圖，也紛紛加入到自己選中的軍團勢力中，出錢出力，甚至比其他武將世家還要盡力。

對於各大世家參與軍事，幫助組建部隊，倫格大帝和太子虹日自然是暗中高興，自不去管他，以默許爲准，只提出一些提高軍隊質量的要求，其餘都有軍機院操心。一個多月後，軍團組建工作初見成效，陸續開進聖靜河南岸，安營紮寨，整頓訓練，構築防線，不久之後，各郡貴族、武林派別組建的軍隊，也三三兩兩陸續抵達京城，倫格大帝全部命令開進到聖靜河南一帶駐紮，幾個月時間竟有二十個軍團，百萬大軍在河南築起防線，抓緊訓練，整軍備戰。

二王子虹傲，現今的南王駐守在南郡，聽聞大陸新一輪戰爭開始，躍躍欲試，感到自己的機會又來了。接到帝君要求南方兵團進京的消息後，立即與禹爾吉商議，幾天時間後，大軍拔營起寨，向京城而來，沿途看見北方的百姓向南一路逃難，不時地打聽消息，感到戰爭的危險是越來越濃，半個多月後，大軍開進中平城安頓下來。

中平城與不落城只有三日路程，虹傲不敢率軍私自進京，只好與禹爾吉一起，只帶領少數護衛進入京城，直奔帝王宮。值班衛士看見南王回轉京城見駕，趕緊通報，倫格大帝躺在病床之上，讓朝日宣二人進見，虹傲跪在帝君的床前，痛哭失聲，禹爾吉也落下淚來。

倫格大帝確實是喜歡這個兒子，雖然把他趕離京城，但內心還是時刻惦記，如今見兒子痛哭的樣子，心早就軟了，他抬手招過來虹傲，拉著他的手，淚水也是流了下來。如今帝國風雨飄搖，北方國土盡失，只有幾個外臣大將在支撐，帝王家實在是沒有人才，虹傲雖然性格驕傲，時有魯莽，但也是帝王家唯一的一個軍事人才，他怎麼也是自己的兒子，況且，太子虹日不善軍事，有這樣一個弟弟在旁輔助，兄弟二人齊心協力，帝國大廈也不至於將傾。

「傲兒，回來就好！」

「是，父君，你身體怎麼樣啊！」

「實在是不行了，傲兒，不說這些了，禹爾吉，你們夫妻還好吧？」

「謝謝父君關心，我們很好，父君，你要好好地休養身體，帝國是少不了你老啊！」

「我會的，哎，帝國如今的形勢你們也知道了，傲兒，你一定要好好努力，克服自己缺點，把自己鍛煉成爲一個真正的鐵血統帥，也正好藉這段時間多鍛煉一下自己。

聖靜河南一線各軍團正陸續到達，相信不久就會有百萬大軍，傲兒，你好好努力，父君把軍權交給你，但你要記住：全力輔助你哥哥虹日，配合好文謹和凱旋兄弟，穩定帝國啊！」

「我會的，請父君放心吧！」

「禹爾吉，你的南方兵團暫時駐守在京城周邊，守衛京城，全力協助虹傲！」

「是，父君！」

父子三人又說了幾句話，倫格大帝感覺到自己有些累了，揮手讓二人出去。朝日趕緊送二人來到殿外，隨後，二人又見過帝后。

出得帝王宮外，南王虹傲有一種天高任鳥飛，海闊憑魚躍的感覺，渾身上下意氣風發，禹爾吉看在眼裏，趕緊來到近前說道：「恭喜南王！」

虹傲看了他一眼，似笑非笑地說道：「同喜同喜！」二人會心一笑，從此後，南王虹傲全心全意地把心思放在軍事管理上，配合軍機院，把各個軍團陸續整合完畢，開進聖靜河以南地區，安營整訓，隨後，陸續整編各地到達軍隊、武林團體，分配人員，拉攏優秀人才，培養自己的勢力，一時間，朝野上下皆贏得普遍的讚譽。在這大亂的年代，帝國危難，眾人倒是眾志成城，一心爲國，也不再計較二王子平日裏的作爲，一心輔助他整備軍事，抗擊外敵，任誰也沒有注意到，竟然一兵一卒也沒有派過聖靜河去。

凱旋將軍心中焦急，由於手中無多少軍隊，拒守河平城十分困難，不時地回京城打聽消息，一個月後，知道南王虹傲掌管河南軍隊，雖心裏不高興，但也沒有用處，只好多次催促南王增兵，虹傲以新編軍隊需要整訓等爲藉口，遲遲不肯派兵過河，凱旋知道沒有什麼指望了，長歎一聲道：「難道帝國真的就此走向滅國了嗎？」淚水打濕了他的衣襟。

虹傲殿下有自己的野心和想法，帝君時日不多，沒什麼力氣管自己了，凱旋與自己不和，是太子的黨羽，文謹雖保持中立，但終究不是自己的派系，決不能讓他們再壯大，最好讓敵人把他們消滅。如今，自己手中掌管河南百萬軍隊，坐鎮河南，何不讓河北各部與映月、西星、北海、北蠻廝殺，自己保存實力，等到各方勢力大減，天下就掌握在自己的手裏了，映月、西星等小國決不是聖日的對手，早晚會被消滅，那時就是自己統一天下的時候，所以一兵一卒也不肯派過河去。

凱旋將軍苦苦支撐，抵抗帕爾沙特部二次攻擊，這時候，斯萊里和威爾率領三萬精銳騎士悄悄地繞過北冥郡南側，迂迴於帕爾沙特部東側後翼，派出精幹斥候進行偵察。同時，尼可與凱武已經取得了聯繫，積極準備給予北海部以沈重打擊。

經過多日偵察，威爾得知帕爾沙特部後勤糧草由星天率領一個軍團五萬人守護，駐紮在小城恆陽，距離帕爾沙特部有三十多公里，平時有少量軍糧運往河平城北部的大軍，保證補給。斯萊里和威爾經過詳細的分析，計劃奪取小城恆陽，但是也極其困難。不大的恆陽城有五萬軍隊駐守，要進去十分不容易，經過一番研究，最後決定首先殲滅一隊運糧隊，後裝扮成運糧隊詐城攻擊，成功與否就看運氣了。

二月八日，斯萊里和威爾終於抓住機會，在恆陽南十五里處殲滅一支五千人的運糧隊，後挑選出二千人裝扮成運糧隊人員，在黃昏時分接近恆陽城，守城軍兵看見只有二千多人的運糧隊簡單地詢問幾句就開城放行，威爾緊緊抓住有利時機，守住城門，配合斯萊里大軍攻入恆陽城，一把火燒盡帕爾沙特部的後勤糧草，然後迅速向北冥府方向撤退。

斯萊里和威爾之所以成功，全依賴於騎士團官兵都是軍中高手，僅僅二千人部隊堅守恆陽南城門近一個小時，斬殺星天部近萬人，頂住西星部隊瘋狂的反撲，在犧牲一千多人的情況下，終於迎來了斯萊里騎兵到來，所餘官兵全部負傷，威爾親自指揮作戰，身負傷六處，死戰不退，取得恆陽城突擊戰的勝利。

在騎士團準備突擊恆陽的時候，凱武將軍也在積極地作出準備，他和眾位將領仔細研究了凱旋的計劃，後得出結論是，死守北冥府絕非上策，不如放棄一城而殲滅敵人的部隊，戰略一旦定下，餘下的事情就是如何配合騎士團攻擊北海部隊，怎樣轉移完成戰役部署，怎樣棄城，總不能把北冥府白白的讓給北蠻，經過研究，還是尼可提出個建議，就是採取雪無痕火焚路定城的方法，既守且攻，最後棄城，並利用城中大火阻擊追兵，贏得撤退的時間，凱武等人聽得大喜，依計劃行事。

北冥府西北三十里處有一小城陪城，城不大，但作爲北府的配城，也是極其的堅固，易守難攻，當初北海軍隊轉道夾擊凱武的北府軍時，凱武不得不分兵拒守陪城。

陪城如今有兩個軍團，共計十萬人，其中五萬人是北府軍的精銳部隊，另外五萬是新招募的軍隊，凱武將軍給他們的任務就是死守，決不允許出戰，所以一時間也沒有什麼問題。

北海出兵二十萬人入侵聖日，要不是西星、北蠻要挾是萬萬不敢，可是如今既進入中原，北海軍的作戰思想是不求決戰，混水摸魚，保存實力，所以對像陪城這樣死守的城池是不強行攻取，以防得不償失。

經過一番準備，凱武留守一個主力軍團防守北冥府城，由尼可協調，出兵十萬，悄悄向陪城運動，餘下十五萬人出南城門，向西南方向隱蔽撤退，首先由南撤的步兵開始實行，三天後，大軍發起了陪城戰役。

凱武兵出陪城，以手中僅有的五萬騎兵爲先頭部隊，從敵人東側翼發起突然襲擊，十五萬步兵傾城而出，從正面依次發起攻擊，進攻的突擊性及猛烈度是北海明沒有料想到的，忙從東側翼盡出手中的五萬騎兵發起反擊，西側翼及正面死守，後撤十里堪堪穩住戰局，突然從西側翼後防線又有敵人騎兵發起突襲，整個戰線頓時亂成一團。

由於北海明知道凱武只有五萬騎兵，又都投入到東側翼，所以對敵人這支騎兵是沒有算計在內的，加上日炎騎士團是大陸最強大的騎兵軍團，突然發起攻擊不久，西側翼部隊就首先潰退，後波及全軍，北海大軍抵擋不住凱武八萬騎兵的兩面夾擊，潰不成軍，凱武追殺半日，回軍後撤，向西南恆陽而去。

在陪城戰役發起一個時辰後，蠻龍得到消息，他沒有支援北海明部，而是全線發起對北冥府的攻擊，從東、北兩個防線一次投入二十萬大軍，尼可等人堅守半日，在東、北兩門被破的情況下，從西門突圍而出，放火焚燒北冥府城，大火沖天，整整燒了三日，使整個北冥府化為灰燼。

此次陪城戰役，北海軍隊被擊潰，步騎兵損失達十萬餘人，整個騎兵軍團五萬人所剩無幾，失去戰鬥力；北蠻強攻北冥府城損失近十萬人，得到一座廢城，被大火阻擋三日，不敢前進一步，聖日鎮北凱武將軍部損失三萬餘人，棄北冥府城一座。

帕爾沙特接到恆陽敗軍報告，後勤補給基地被敵人偷襲，糧草全部損失殆盡，五萬守軍被擊殺，只有守將星天及少數人逃得性命，氣得他暴跳如雷，幾乎當場斬殺星天，多虧了眾兄弟極力求情，又是大戰在即，星天才倖免一死，但也是撤職查辦，在前敵戴罪立功。

帕爾沙特隨後分析原因，得出結論是凱旋的日炎騎士團所為，但是，糧草畢竟是損失慘重，大軍只有幾日的糧草，如能及早攻破河平城，還有堅持作戰的餘地，否則只好撤軍，或等待著從堰門關方向運來糧草。

等待畢竟不是好辦法，帕爾沙特一方面緊急向明月部求助，增調糧草，另一方面加緊對河平城的進攻，大軍從第二天開始發起猛烈的攻擊，幾乎連續不斷，但是，河平城畢竟是城高牆厚，凱旋守備嚴禁，三十萬軍隊要想攻破二十萬人防守的城池，也不是容易的事，河平城雖然損失慘重，但帕爾沙特也是一樣，西星軍隊銳氣已經為之所減。

剛剛命令部隊休息，帕爾沙特又接到報告：「北海軍隊被凱武北府軍偷襲，在一騎兵部隊的配合下已經潰退，軍隊已經失去戰鬥。」

帕爾沙特雖然不指望北海軍隊有什麼作為，但他畢竟也能夠牽制凱武部，如今被擊潰，凱武就減少了壓力，可以全力對付北蠻，對於映月西星來說，也不能說是件好事情，他一面命令加緊收集情報，一方面派出部隊搜索日炎騎士團的蹤跡，並命令射星營時刻準備出擊，實在也不敢對日炎騎士團小視。

不久，帕爾沙特又接到凱武放棄北冥府城南撤的報告，心中疑惑，除命令部隊加緊防範外，也沒有特別的重視，不想五日後，斥候報告凱武北府軍已經向自己側後方向運動，他這才大吃一驚，感到不好，但時機也已失去。

凱武將軍一方面全力後撤，調整部隊，隱蔽行蹤，另一方面與凱旋取得了聯繫，約定二月二十五日同時從兩個方向發起攻擊，擊潰帕爾沙特部，雙方都在調整部隊，等待時日。

凱武北府軍隊精銳原有二十萬人馬，幾經與北蠻、北海作戰，加上陪城一戰，所剩餘十二萬人，後各城防軍新到達二十萬人，也有較大的損失，如今所剩有三十萬人馬，加上日炎騎士團滿員三十萬人。凱旋將軍河平城內原有十萬京城城衛軍，後新招募士兵十餘萬人，幾日的城防作戰，損失近十萬人，如今也只剩餘十五萬人左右，加上一萬騎士團官兵，凱旋、凱武兩部兵力合計四十五萬人。

帕爾沙特之所以感到不好，一方面是自己部隊糧食將盡，另一方面是連日的攻城部隊銳氣已減，三十五萬人馬如今損失只剩餘有二十萬人左右，如何能夠抵擋住凱旋、凱武兩路大軍的夾擊，他抓緊時間調整部隊，準備後撤事宜，但凱武部在騎兵先導下，已經開始了攻擊。

凱武將軍分左中右三路在帕爾沙特東側翼發起攻擊，他以騎兵為先導，攻擊極其的猛烈，隨後二十三萬步兵每路各八萬人，以正規的陣型隨後跟進，日炎騎士團從北後翼衝擊，把帕爾沙特的後軍衝擊得七零八落，幸虧帕爾沙特早有準備，射星營才堪抵住騎士團的攻擊，但由於射星營人少，漸漸地被騎士團佔據上風。

在凱武北府軍發起攻擊後不久，凱旋部也從河平城北門而出，首先以一萬騎士團爲先頭部隊發起衝擊，後部盡出十萬人馬，以密集的陣型攻擊，不計傷亡，很快就突入帕爾沙特部的中部，雙方開始混戰，帕爾沙特只得出動三百輛戰車協助反突擊，但戰車是攻擊兵種，像這樣大軍混戰十分不利，三方軍隊廝殺，有一天帕爾沙特終於抵擋不住，開始撤退。

帕爾沙特由於糧食被摧毀，萌發了撤退之心，儘量收縮部隊，雖對河平城發起一定的攻擊，但也有一旦攻不下就撤退的準備，所以軍隊的部署也是東輕西重的格局，凱武北府軍攻擊雖多少帶些突擊性，使帕爾沙特有一定的損失，但並不能造成潰退，帕爾沙特在凱旋、凱武兩面衝擊之下，步步後撤，利用戰車不時地實行反突擊，造成凱旋、凱武部隊步兵極大傷亡，兩天後，凱旋將軍下令停止追擊，大軍緩緩地回歸河平城。

河平城戰役，帕爾沙特部損失十餘萬人，戰車損失四百餘輛，被迫向西撤退，與明月部會合。河平城凱旋部損失較大，主要原因是帕爾沙特對河平城方向有一定的防範，加上在戰車反突擊下所造成的傷亡，損失將近七萬人馬，日炎騎士團損失近半。

北府軍凱武部損失也較重，也有七八萬人，主要原因也是在戰車率領下的反突擊，騎兵損失兩萬人馬。綜合河平城戰役，雙方兩敗俱傷，但凱旋將軍巧妙佈局，凱武將軍連續作戰，取得戰術上的主動權，迫使西星部隊撤退，從戰略上看，聖日開始了反侵略的打擊，擊潰北海、西星的攻擊部隊，第一次阻擋了四國聯軍前進的步伐，爲穩定聖靜河防線贏得了時間。

西星戰車第一次真正地投入了平原作戰的戰場，充分發揮了他的攻擊威力，讓世人第一次從正面認識到鐵甲戰車對戰局的重要影響，雖然它還沒有盡展所長，但歷史也第一次記錄了它在戰爭中的功績。

冬日的天氣有些陰冷，加上前兩日下了三年來第一場小雪，氣溫越加的低，聖靜河雖然沒有全面的封凍，也是銀裝素裹。

聖靜河的冬天不是很冷，但冬天畢竟是冬天，河水冰冷刺骨，人還是在水中待不住，蹚水過河那是自己找死，更別說過河後還要作戰，兀沙爾雖然心有不甘，無奈天公不做美，時節不對，人力無法勝天。

眼看著天氣一天比一天的冷，對於駐守在臨河城的兀沙爾來說是有苦說不出，大軍渡河越加的困難，佔領嶺西郡的日期是越來越遠，雪恥辱更不用說，可以形容爲恥上加恥，好在映月、西星國內也沒有人催促他，說些什麼，要不然兀沙爾的臉更沒有地方放，倒是明月公主派人來了兩次，著令他做好充分的準備，不要急於過河，事情是一拖再拖，一轉眼已經是來年的三月天。

值得兀沙爾安慰的是，在這三個月中，雖然四國聯軍前出至聖靜河岸地區，但也一直也沒有佔領河北全境，況且，北海軍遭慘敗，西星帕爾沙特王子部也敗退至明月公主部，遮了他的醜，但兀沙爾這三個月來也確實是沒有清閒，搜尋、製造船隻、訓練水手，並不斷地派人試探渡口處河水的情況，派出少量部隊偷襲渡口刺探情況，雖然損失一些人手，但把整條河各個渡口的情況試探得一清二楚，瞭如指掌。

冬天的腳步漸漸走近，對於嶺西郡來說無疑是天大的好事，據河防守的穩定性一天好比一天，而戰爭被一天天向後拖，嶺西郡人民得到了喘息時間，正漸漸的強大起來。

首先是糧食問題的根本解決，穩定了嶺西郡的人心，從西南郡不斷地有糧食向嶺西運送過來，老百姓雖然吃不飽，但糊口絕對沒有問題，餓死人的現象基本上沒發生，而從帝國京城及各個地區不斷地有逃難的百姓湧入嶺西郡及西南郡。

在這些人裏面，基本上沒有什麼老人和年輕人，大多數老人已經餓死了，年輕人多從軍，只有三四十歲的人帶著孩子逃難，孤兒成群，天雷不忍心看他們流浪受苦，全部讓人收到孤兒院，好生安排生活，從而得到所有老百姓的愛戴和擁護，聲譽直線上升。

西南商盟有錢有人，護衛隊全部是藍鳥谷的好手，個個武藝高強，藍翎、藍羽兩支擁兵團名號響亮，西南郡、嶺西郡勢力強大，幾沒有人敢招惹。騰越、比奧、騰輝等人花錢如流水一般，把大平原上各種物資儘量收購運往兩郡，從武器到各種物資，有什麼好東西都要，就是人也要，只要是有用處的人才，儘量招攬。凌原城每天都派出人手接收物資人員，樂得嘴都笑開了花。

在物資、糧食得到保障的同時，嶺西郡民團組織就成爲另一特色，各村鎮都成立了民團訓練處，平時負責本地治安，分發糧食物資，組織生產各種軍工製品，保證基本生活用度，無事時加緊訓練，幾乎成爲後備軍大訓練營，而這一切則要歸功於雅星的一連串政策。

在民政政策中，最好的行業是工匠，軍工製造業的工匠，各城鎮都成立了以鐵匠爲主體的製造業，打造兵器，冶煉鐵器，一切爲軍隊服務，而圍繞軍隊的建設，吃得更飽些。

在這群工匠中，最爲突出的就是五千短人族工匠，他們除抽出部分人員到各城擔任指導外，就是製造優良的武器裝備。嶺西郡擴軍十分龐大，天雷要求部隊裝備要最好的武器，從各地區購買的武器除挑選一些好的用外，其餘全部用於民團訓練，其餘裝備部隊全部使用短人族打造的武器，短人族工匠另一個最大最保密的工作，就是爲天雷生產機弩。

在卡萊少族長的帶領下，從小到大各種各樣的機弩不斷地開發實驗出來，再找出適合各種部隊用的機弩，經過反覆實驗，最後定下三種型號，一種是小型機弩，適合於騎兵部隊和特種部隊，二是中型機弩，適合於步兵的攻防用。

另外一種是大型機弩，射程有三百米，殺傷力極強，只是搬運不方便，適用於防禦部隊，但是卡萊也有他的辦法，經過反覆實驗，製造成一輛雙輪車，裝上機弩後，一面用馬拉車，另一面用木板和牛皮製成防護，十分便利，更有機關調整射擊角度，天雷十分喜歡這種大型的機弩車，提出部分修改方案後，全部由卡萊帶領族人秘密生產，暫時目標一千輛。

在軍隊建設訓練上，藍鳥軍團「胸」部步兵又新編二十萬部隊，經過嶺西關三個月攻防實戰，經大小戰鬥無數次，生死戰場加快了士兵的成長，個個走向成熟，成爲合格的戰士。根據天雷的命令，原藍鳥軍團打亂，重新整編爲藍鳥軍團的第一、二、三、四、五軍團，溫嘉、商秀爲第一、三軍團軍團長，又抽調格爾、衣特、忽突爲二、四、五軍團軍團長，暫時帶隊訓練，管理軍團，駐守在嶺西關，陸續裝備短人族生產的武器。

新成立的藍鳥軍第一、二、三、四、五軍團基本單位即小隊，與大陸上所有的部隊有所不同，一個小隊編制十二人，二名盾牌手、二名弓箭手、二名刀手、四名槍兵，其餘兩人爲正副隊長，要求隊長會用小隊內所有的武器裝備，戰時除指揮小隊外，要隨時成爲小隊內傷亡人員的預備人員，而這種形式的小隊編制，是天雷根據路定城會戰實戰中得出來的結果，經過嶺西關的攻防實戰驗證，效果非常好。

在堰南城、巒北城方面，三十五萬民團在整個冬季裏被組織起來，嚴加訓練，天雷又讓驚雲和越劍各挑選出十萬人作爲自己的預備隊，加強整訓，以後將成爲二部的正式人員，裝備從各城陸續運達，逐步更換，目的是首先擴充驚雲兵團的建制，擴大青年軍團，以對抗河北的威脅，而其餘十幾萬人則成爲真正的民團，整天負責訊樓的一切，有情況立刻傳訊，除進行簡單的抵抗外立即撤離，但民團也有所武裝。

一月下旬，天雷得到凌原城秦泰的傳迅，說大草原在帝國軍事學院學習的兄弟已經到達凌原城，不日將到堰南城看望他。天雷得到消息後大喜，一年多以來，他心中一直惦記著當初和自己一起進京城學習的草原兄弟，如今聽到他們的消息，真是喜出望外。

不想幾日後，藍鳥谷三萬部眾在布萊、里斯、落德、卡斯和楠天的率領下，無聲無息地來到堰南城，好事不斷。天雷親自到城外迎接，看到一些十五六歲的小兄弟都跟隨前來，這才想起自己要求藍鳥谷出三萬人，而谷中要派出三萬人，只好用一些小兄弟抵數，天雷又是傷感，又是感激、心痛，從這一刻起，他決定這三萬人永遠地跟隨在自己的身邊，不列入部隊的編制，成爲自己的私有部隊。

第八章　藍鳥論戰

藍鳥谷三萬部眾非常特殊，其中有草原部各族子弟一萬人，全部使用刀法，雪奴族子弟七千人，幾乎是全族的年輕子弟都在這，全部使用重劍法，另外還有從孤兒中挑選出的三千人使用重劍法，其中有最早入谷的四百人，個個身材高大，神力驚人，其餘一萬人一半用槍，一半使刀，年齡最小的十五歲，最大的只有二十歲。萊恩、列奇心疼自己培養出來的子弟兵，早就要騰越為他們訂做武器裝備，騰越自然不會違背父親的意思，人人都給做了一套，另外每人配備馬匹，裝備好的沒得說。

從另一個角度來想，天雷知道萊恩、列奇年歲已大，不宜再過分操勞，把年輕的子弟都帶出谷，減少二位老人的負擔，未嘗不是好事，不久，他暗中通知騰越、比奧，以後再有孤兒，不需要送入谷中，勞累兩位老人，能留在勒馬、奴奴城更好，不行就都送到路定城來，騰越、比奧自然心領神會。

從京城求學而回的里騰、烏拔、姆里、拓展等草原部兄弟兩天前到達凌原城，秦泰雖然不認識眾人，但看是草原人也知道與藍鳥谷有關，且隨他們而來的是二十輛大車的物資及藍羽押運人員，所以接到眾人後非常的客氣，閒談時才知道，這些人都是當年跟隨天雷進京的草原各部少族長，暗暗心驚，當里騰問及天雷的近況時，秦泰一一相告，並說此時天雷正在堰南城，眾人非常的歡喜，都要求到堰南城去看望天雷，並為之效力。

秦泰為眾人安排的行走路線則花了一番的心思，想眾人多與越劍、維戈、雷格認識，如直奔巒北城，後沿河直向西行，就可到達堰南城，雖多走些路，但可以看到越劍等人，他把想法與眾人一說，大家自然高興，第二天，眾人起程，向巒北城而去，有人先向越劍報訊。

越劍聽得消息，也是高興，草原部人多是天雷的心腹，從小的兄弟，越劍也是最先認識的人中之一，他出城迎接，眾人會面，休息一日，沿河向西而行，越劍又送出十里方回。

雷格駐守在離巒北城不遠的清河鎮，每日裏無所事事，只好訓練騎兵和民團，沿河的防禦有訊樓，裏面駐守著民團，自不用他操心，只要得到信號，迅速支援即可。如今嶺西郡大量擴軍，衣特、忽突等人被天雷抽走，現都成為一個軍團的軍團長了，他也是替兄弟們高興，心中雖然感到天雷為什麼沒有讓自己去，但他是信任天雷的，也沒有什麼心思，每日尋防河岸，操練人馬。

忽然看見里騰等人，雷格呆了一呆，然後大喜地快速奔上前，敞笑聲中和每一個人擁抱，歡樂的心情無法形容。眾人說說笑笑來到駐地，雷格命令藍鳥谷的兄弟們一起席地而坐，喝酒暢飲，熱鬧了一夜，第二天中午時分，眾人要起程西行，雷格說什麼也要和眾人一起到靜河鎮看望維戈，安排好防守的事宜，眾人這才動身。

到達靜河鎮時，天空開始陰沈，不久飄起了小雪，眾人都十分興奮，又在雪中瘋狂了一天。兩年多來大陸大旱，今天才下一場小雪，對於大陸的人們來說，下雪就意味著旱災已經結束，豐收的開始，百姓的饑餓苦難過去了。

維戈站在大帳篷外，遙望著北方聖靜河上飄揚的雪花，思緒萬千，這時候，遠處傳來陣陣的馬蹄聲，他驚醒來，轉過身來面向東方，遠遠看見雷格和草原眾位兄弟，心中異常高興，眾人見面，一陣歡喜，又熱鬧了兩天。維戈看見天已經很冷，河兩岸已經漸漸的結冰，估計兀沙爾在這樣的天氣情況下應是不會渡河，所以與雷格商量，一起到堰南城見天雷，雷格自然同意，大家一起上路，頗不寂寞。

天雷正站在城牆上遙望雪後河景，凱雅和盛美也在身邊，二人披著厚厚的斗蓬，一紅一綠，格外的顯眼，天雷心情愉快，指點著雪後的聖靜河，說說笑笑。忽然看見城東順河而來一隊精騎，快速接近，仔細一看，正是雷格和草原部兄弟，他歡叫一聲，快速下城，跑出東門，迎面而上。

眾人看見天雷跑出城門，翻身下馬，大草原眾人跪倒在地，口稱「聖子」，維戈、雷格二人叫大哥，一團亂，天雷忙令眾人起身，一一擁抱，喜悅的心情簡直無法描述，天雷左手拉著里騰，右手拉著姆里，一面說話一面向城內走去。

晚上，驚雲在府內宴請眾人，大家喝著米酒，個個興高采烈，別後重逢使眾人越加的親近。

自從雪無痕接掌嶺西郡以來，嶺西郡就形成一個年輕的集體，以雪無痕為首，最大的秦泰三十八歲，驚雲三十歲，雅星二十三歲，維戈、雷格、溫嘉、商秀二十一歲，最小的無痕二十歲。他們以帝國軍事學院學員為高層骨幹，以藍鳥谷部眾為基層單位中堅，以年輕人特有的新思想和幹勁、衝勁為動力，為每一個人的美好理想而奮鬥，大家團結在一起，克服一個又一個困難，有了如今的局面。

眾人雖然年輕，但雪無痕有膽有識，緊緊依靠西南郡為後盾，在大草原、短人族結盟基礎上建立嶄新的嶺西郡，正因為有大草原和短人族這兩支如今還不被世人所瞭解、接受的後備力量，才放膽所為，一無所懼。

但年輕畢竟是年輕，年輕人需要鍛煉和時間，雪無痕自己也深知其弱點，雖然經過路定城會戰，大家有了一點實戰經驗，又在嶺西關攻防中得到些磨練，但這還遠遠不夠，還不成熟，所以眾人熱鬧了兩天後，天雷召開軍事擴大會議，就當前與今後的形勢及發展進行討論。

堰南城帥府雖不很大，但坐五六十人還是可以，只是緊湊些。這次軍事擴大會議有駐紮堰南城各個軍團的軍團長及亞文、風揚等二十名參謀，大草原回歸的學員及天雷、驚雲、維戈、雷格、楠天、里斯、布萊、洛德、卡斯，由天雷主持會議。

「各位，郡北的形勢相信大家都十分瞭解，雖然草原各位兄弟回來的時間比較短，但是兩天前我已經很詳細地給大家介紹過了，這裏就不多說了，我召開這次會議的目的，就是要大家一起討論一下當前我們所處的形勢和今後的走向。郡北沿河六百里，大小渡口十六處，地形複雜，起伏不絕，多山巒、丘壑，但戰線畢竟過長，兵力分散，不利於集中打擊敵人，但據河防守也不是沒有優勢，我們建立了訊樓，挖掘了戰壕，部署了防守力量，又有民團相助，騎兵隨時可以快速支援，而兀沙爾要渡河，就需要付出極大的代價，這是我們的優勢。但是，今天我們將討論的是：今後我們是「據河防守，還是誘敵深入」，這兩項我們要達到什麼樣的目的，而又怎樣來完成，這是我們的重點。

「但是，無論據河防守，還是誘敵深入，我們要達到的其中一個最重要目的，是鍛煉部隊，鍛煉自己，使大家儘快的走向成熟。大陸旱災已經兩年多了，戰亂又起，而戰亂的時間不會短，百姓苦不堪言，嶺西的百姓苦，我不想讓我們的百姓受更大的苦，那麼，大家就必須把事情辦好，把敵人消滅，從根本上扭轉不利的局面，只有這樣，百姓才能少受苦，不再受苦。

「我給大家兩天的時間，一會兒大家回去後，不管是一個人獨立思考，還是幾個人一起討論，其中心只有一個是『據河防守，還是誘敵深入』，怎樣來完成。我們的兵力是十萬騎兵，三十萬步兵，而且全部都是新兵，我要說的就這些。」

驚雲看天雷講完話，接著又說道：「大家不要有什麼負擔，不要有多餘的想法，我們的目的是鍛煉部隊，使大家迅速成熟起來，成長起來，有想法就好，無論是好是壞，最後的結果如何，只要大家有想法，就是鍛煉，因爲大家都是兄弟，好了，散會，大家回去後進行討論。」

會議短暫，內容明確，但群情振奮，紛紛議論著走出會議室。

天雷看維戈和雷格起身，忙說道：「維戈和雷格留下！」他又向驚雲說道：「把今天會議的內容通知越劍，讓他們也參加討論，兩天後飛鴿通知我結果！」

「是！」

天雷起身外行，維戈和雷格看天雷向回走去，忙與驚雲打聲招呼，跟隨而出。

回到住處，凱雅和盛美正在天雷的室內，看見三人進來，忙招呼上茶。天雷招呼二人落座，喝了兩口，這才說道：「維戈，雷格！」

「大哥。」

「郡北的形勢沒有你們想像的那樣糟，我心中早有打算，只是爲了鍛煉大家而已。如今大亂已起，正是你我兄弟大展宏圖的時機，我們三人從小在一起，你倆人是我最好的兄弟，要好好地鍛煉自己，不要錯過這次的時機。」

「是，大哥！」

「雷格，草原兄弟是由你傳授刀法武藝，與你的感情比較深，此後你要與他們多加親近，要領導他們，要有能力領導他們，要做到讓他們心服口服。這次回來的這些兄弟，從現在起，你要與他們在一起，草原三十萬鐵騎將來要由你來率領，你要有縱橫天下的思想準備。」

「是，大哥，我會做好的，你放心！」

「維戈，西南郡是我們的家，騰越與比奧年歲一天比一天年歲大，我們不可能讓他們還帶兵出征，只要他們爲我們守好了家就好了，西南郡三十萬精銳部隊將來就交給你了，你也要做好準備。」

「是，大哥，我會的！」

「這次郡北會戰，你們要多學多看，從大處著眼，不要放在枝節上，作為統帥，沒有戰略的眼光就不是一個好統帥，沒有大氣魄就不適合縱橫天下，你們是我的左膀右臂，將來都一定是一方統帥，要做好成為一個優秀統帥的準備。」

「是，大哥！」

「雷格，我將從草原抽調十萬鐵騎來郡北，佈防在路定城、安陽城、玄城、丘城一線，作為正面作戰的主力部隊，由你主持正面的作戰，回去後，你要多想想怎麼打好正面的一仗，多看地形，瞭解每一寸成為戰場的土地，知道嗎？」

「知道，大哥！」

「維戈，巒北城十五萬步兵將由越劍統領，清河鎮、靜河鎮三萬騎兵由你全面接手，配合越劍做好東側翼作戰的準備，好好地輔助他，不要出什麼事情！」

「是，大哥！」

「去吧，以後要靠你們自己了，再也不要依靠誰，知道嗎？」天雷向兩個人揮了揮手。

「謝謝大哥！」兩人跪倒在地，叩頭後起身出去，激動的心情還沒有平靜下來，看著兩人激動的樣子，天雷輕輕地搖了搖頭，但眼裏充滿著兄弟般的情誼。

凱雅和盛美一直在一旁傾聽，看著天雷神情自若地囑咐自己的兄弟，感受到了他們兄弟般的情懷，同時也更加地瞭解他們在天雷心目中的地位。天雷當著他們的面交代著最機密的大事，可以看出沒有把她們當成外人，她們又是感激，又是高興，同時更進一步瞭解到天雷的勢力並不是表面上所瞭解的這些。

兩天後，巒北城越劍飛鴿傳書，一方面告訴天雷南越劍館派出三百弟子來到嶺西郡青年軍團，協助自己，另一方面則告訴他，青年軍團從接到討論戰局的消息後，當天開始討論，經過反覆的研究，一致認定當前應放棄據河堅守，採取「誘敵深入，步步蠶食，最後消滅敵人」的戰略方針，嶺西郡北沿河六百里，兵力分散實不適宜據河防禦，以防被各個擊破。天雷接到資訊後，很是爲越劍及青年軍團將領們高興。

第二次軍事會議在天雷和驚雲的主持下如期召開，會上討論極其激烈，三分之一的人贊同「據河堅守」，其出發點是如今大旱即將結束，百姓極其需要休養生息，如讓兀沙爾渡過聖靜河，則郡北將淪爲戰場，還要冒被其突破深入的危險，那樣嶺西郡將受到巨大的損失，而據河防守以當前的兵力是可以做到的，並提出了如組織水軍、擴大訊樓、修築陷阱、加強騎兵機動突擊力量等等措施，一定能保證嶺西郡安全，提出討論問題的人員都很激動。

而另一方面，三分之二的人則贊同「誘敵深入」，以據河防守爲起點，步步後撤，引誘敵人向河南一帶的山地，佈置陷阱埋伏，逐步蠶食，最後消滅敵人，其中草原部眾人爲大部，兵團參謀處部分人員附議，同時也提出了如：兩面設伏、側翼攻擊、分割包圍等等辦法，天雷聽後也是點頭贊同，替大家高興。

隨後，天雷提議聽一聽雷格、維戈的建議，眾人停止議論，看雷格說話。

「我個人主張『誘敵深入』這一戰術，其主要依據是：一、據河防守，我方兵力過於分散，容易被敵人各個擊破。郡北沿河六百里防線有渡口十六處，我們不清楚兀沙爾從什麼地方渡河，只能猜測，這是很危險的方法，如平均分配兵力，則一個渡口只有兩萬人，顯得兵力過少，容易被敵人一擊而潰，造成整個防線的被動；二、誘敵深入，並不是我們任由敵人挺進，而是要按照我們預設的戰場讓敵人進入，這樣一來，我方的經濟損失就降低到最低點。敵人進攻後，我們首先要沿河阻截，儘量消滅敵人力量，並引誘敵人到達我們預定的戰場，在這個過程中，我方可以逐步消耗敵人的力量，達到誘敵殺敵的目的；其三，既然是誘敵深入，我方則掌握主動權，戰場要控制好，以免更大的損失，同時，各方配合必須協調，環環相扣，一點也不許脫節，最後達到消滅敵人的目的。」

雷格因爲知道天雷已經有所安排，明白部分作戰意圖，只是對作戰作出具體的計劃，天雷聽後連連點頭，草原眾人看見雷格支持自己的意見，也是高興。

「下面我們再聽一聽維戈的想法！」天雷接著說。

維戈站起身來，謙虛地說道：「各位，剛才雷格說了許多，我基本上是同意他的意見，需要補充的，是戰場要設得小，設得巧，正如第一種意見的兄弟們所說的那樣，不能造成巨大的損失，更不可能失去控制，有一方環節出現漏洞，預備隊就要立刻進行補救，要不怕犧牲，必需堅決堵住，至於細節，則要按地理條件和戰場的形勢而定，我說完了。」

「大家還有什麼要說的嗎？」天雷聽維戈說得簡短，但一針見血，也很高興。

眾人互相看了一眼，沒有人再說話，驚雲這才說道：「沒有什麼了！」

天雷見眾人都已經說完，這才對大家說道：「那好吧，讓驚雲說說越劍軍團長他們的意見！」

驚雲清了清嗓子，然後說道：「越劍軍團長他們經過兩天的討論，一致以爲『誘敵深入，步步蠶食，最後殲滅』爲最好！」

天雷見驚雲說完，接著說道：「既然大家的意見就是這麼多，那麼由驚雲軍團長來談談自己的意見！」

驚雲喝了口茶水，然後認真地說道：「剛才大家說的都很好，很全面，我自己贊同誘敵深入這一方案，原因就是一個：防敵不可千日，不如一舉殲之。」

天雷敞聲一笑道：「哈哈，說得好！兄弟們，敵人在河的對面，如不讓他們過來，那麼他們是不會死心的，我們哪有天天防禦他們的力量和精力，難道我們什麼事情都不做了麼？中原大戰正酣，我們不能為此而自束手腳，影響全局，兵法曰，最好的防禦就是進攻，既然我們不能進攻，那麼就要讓他們過來，要讓他們往我們擺設的戰場裏走，聚而殲之，各個擊破，要讓他們永遠都不敢輕視嶺西郡，永遠都不敢！

「但是，讓敵人過河，我們要承擔一定的損失，但我們可以把損失減少到最低，河南百里擺戰場，最多可以讓敵人前進一百五十里，這就是我們的戰場位置，從明天開始，每一個人都要到戰場地區查看地形，每一個人都要抓住這一次機會好好的學習，鍛煉自己，提高自己，我們的機會不是很多，特別是像這樣的機會！我可以告訴大家，這次會戰勝利是沒有什麼疑惑的，過兩天，藍鳥谷大草原部將支援我們十萬騎兵，我們有五十萬部隊，其中有十八萬騎兵部隊，我們要抓住這次機會，把兀沙爾留在嶺西郡北，我不希望看到誰出現什麼問題，都聽清楚了嗎？」

「清楚了！」

「好，清楚了就好！這次，我們將組成東、西、南三個方面的軍，東面，由越劍軍團長任主帥，率領青年軍團加上新整編的十萬人，共計十五萬人，由維戈任副帥，率領靜河鎮、清河鎮駐守的三萬騎兵協助，總兵力十八萬人，負責巒北城至淩原城、路定城方面之敵，凌原城作爲東側方面軍的預備隊將隨時進行支援。

「西面，由驚雲軍團長任方面軍統帥，由沈雲軍團和赤河鎮的二萬騎兵加上新編預備隊十萬人組成，總兵力十七萬人，負責堰南城、丹城、山城至丘城一線之敵，藍鳥谷部眾三萬騎兵加上神弓營八百人爲預備隊。

「而在正南面，由雷格出任方面軍統帥，統領大草原十萬鐵騎爲主要力量，由京城返回的眾位兄弟協助，負責路定城、安陽城、玄城、丘城一帶的正面之敵，藍鳥第二軍團爲預備隊。戰線向北推進至聖靜河南一百里，向後決不可以再退五十里，以這一段地區爲戰場。」

天雷環顧在場仔細聆聽的眾人，接著說道：「各部必須緊密配合，以堰南城爲中心進行協調，戰時傳訊採取複製，協調作戰，決不可以有違反命令的事情發生。好了，從明天起，各個方面軍各自查看自己預定戰場的地形情況，原則上是依靠聖靜河天塹，三面夾擊，分割包圍，各個擊破，以最小的代價，消滅最多的敵人，散會！」

眾人心情大振，戰略方針既然已經定下，兵力劃分已經完成，作戰布署就看各個方面軍的計劃了，至於如何調整部隊，分配兵力，劃分戰區等，只等後二天的實地考察，協調安排了，眾人自己找自己的作戰單位，三三兩兩的議論著，走出會議室。

「傳令通知越劍，立即起程向靜河鎮方向，會合各部安排戰區。」

「是！」作戰參謀風揚下去通知，天雷這才起身休息。

第二天，天雷帶領郡北的所有高級將領起程，沿河查看地形，指點著各個戰區的防衛布署，至靜河鎮與越劍會面，越劍帶領著南越劍館的三百好手來見天雷，眾人見面，高興不必細說。

以靜河鎮為界，東三百里為東方面軍的戰區，維戈自然與越劍在一起，商討作戰方案，西側為西方面軍驚雲的戰區，主要由驚雲帶人負責，南側百里處為南方面軍的戰區，以雷格為首，草原里騰、姆里等人為副手，草原十萬鐵騎為主力作戰。各個地區又細分為多個小戰區，眾人各自討論自己的兵力分配，作戰方案及陷阱埋伏等等。對各個方面軍怎樣安排作戰，天雷自是不再過問，總體協調由參謀長亞文帶人負責，他只帶領凱雅和盛美在近衛的保護下欣賞風光，指點江山。

越劍看天雷對自己十分重視，滿心感激，這次有維戈協助他，是他沒有想到的，因為他知道維戈不僅僅是天雷從小的兄弟，在藍鳥谷一起長大，感情深厚，而且，維戈的威望、地位，各個方面實在是在他之上，但天雷並沒有因為這些而輕視他，讓他又感激，又慚愧，更加積極努力，維戈也真的像對待天雷一樣，盡心盡力地協助越劍做好各項安排，毫無怨言，令越劍更是感動。

草原各部少族長剛剛從帝國軍事學院畢業，雖時間還差半年，但戰亂已起，平安王也就只好提前結業，也給他們發了畢業證書，來到嶺西郡正巧趕上大戰，興奮的心情可想而知。

他們自小生長在大草原，對防禦作戰不是很適應，所以在戰略上是倡導誘敵深入，正與天雷的想法吻合，同時天雷又抽調草原十萬騎兵，歸他們率領，求戰心非常的強烈，與雷格走在一起，也是沒有話說，他們從前接受雷格傳授武藝之恩，又初到嶺西郡北，有機會參戰已經是幸運，也不計較雷格，倒是非常配合。

整個嶺西郡北在悄悄地進行著大戰前的準備，而這次準備無論在戰略思想上，還是在戰術布署的準備上都得到統一，在作戰的時間、兵力上都十分充分，每一個參戰將領都信心十足，只等待開春時映月兀沙爾率軍過河。

三月下旬，京城轉來了河北三次戰役勝利的消息，其中有凱旋詳細述說了西星戰車的作戰情況，對戰車參戰描述得十分詳盡，對它的威力也是十分贊同和肯定，並要求嶺西郡小心映月戰車運用。天雷看後給予高度重視，傳令卡萊火速來到堰南城，商量對策。

卡萊看過對戰車的描述後，沈思一會兒後說道：

「聖子，我想這戰車無非是鐵甲戰馬和車輛的組合，以防護甲運用與配合，而他的致命處是戰馬，一旦戰馬受創，它就失去了威力，失去了戰場機動作用，所以戰馬防護非常的重要，但是，我想我們的弩車正好是對付它的最好武器，在三百米內，弩車是可以射穿戰馬的護甲，另外，在一百五十米內，中弩也有可能射穿馬護甲。」

天雷聽後大喜，他抱著卡萊的雙肩說道：「卡萊，真的，太好了，謝謝！」

「聖子說遠了，短人族多受聖子大恩，我們做這算不了什麼，但憑短人族的三稜弩箭，我想這個世上任何護甲都無法抵擋。」

「太好了，卡萊，對了，我們生產了多少輛弩車和中弩？」

「我自己帶人已經生產了近兩百輛，另外，我通知族長大人在族中又為聖子生產了三百輛，相信這段時間有五百輛，中弩大約有兩萬支，小弩有三萬支。」

「好啊，這次郡北會戰，也可以作為實戰的實驗場，卡萊，什麼時間可以運來？」

「我族三萬戰斧戰團已經起程，弩車和族中生產的中弩相信必可帶來，不久與臨關城會合，不日將達到郡北。」

「三萬戰斧團，卡萊，我並沒有讓他們來啊！」

「聖子，嶺西郡大戰在即，各部盡心盡力備戰，短人族多蒙聖子恩德，解百年來最大困難，又蒙深恩實現千百年來的夢想，如今短人族思恩追源，全是聖子所恩賜，在聖子面臨困難之即，草原等各部同心同德，短人族怎敢於落後，族長和各位長老決定三萬戰斧團入郡北為聖子效力，現已經起程了。」

「啊，多謝族長和各位長老，多謝各位短人族兄弟！」

「聖子，這是我們應該做的，比起聖子對我們的恩德，實在是不能相比。」

「卡萊，我記住了。你如沒有什麼緊要的事情做，就跟在我身邊吧，看看郡北大戰的場面，積累些經驗，對以後多有好處。」

「謝謝聖子！」

「來人！」

「在，將軍！」值班參謀風揚應聲而入。

「通知雅星軍師準備接應短人族戰斧團兄弟，命令格爾第二軍團全面接收短人族帶來的弩車裝備，以十人為一組，儘快掌握弩車操作，留兩萬中型機弩給格爾，並命令他向路定城方向運動，聽候雷格指揮，其餘裝備全部運往郡北！」

「是！」

「命令驚雲軍團長準備一個萬人隊，準備學習機弩的操作，在短人族兄弟到達後儘快學習掌握。」

「是！」

「卡萊，你到藍鳥谷眾部去，暫時教教他們弩機的運用。」

「是！」

幾天後，嶺關城的雅星來信告訴天雷，草原十萬騎兵已經越過聖寧河，進入嶺西郡，且帶來大量的糧草等，天雷十分高興，命令全部轉入丘城、玄城、安陽城和路定城一帶休整，聽候雷格與里騰、烏拔指揮待命，並要求各部統領熟悉戰區地形，做好戰前的準備。不久，又傳來短人族三萬戰斧團渡河的消息，並帶來大量裝備，天雷按原計劃安排，命令格爾第二軍團接收整訓，命令短人族戰斧團到小山城待命，命令卡萊指揮。

山城與其說是個小城，還不如說是個大鎮更確切些。城不大，牆只有七八米高，破落不堪，像一個土堆子，人口五六萬人，由於比較小，故又稱小山城，藍鳥谷眾部如今正駐紮在小山城地區。小山城東北臨堰南城，東南臨丘城，與兩城都比較近，因此，天雷又把短人族戰斧團駐紮在小山城。

第九章　春季攻略

四月郡北已經進入了春季，天氣轉暖，冰雪漸漸消融，聖靜河水位高漲，水大浪急，河中早已經不見了一絲冬的痕跡。去年冬天裏下了兩場小雪，彷彿預似著今春一個好兆頭，嶺西郡百姓也和所有大陸上的百姓一樣，盼望著一個可喜的春天。

春天來臨對於駐紮在臨河城的兀沙爾部來說，是個催征符，同時也是個血腥的開始。在整個冬季裏，兀沙爾組織人員偵察地形，查看渡口，試探河水深度、溫度，用少量犧牲換取寶貴資料，以減少更大的傷亡，同時，兀沙爾動員士兵製造了許多的船隻，以備開春渡河之用，可以說如今萬事俱備，只差時機了。

從映月、西星本國又增援了五十萬人馬，以備春季攻勢用，明月公主把映月支援的二十萬人都留給兀沙爾，以確保攻擊嶺西郡的萬全，有這二十萬人，兀沙爾信心倍增。經明月和帕爾沙特兩位統帥同意，確定春季攻勢由兀沙爾部首先開始，四月十日對嶺西郡北發起攻擊，大軍全面渡河，明月公主和帕爾沙特部暫時不動，兩人也把全部的注意力都放在了嶺西郡北，也可以說是放在了雪無痕身上，對河平城等地的攻擊放緩了腳步。

兀沙爾整整準備了一個冬季，可以說是計劃周詳，無懈可擊，明月公主和帕爾沙特王子對兀沙爾的作戰計劃也是非常滿意。整個計劃共分為三部，左右雙翼以沙里博格將軍和尼爾斯特將軍為主帥，各領十萬人，以步兵為主，牽制堰南城與巒北城兵力，圍而不攻，減少士兵傷亡，如兩城突圍，則給予殲滅。中部以兀沙爾為主帥，計二十萬人馬，以十萬騎兵為主要攻擊力量，向前推進，十萬步兵隨後跟進，大軍直指西南方向的丘城，到達丘城後，轉向西攻擊嶺西關，配合映月本土部隊攻擊，一舉拿下嶺西關，後軍十萬人駐守臨河城及堰門關，保證後翼安全。

渡河地點也分三部分，全部選擇在靜河鎮以西地區，以靜河鎮渡口、赤河鎮渡口和西邊的瓦口鎮渡口為主，其餘十三個渡口全部採取佯攻渡河，以十萬留守部隊來完成牽制，主力以步兵為主，首先渡河建立河口陣地，架設浮橋，接應騎兵渡河，然後再整合轉進完成預訂計劃。

整個計劃以船隻渡河攻擊為主，少量涉水渡河為輔，上岸後以步兵防禦為主，穩定河口陣地，待大軍渡河後再發起攻擊。

四月九日，大軍準備完成，提早休息，第二天凌晨發起攻擊。

四月十日凌晨，駐守在嶺西郡北各個渡口的民團發現河北有軍隊運動，首先是清河鎮等十餘個渡口發現有敵軍正在渡河，訊樓風煙四起，警報聲傳遍整個郡北沿岸，一時之間也不知道兀沙爾是選擇什麼地方爲主要突破口，沿岸亂成一團，好在先前已有所計劃，防守部隊並沒有做什麼大的運動。

在民團剛剛做好準備的時候，映月大軍船隻已經離岸不遠，民團開始開弓放箭，雖有一定的殺傷，但微乎其微，這時候從靜河口和赤河口、瓦河口三個方向，映月大軍源源不斷地向河南湧來，並迅速佔領河邊地區，搶攻沿河戰壕，士兵手持巨大的盾牌向前攻擊。

到達戰壕後，把盾牌放在壕溝上，迅速跳下戰壕廝殺，後續士兵迅速踏過盾牌向前攻擊，源源不斷的士兵站滿整個渡口，並向前推進有五里，站穩腳步，然後整頓陣型，迅速組織防禦，後面的士兵快速把防禦物資運到指定地點，紮下防禦營寨，速度之快，當世罕見。

在前鋒組織防禦的同時，渡河部隊迅速組織船隻搭建浮橋，巨大鐵鍊搭在河的兩岸，船隻迅速與鐵鍊固定，一排排巨大木板鋪在了船隻上，快速向河對岸鋪設，士兵放下木板後跳下河裏，快速涉水過河，加入到防禦的陣型中，人越聚越多，河頭陣地已經鞏固。

兀沙爾中軍在赤河口上岸，所部前鋒月落軍團攻擊部隊都是精銳中的精銳，攻擊力十分強大迅猛，幾乎沒有受到什麼巨大的壓力就突破河防，並迅速組織起防禦陣型推進。兀沙爾幾乎在部隊剛站穩腳跟後就跟隨過河，親自指揮，掩護後續部隊渡河、搭建浮橋。

這時候，整個嶺西郡北藍爪盡出，不時彙報各種消息。驚雲部沈雲軍團兩萬騎兵在一大統領的帶領下，從赤河鎮東北方向殺出，騎兵巨大的衝擊力量把剛剛站穩陣型的登陸部隊衝開一個缺口，並快速反擊斬殺，兀沙爾組織起部隊進行了頑強的抵抗，在付出七千餘人的代價後，擊退這支反擊部隊，穩住陣腳，攻擊騎兵快速與兀沙爾部脫離，向西揚長而去。

左路登陸部隊十萬人在沙里博格將軍指揮下渡河，也沒有遇到巨大的抵抗，上岸後，三萬人在沙里博格組織下建立起防禦陣地，掩護後續部隊，但是，駐紮在靜河鎮的是維戈藍羽一萬五千名騎兵，藍鳥谷高手就達五千人，維戈沒有急於組織反擊，而是在敵上岸達二萬餘人後，才開始了騎兵對河口敵人的衝擊，一輪箭雨後，以五千槍騎兵勇士爲先導，排著攻擊陣型一衝而上，撕開一處缺口，黑色長槍像來自於地獄的魔靈，吞噬著登陸步兵的生命，在沙里博格將軍嘶聲中來回兩個衝擊後，快速脫離而去。

沙里博格看著倒在血泊中的二萬餘士兵，欲哭無淚，他迅速組織人收拾殘局，縮小防線，這時候，又有二萬多士兵渡過河來，在各部的共同努力下，勉強又穩住陣腳，並命令部隊快速渡河，以防不測。

維戈與沙里博格部脫離後，向東運動，欲與雷格留在清河鎮的藍羽部會合，並查看沿河渡口情況。走出三十餘里，就看見藍羽部隊，兩部會合後，維戈才知道靜河鎮以東敵人只是詐攻，並沒有什麼真正的部隊渡河，局勢安穩。但他不敢大意，按照誘敵深入的戰略原則，沒有再次組織反擊，而是命令部隊原地休整，查看損失情況。剛才一陣反突擊搏殺，騎兵部隊也損失一千多人，傷者無數。

右翼尼爾斯特將軍率部在瓦合口渡河登陸，所受的壓力不比兀沙爾和沙里博格小，但所受攻擊力卻小得多。瓦河渡口離堰南城有六十多里，瓦河口鎮裏駐守著新整編的沈雲軍團五萬人，由於是新編軍團，士兵沒有什麼作戰經驗，驚雲怕損失大，所以在尼爾斯特渡河時只做一陣的抵抗後，節節後退，並快速脫離，雙方的損失不大。尼爾斯特爲了渡口的安全，也沒有進行有效的追擊，大軍源源不斷地渡河，有驚無險，安全上岸，站穩腳跟。

兀沙爾元帥佔領赤河鎮後，統計三處渡口的損失，得知靜河鎮渡口損失較大，自己和瓦河口損失各七八千人，這比預料中要小得多，當下命令沙里博格將軍穩定腳步，步步爲營，不要急於攻擊，自己也在赤河鎮紮下大營，等待著騎兵部隊的渡河。

從十日下午起，聖靜河北岸的騎兵通過搭建的兩座浮橋開始渡河，至十一日午後，十萬人馬渡河完畢，兀沙爾心中一快大石落地，又休整一天，河北設備陸續運過聖靜河，計有戰車百輛，大型攻城設備無數，攻城車百餘輛，外加糧草等等。

堰南城內的天雷和驚雲從兀沙爾部開始渡河時起，就積極地行動起來，天雷沒有命令部隊反擊，剛剛渡河的兀沙爾這時候是最危險的，士兵會個個用命，以決死之心進行戰鬥，這樣的敵人無論如何是暫時碰不得，所以只要按照原先的計劃，進行布署。

首先，駐紮在堰南城外的西方面軍部隊進行階梯式抵抗，布設各種陣地、陷阱，以迷惑敵人，達到虛虛實實目的，另外在堰南城只留十萬部隊防守，其餘各部向山城、丹城方向轉移，其中包括他自己的大營；其次，駐紮在丘城、玄城等一帶的南方面軍草原騎兵部隊向前推進三百里，進入指定的位置，紮下大營，佈置警戒、探馬。

再次，巒北城越劍東方面軍抽出兩個軍團向西推進，到達清河鎮一帶，與維戈藍翎、藍羽部會合，騎兵和一個軍團隱匿形藏，另一個軍團對沙里博格部進行連續不斷的騷擾，原則一擊即走，決不糾纏，把敵人逐步向東引進，伺機分割包圍，予以殲滅。郡北龐大的軍隊正悄悄的展開，形成了寬四百里，縱深一百五十里的包圍圈，百姓迅速向後撤離。

第三天，藍爪斥候報告兀沙爾兵力已經達到四十萬人，其中騎兵十萬，步兵三十萬，分三個部分，左右各十萬人，中路二十萬，包括全部的騎兵，而各種設備正陸續渡河，有新型戰車百餘輛，攻城設備無數。天雷根據報告，對部隊進行了部分的調整，由於兀沙爾的兵力增加爲四十萬人，其中中路已經達到二十萬人馬，南方面軍兵力顯得單薄，爲確保南線不被突破，他緊急命令藍鳥部眾支援南線，作爲預備隊，立即起程，命令沈雲軍團五千人中弩手趕往青年軍團，而自己則帶領西方面軍剩餘部隊立即前往小山城。

在天雷調整部隊的同時，兀沙爾的右翼首先開始了運動，尼爾斯特將軍首先率軍開始向堰南城方向推進，大軍以一個軍團爲前鋒攻擊前進，出瓦河口二十里處遇到沈雲軍團的抵抗，沈雲軍團利用附近的有利地形，以山地陣地進行阻擊，以陷阱、弓箭遠攻近殺，射殺敵人，給予敵人一定的殺傷。尼爾斯特將軍以正規陣型進行攻擊，他以盾牌手爲先導，弓箭手爲輔助，步兵依次推進，很快突破了敵人防線，沈雲軍團進行一番抵抗後，依次撤退。

西方面軍二輪阻截雖給予敵人一定的殺傷，但沈雲軍團沒有阻擋住尼爾斯特將軍前進的步伐，十萬大軍很快就到達了堰南城下，並迅速進行了包圍。六十里的距離很近，第二天，攻城車等攻城裝備就已經到位，尼爾斯特將軍沒有下令立即攻城，而是全軍休整戒備，等待著中央兵團的消息。

左翼沙里博格將軍部在靜河鎮休整幾天，在右翼包圍堰南城時也沒有什麼大動作，零星地與青年軍團進行了幾場小規模的斥候遭遇戰，互相各有勝負，變化不大。

兀沙爾元帥在右翼包圍堰南城後，看各種物資裝備已經到位，略微休息後，中央軍開始了行動。按照計劃，中央軍團出赤河口直指丘城方向，路線向西南略微傾斜，中間有四百多里路程，以騎兵月魂部為前鋒，開始了推進，由於步兵有大型攻城裝備行動緩慢，所以一天只前出三十多里，沒有遇到抵抗，第二天在天將近黃昏時，來到一處小村莊休息。

小村莊名靠山屯，不大，村民早已經跑光了。靠山屯村東五里外有一山脈，斜向西南走向，山不高，只有百十來米，長十餘公里，山峰起伏疊蕩，婉轉伸延，山腳下有一條向西南的土道，蜿蜒曲折。村西地勢比較開闊，幾處山丘不大，很是顯眼。

站在村南的兀沙爾看著起伏的山巒，蜿蜒的小路，西下的斜陽，有一種深沈壓抑的感覺，從軍三十年來，兀沙爾元帥有這樣的感覺時很少，但每次有這種感覺時，情況都很不妙，他相信自己的感覺。同時感覺到自己前進了七十里路程時，雪無痕還沒有動作，這就很不正常，按照常規的戰法，雙方早就開始接觸了，但雪無痕不是不懂得正規戰法的人，他一定會給自己找一個合適的機會、合適的地點等待著自己，這就是爲什麼自己有這樣感覺的原因。

「傳令全軍休息，加強戒備，防止敵人夜襲，通知斥候小心偵察，明天不再推進，各部做好準備。」

「是，元帥！」

從天黑時起，靠山屯各個駐地就遭到連續不斷的騎兵襲擊，每每是一擊即走，決不糾纏，他們以弓騎兵爲主，連續不斷，整整折騰一夜。月魂、月魄兩騎兵軍團將官士兵氣憤異常，想出擊卻不敢，兀沙爾元帥知道雪無痕的目的就是讓你忍不住出擊，給予打擊，所以只有命令堅守不出，好在大軍早有所準備，損失不大。

第二天，整夜沒有睡好的士兵無精打采，無心作戰，士兵們也知道頭天有命令休息，所以天亮後也沒有做前進的準備，飯後，全軍抓緊休息。

兀沙爾元帥經過一夜的思考，感到大戰在即，雪無痕以夜襲爲主，開始襲擾，採取疲憊戰術，減少銳氣，予以打擊，而前方敵情不明，如輕易冒進，必被埋伏偷襲，至令損失更大，造成被動局面，直至被消滅。

如今，最迫切的是加強情報工作，探明敵情，做好萬全的準備，所以，天亮後，大量的騎兵斥候被派出，兀沙爾只好等待消息。

雷格率領南方面軍駐紮在靠山屯村南近五十里處，這段距離是事先安排好的位置。十萬鐵騎加上藍鳥第三軍團五萬將士大營一字排開，從東至西，中間是天雷帥營和步兵藍鳥軍團大營，高大的旗幟迎風飄揚，沙沙作響，藍鳥眾部則在中央大營的南側。

天雷自從到達小山城後，心中一直在擔心，考慮草原騎兵第一次參戰，心中無數，同時也怕雷格壓不住草原眾將，加上藍鳥谷眾部、短人族戰斧軍團都沒有實戰經驗，如果被兀沙爾突破，後果不堪設想，所以趕緊趕到南方軍團。正如他所意料，草原眾將與雷格產生分歧，就展開攻擊還是進一步誘敵深入在爭吵不已。

大草原騎兵以攻擊見長，所以主張主動出擊，打擊敵人，而雷格則主張繼續誘敵深入，完成既定的計劃，但這就需要草原騎兵分階段、成梯次不分晝夜進行襲剿，疲憊敵人的同時消滅敵人，當然騎兵是很累，且效果不明顯，草原眾將對這樣受累事情當然不同意，天雷來的正是時候，草原部眾沒有一個人敢違背他的意思，所以他當即決定按原計劃進行，派出一個騎兵軍團進行襲剿，另一個騎兵軍團休息，並在兀沙爾到達靠山屯時展開。

藍鳥部眾楠天、里斯、布萊和卡斯四小兄弟一直跟在天雷的身邊，天雷令四人各帶五十名藍爪斥候進行偵察，阻殺敵人斥候，在有經驗的藍爪指導下，四人進步很快，在夜幕和樹林、雜草、隱蔽坑中，他們學會了潛伏、觀察、分析、彙集、阻截、斬殺等，白嫩的臉變得油黑，在興奮中帶著疲憊，幼稚裏透出一絲成熟，顯露得更加的剛強、堅韌，帶著一絲的殺氣。

靠山屯裏的兀沙爾元帥不敢輕易出擊，靠夜幕的掩護，經過兩夜的偵察，在付出多股斥候傷亡的代價下，終於探明在前方五十里處駐紮著敵人大營，連綿二十餘里，一派決戰的架勢，但是，斥候們也有一絲的疑惑不解，敵人大營與情報中聖日軍營稍有不同，毛氈營房絕非中原軍隊的慣用軍帳篷。

兀沙爾元帥雖然疑惑，但也沒有深究，第二天，他派出月魂騎兵軍團沿前方大路向前搜索前進，偵察情況，其餘人馬安營不動。騎兵軍團前進十里，在遭到無數陷阱埋伏及騎兵分隊的攻擊後，原路退回，兀沙爾又是猶豫了兩天，把各部士兵都調整到最佳的狀態，才準備向前推進。

在兀沙爾向前推進的七天時間裏，左翼方面產生了微妙的變化。沙里博格將軍本是一名騎兵的能手，原東月軍團的著名將領，在路定城會戰時受累，替兀沙爾承擔了些責任，一度被停職，在映月入侵中原之際，他又被重新起用參加過嶺西郡戰役，但騎兵軍團已不缺少將領，所以被兀沙爾任命爲步兵軍團長，兼一個方面軍的主帥。他性格本是沈穩，多有計謀，但心中一直不快，加上一上岸就被騎兵衝擊，心情越加的糟糕，他本是名攻擊型將領，如今讓他安穩地防守，也實在是難爲了他。

靜河鎮與赤河鎮相距一百餘里，與瓦河口距離更遠，到達堰南城就有近三百里，兀沙爾中央兵團向前推進，留沙里博格防守左側翼安全，整個部隊以聖靜河為依托，東、南、西呈三角形分兵，與南方兀沙爾中央部距離有一百餘里，距離稍微過於大些。

從兀沙爾向南攻擊時起，東方面軍團越劍部就有所行動，他首先以青年軍團對靜河鎮發起了衝擊，攻擊的力度雖然不是很大，但沙里博格也很難受，隨著兀沙爾越走越遠，攻擊力越來越大，每一天沙里博格都要受到攻擊壓力，從先前的晚上偷襲，到白天的不斷襲擾，直至於公開列陣邀戰，使沙里博格實在是忍無可忍，第五天終於派出一個步兵軍團出擊，但是，青年軍團一擊即潰，然後再戰，反反覆覆，連續不斷，漸漸地，沙里博格失去了耐性，膽量逐漸增大，出擊的欲望越加強烈，最後決定向東推進，八萬多步兵隨著青年軍團的潰退追擊三十里，安下大營。

越劍與維戈看沙里博格部終於出來，又反覆研究堰南城與中路兀沙爾回軍的可能性後，抓住戰機，決定對左翼沙里博格部進行圍殲，作戰計劃飛鴿傳達天雷的手中，天雷非常的高興，當即也認為時機已經成熟，同意了越劍與維戈的計劃，並要求自己執行，不必請示，戰役結束後，保證截斷兀沙爾的中央軍團退路，同時協助西方面軍驚雲部牽制右翼敵人。

從四月十六日起，東方面軍團在越劍軍團長的指揮下，留一萬人駐守巒北城，其餘三個軍團十三萬步兵，加上藍翎、藍羽騎兵三萬人馬、五千機弩營對映月兵團沙里博格左翼實施包圍，計劃騎兵部隊在維戈的率領下，沿河抄沙里博格後路，即從西北面發起攻擊。南、北各一個新編軍團實施迂迴包圍，正東主攻方向由青年軍團完成，二十日上午全面發起攻擊，全殲沙里博格部。

經過四天的巧妙安排，越劍東方面軍完成了預訂的計劃，二十日早晨八時許，沙里博格將軍同時發現在東、南、北三個方向出現敵人軍團的標誌，火焰旗幟赤紅，鮮紅悅目，三個整齊的巨型方陣從三個方向向前壓來，他知道這下糟了，三個方面敵軍就達十五萬人，後方敵人是絕對不會沒有部隊斷自己後路的，況且敵人騎兵始終沒有出現，自己愚蠢地掉進敵人已經設計好的陷阱裏來，但他還是要搏一搏，沙里博格將軍強打精神，整頓部隊，列好防守陣形，嚴陣以待。

首先發起攻擊的是正東青年軍團，以五千人為先導，士兵個個手裏拿著不明型弓箭，在前排盾牌手掩護下，兩人為一排，橫向列隊，向前推進，在距離一百五十米處稍停住腳步，開始放箭，三稜形箭羽透過步兵防守盾牌，射在士兵身上，沙里博格列陣的士兵像稻草一樣被割倒。

三輪箭雨後，損失就達萬餘人，士兵個個驚慌失措，這時候，攻擊箭手開始逐步向前推進，雖速度不快，但手中的箭雨如故，在弓擊箭手的後面，巨大步兵方陣邁著整齊的步伐，以堅定的腳步壓上來。這時，在震耳欲聾的鼓聲中，南、北兩個方向的敵人也開始了進攻，火焰旗幟緩緩而近。

在鼓聲剛剛響起不久，沙里博格將軍就感到了大地振顫。轟鳴的馬蹄聲敲碎了他還存在的最後一絲幻想，敲碎了士兵僅存的一點鬥志。維戈率領騎兵一湧而上，巨大的鋼槍吞噬著士兵的生命，馬蹄碾碎士兵的屍體，鮮血染紅整個戰場，四處是士兵廝殺，人喊馬嘶，亂成一團。

騎兵輾轉有兩個回合，攪亂了沙里博格的陣型，在用人疊成的方陣中，是騎兵對步兵的屠殺，而在四周圍是組成攻擊陣型的攻殺，十八萬對八萬，騎兵對步兵，在不成比例的反侵略圍殲戰鬥中，士兵們沒有憐憫，盡多的是仇恨、憤怒，是揮舞手中的屠刀。

沙里博格將軍的中軍大隊在騎兵第一次攻擊時就成為了重點，高高的帥旗告訴維戈敵人主帥的位置，二千藍鳥谷出身士兵跟隨在維戈的身後，黑色的鋼槍閃著寒光，吞噬著一個又一個生命。

沙里博格親衛拼死抵抗，維戈沈著臉，眼裏閃動著令人顫抖般淩厲精光，手裏大槍幻起一個個槍花，在士兵身上不停地吞吐，殺開血路，不斷地向前進。沙里博格將軍遠遠地看著維戈，知道自己的路已經走到了盡頭，他認識維戈和這支部隊，早在路定城外山口會戰時，他就吃過這支部隊的大虧。

在突圍時與維戈照過面，回到映月國後，東月的將領們曾經反覆研究過這支騎兵部隊的作戰力，得出的結論是，東月甚至整個映月，也沒有一支騎兵部隊可以和這支騎兵部隊相比美，評價之高如今彷彿還言在耳，如今在困境中又遇到這支部隊，標誌著自己的命運與這支部隊拴在一起，是爲這支部隊付出的，也沒有什麼遺憾，而且，他知道維戈是與帕爾沙特一樣比肩的高手。

沙里博格將軍環眼整個戰場，長歎一聲，上馬提刀，大喝一聲：「閃開！」僅存的百十個親衛士向兩旁一閃，沙里博格催馬而出，直奔維戈。

維戈聽得喝聲，閃目光向前看，見沙里博格催馬而來，帥旗也在緩緩移動，他精神一振，忽然提起全身功力，凜然的氣勢暴漲，眼中精光閃射，跨下戰馬並不停留，帶著沖天的霸氣與殺氣，人馬合一，嘴裏沈喝一聲：「喝！」，撲向沙里博格。

沈雷般喝聲使沙里博格戰馬一驚，前蹄暴起，維格馬急槍快，大槍從沙里博格馬頭穿入，透過他的胸前吐出，維戈雙肩叫力，連人帶馬挑起撕成兩半，摔出有十米，轟然倒下。親衛們叫喊著衝上，維戈和身後眾人只一個衝刺，就把他們淹沒在馬下。

「住手！」

「住手！」

維格運盡全身功力，大喝一聲，身後兩千人馬隨聲附和，傳遍整個戰場，士兵們抬頭觀望，看見在一處小坡上，維戈和將士們像殺神一般凜然而立，手中的刀槍一緩，越劍聽得維戈的叫聲，隨後也大喝一聲：「住手，全體後撤三十步！」

青年軍團士兵略微整頓隊形，緩緩後撤，映月軍隊士兵也快速後撤，雙方站住腳步，維戈沈聲說道：「映月的士兵們，你們的主帥已經死了，如今放下武器可以給你們一條生路，放下武器！」

「沙里博格的屍體在此，放下武器！」一名士兵挑起沙里博格屍體。

「放下武器！」

「放下武器！」

喊聲四起，映月士兵一陣猶豫後，緩緩放下手中的武器，全部投降，至此，雙方戰鬥全面結束。

東方面軍團的圍殲戰用時一天，參戰部隊十八萬人，殲滅敵人四萬六千餘人，俘虜敵人三萬八千餘人，自己損失一萬餘人，傷者無數，它完成了預定的作戰計劃，使映月渡河部隊先失一翼，造成左側翼的空虛，從而從側翼切斷了中央兵團退路，爲以後戰役奠定了基礎。

戰後，維戈略微休息，率領騎兵部隊和一個步兵軍團向靜河鎮而去，搶佔渡口船隻。越劍組織部隊清理戰場，收攏俘虜，給天雷與驚雲傳信等等。

中央兵團兀沙爾元帥調整好士兵士氣，做好出擊準備，於二十日正午派出一小隊，十人前往四十里外雪無痕大營邀戰。十人騎著戰馬，打著鮮明的旗幟，順大路走出二里就被楠天小組包圍，參謀官出示信件，說明來意，楠天不敢難為他們，繳了他們的武器，帶著人往大營而來，一路上，各種小隊在各處出沒，多觀看這一奇特的小組。

天雷正在大帳篷中沈思，心裏惦記著越劍和維戈部，忽然接到報告說兀沙爾派人過來，心中大喜，知道兀沙爾終於挺不住要決戰，忙派人出去請使者進來，大帳篷中，天雷端坐正中，雷格和聞訊而來的幾個將領站在兩旁，傳來使進見，使者躬身施禮道：「映月兀沙爾部中央兵團特使巴紮根，拜見聖日西方第一兵團長官雪無痕將軍！」

「特使免禮，兀沙爾元帥可好？」

「回將軍的話，兀沙爾元帥很好，特別惦記著雪將軍，特派小人前來為將軍送信！」特使說完話，雙手捧上信件。

近衛楠天接過信件交與天雷，天雷打開細看，信中無非是問候和邀戰的話，他放下手中信件，緩緩地對來使說道：「兀沙爾元帥的意思我已經明白，你回去告訴元帥，明日太陽升起的時候，雙方在二十里外決戰，我會叫埋伏的人撤回，讓元帥放心安排，明天見。」

「謝將軍！」

「楠天，送來使回去！」

「是，將軍。」

第十章　奮戰揚威

看見來使出去，天雷對雷格等人說道：

「如今情況已經發生了變化，今早，東方面軍團越劍部對左翼沙里博格部發起了圍殲，估計現在正進行，十八萬人圍殲八萬，不會有什麼問題，所以我們要盡力牽制兀沙爾部，利用他還不明情況、急於求戰的心理進行作戰牽制，以防兀沙爾回援和撤退，增加左翼圍殲困難，爲此，我們南方軍團作戰思想就有必要隨著戰局的變化進行調整，要主動出擊，讓兀沙爾推進或與其進行決戰的準備。」

「明天對兀沙爾作戰，以藍鳥第二步兵軍團爲中部，以機弩和中弩營防守作戰爲主，壓住陣勢，然後緩慢推進，藍鳥部眾隱蔽於中軍之後，草原第一軍團爲左翼，命令短人族戰斧團協助第一軍團，草原第二軍團爲右翼，從中路出擊的藍鳥部眾衝擊後迂迴協助，全軍作戰的思想是消滅兀沙爾騎兵軍團，打擊其機動部隊，完成作戰目標後，其中央步兵軍團已不足爲慮。」

「雷格，傳令各部準備，命令卡萊向前靠攏。」

「是！」

「收回二十里外的斥候等所有部隊！」

「是，將軍！」

「格爾，你帶人前去查看地形，確認作戰區域，在陣前三百米左右挖掘二米寬的戰壕，不用很深，要兩道，令藍鳥部眾監視敵人，以防被偷襲。」

「是，將軍！」

眾人下去準備，雙方都在積極地為明日作戰積聚力量，兩方在各自前方二十里處插上旗幟，互相不越界限，挖掘作戰及防禦的設施，部署設備，士兵揮舞著鐵鍬鐵鎬，各自挖掘壕溝，作戰參謀不停地在檢查地形，為主帥提供參考資料，出現了大陸有史以來第一次戰前的和諧，創造出戰場約戰時間最短、準備最倉促、距離最近的軍事史，雙方都在比智慧、比佈署、比士兵的作戰力。

兀沙爾元帥對雪無痕爽快地答應決戰感到意外，更多的是佩服，既然雪無痕早就在此選擇戰場，那麼同意決戰，則以前的佈置就形同虛設，吃力不討好，但在自己邀戰的情況下爽快答應，又主動退出北側二十里戰場，不能不說明他的魄力，當然，兀沙爾元帥也並沒有小視雪無痕的意思，他知道嶺西郡第一兵團在自己面前的軍隊不會少，但也不會多，雙方幾乎是勢均力敵，就看明天兩人的佈局了。兀沙爾瞭解自己，更對自己的將領有信心，對自己的十萬騎兵有信心，對自己整個步兵軍團同樣也有著堅定的信心。

傍晚的時候，天雷接到越劍的傳書，東方面軍作戰已經結束，全殲沙里博格左翼部，俘敵三萬七千餘人，部隊正在向靜河口方向運動。他信心頓時大增，只要消滅兀沙爾的騎兵軍團，則兀沙爾就是甕中之鱉，臨河百里的路程，還要隔河退守河北是不可能的，況且步兵跑不過騎兵，兀沙爾只有一條路走：投降或戰死。

明亮月光灑落大地，郡北的夜晚顯得有些寂靜，清風徐徐吹來，大旗沙沙做響，士兵的酣睡聲在大帳篷中此起彼伏，令天雷無法入眠。他起身披上衣服，走出帳篷外，看見盛美和凱雅的大帳篷中燈光還在閃亮，忙問雅雪道：「公主和凱雅還沒有睡嗎？」

「是，聖子，兩位姐姐在爲聖子祈禱！」

「多謝她們了！」

凱雅和盛美跟隨天雷從小山城出來，天雷本是不放心二人，不允許跟隨，但是二人執意要來，天雷也無辦法，只好同意，另外，小山城內也沒有什麼兵力，都出去作戰，讓二人到嶺關城她們是絕對不會去的，倒不如一起來到前線，有藍鳥部眾保護，相信也不會出現意外事故。

望著遠處寂靜的戰場，天上明亮的月光，天雷感慨萬千。人生活在同一個大陸上，爲了搶奪生活的必需品，一個民族與另一個民族甚至幾個民族在爭鬥、廝殺，勝者生存的道理在戰爭中表現得淋漓盡致，而勝利對於平民百姓來說，並沒有什麼實質上的改變，只是少數貴族獲取了戰爭的勝利品，爲了滿足他們的欲望，成千上萬個士兵用屍體塡滿他們欲望的陷阱，這是多麼可怕而危險的事情。

在雪無痕感慨的同時，兀沙爾元帥也同樣睡不著覺，他彷彿有一種不祥的預感，雪無痕在本土上作戰，沒有一定的實力是不會讓自己上岸的，回想起登陸時的情景，彷彿嶺西郡是挖好了一個巨大的陷阱正等待著自己往裏跳，可是，既然已經走進來了，就沒有退縮的餘地，明天，只是在明天，這個感覺就可能被證實或者被否定。他望著遠處的夜空，想著雪無痕這個年輕人到底在做些什麼，想著他的思想、他的能力、他的膽略、他的智慧。

天濛濛亮的時候，雙方的號角聲就遠遠可聞，剛剛用過飯的士兵在找尋著自己隊伍，列開整齊隊形等待著戰場上殘酷搏殺，各種各樣的旗幟在飛揚，老練的士兵沈穩地站在自己旗幟下，臉色深沈，而新兵則帶著興奮，等待著那血與火的洗禮。

雙方隊伍在旗幟引導下向前開進，距離有千米遠站住腳步，天雷按照昨天計劃列陣，中央部在自己帥旗的指引下陳列著藍鳥谷第二軍團，五百輛弩車在五千名士兵的保護下被推在隊伍的最前面，一輛弩車有二名盾牌手，二名拉弓手，二名引射手，二名裝箭手，二名推車手，後面跟隨著四十名中弩手，車與車之間有三米距離，以方便後部長槍士兵衝鋒。

在整個隊伍左側，由里騰率領著草原第一騎兵軍團五萬人，右側爲雷格親自率領的草原第二騎兵軍團五萬人，兩個騎兵部隊呈攻擊隊形，依次排開，組成強大的雙翼，在中路步兵軍團的後部，掩蔽著藍鳥谷部眾三萬人。

映月兀沙爾列開的陣型與天雷不謀而合，中央二個步兵軍團左右排列，各五十輛戰車隱蔽在戰陣中，密度比較厚，等待出擊，在步兵的兩側，各陳列著一個騎兵軍團，呈攻擊陣型，嚴陣以待。

兀沙爾有他的想法，嶺西郡雪無痕畢竟年輕些，對於戰車的運用可能還是第一次看到，自己手中有百輛鐵甲戰車，且步兵比雪無痕多些，在戰車的率領下突擊，相信雪無痕的步兵很快就會潰退，所以對勝利充滿信心，只是，在兩軍陣地的中間，昨天被雪無痕挖掘出兩道寬大的壕溝，影響戰車的推進與速度，

旗角下的兀沙爾元帥看見雪無痕的中軍推出有五百輛手推戰車，感到疑惑和可笑，這樣的戰車機動性差，怎麼可能與馬甲戰車相比，但是，他看見兩側的騎兵旗幟就

有些不解，騎兵的大旗幟上書寫著草原第一、二騎兵軍團，嶺西郡與草原有什麼關係？帶著疑惑，他催馬而出。

雪無痕看見兀沙爾元帥催馬而出，知道是自己該出去的時候了，兩個人在中央壕溝前各自勒住戰馬，隔溝相望，相距有二十米。兀沙爾低頭看了眼壕溝，不深，僅僅有一米左右，他抬頭看了眼雪無痕，微微一笑。

「雪將軍別來無恙？」

「多謝元帥關心，您一向可好？」

「好！好！好！」

兀沙爾連說三個好字，兩人像一對初遇的知己，互相問候起來，敞亮的聲音令兩邊士兵都能聽得清楚。

「元帥這次率軍進入聖日，嶺西郡北無上榮耀，昨日，我東方面軍團在越劍將軍和維戈將軍的率領下，全殲左翼沙里博格將軍部，殲滅四萬六千餘人，俘虜三萬八千，總算給元帥送上一份大禮，相信元帥還沒有得到消息吧？」

「呵呵……，雪將軍真會開玩笑，沙里博格將軍驍勇善戰，多有計謀，相信是雪將軍部下潰退了吧！不說了，不知道今天雪將軍如何與兀沙爾一戰？」

兀沙爾元帥是老狐狸，心裏相信雪無痕所說的話，但嘴裏卻無論如何也不會承認，以影響士氣，他轉移話題，論起今日之戰來。

天雷也非等閒之輩，懂得戰前對敵方士氣的打擊至關重要，他微微一笑，接著說道：「既然元帥如此之說，無痕也不多說，只是今日之戰，雪無痕不才已經準備多時，在元帥還沒有進入嶺西郡的時候就等待著元帥，相信這次是要留下元帥以敘敘舊情了！」

「好，好，雪將軍有膽有識，兀沙爾佩服，只不知是我留下雪將軍，還是雪將軍以嶺西關相讓。」他說完，用眼輕撩了下第一騎兵軍團的帥旗。

「元帥不用疑惑，無痕早已向聖拉瑪大草原各部借來十萬鐵騎，恭候著元帥，不知元帥知道後心情如何？」

「兀沙爾只為雪將軍可惜而矣，將軍向外族借兵，顯聖日之弱，說重一點，將軍這是賣國求榮，可惜啊，可歎啊！」

「元帥此言差已，自古以來，草原和中原就一衣帶水，親如一家，草原和聖日平等互利，相辱與共，今映月、西星、北海、北蠻無故犯我國土，聖日誓死相抗，大草原各部念聖日之舊情，憐嶺西百姓之苦難，出兵以幫助嶺西，不知何恥之有？」

「既然雪將軍如此一說，兀沙爾就此領教大草原騎士如何？」

「元帥請！」

「雪將軍請！」

兩人話不投機，圈馬而回。

「傳令左翼擂鼓，草原第一騎兵軍團準備出擊！」

「是！」

隆隆的鼓聲從左翼響起，草原騎兵快速整頓陣型，緊勒戰馬，抽出鋼刀，準備廝殺。剛才天雷的一番話，激起了草原勇士的鬥志，不僅僅是爲了聖子，還爲了草原勇士的榮譽。

「出擊！」天雷傳令出擊。

五十路縱隊成攻擊陣型而出，馬蹄轟響，萬馬奔騰，鋼刀閃爍著寒光，雙方兩路騎兵十萬人撞在了一起，喊殺聲震天動地。

兀沙爾元帥看了眼右路正在廝殺的騎兵，傳令中軍出擊。兩個軍團前部盾牌手掩護著士兵，扛著攻城梯來到壕溝前，用木梯搭在壕溝上，巨大的盾牌鋪設在上面，這時候，在步兵中隱蔽的百輛戰車催馬而出，後面跟隨著強大的步兵攻擊部隊。

天雷在兀沙爾傳令時，也讓士兵準備，巨大弩弓在兩名拉弓手套溝的拉扯下張開，三稜弩箭上機，後面中型弩手開始準備，士兵個個就緒，嚴陣以待。千米的距離，轉眼間，鐵甲戰車已經前進至距離藍鳥第二軍團三百米前的壕溝，這時候，方顯示出壕溝的作用，兀沙爾雖然對壕溝有所防備，利用攻城梯和盾牌鋪路，方便戰車通過，但鋪設的路畢竟不夠穩定，戰車這時必須放慢一定的速度，以免翻車或掉進溝內，所以這一緩，巨大弩機就開始顯示出它的威力，三稜箭頭發出嘶嘶的破空聲射進鐵甲戰馬體內，透體而出，穿透後面士兵的身體。

五百具弩車對付百輛戰車，五台弩車對付一輛，綽綽有餘，剛剛渡過壕溝的戰車在戰馬的嘶叫聲中轟然翻倒，受傷的戰馬不聽指揮亂竄，但是，倒下的馬匹和鐵甲車被拴在一起，亂成一團。這時，第二批弩車箭已上弦，呼嘯而出，對著向前亂奔的戰馬和推進的士兵狠射，彷彿士兵被無形的線串成一串，成串的倒下。

戰場中士兵是無畏懼的，他們邁著堅定的步伐，不計傷亡地向前推進，剛剛進入敵前一百五十米內，第二軍團兩萬張弩機發出聲響，士兵被成片地割倒，不到一分鐘，第二批弩機的弦聲響起，映月士兵感到死亡的恐懼，對這種射穿一切弓箭的深深恐懼，並迅速後撤。

看見映月兀沙爾中央軍團有撤退的跡象，天雷傳令右路第二騎兵軍團出擊，同時對第一騎兵軍團擂響第三次戰鼓，在鼓聲響起不久，正西方向就又傳來巨大而整齊的馬蹄聲，短人族戰斧團三萬騎兵終於在卡萊的率領下，從西側開始了對敵人騎兵的夾擊。

雷格率領第二騎兵軍團，在第一騎兵軍團發起攻擊時開始眼紅，馬蹄聲撻撻作響，戰馬開始興奮，等中路開始攻擊後，已經有控制不住的勢頭，這時候天雷傳令攻擊，戰馬立即像箭一般竄出，雷格手中刀幻起刀芒，快速撞進迎面而來的敵人中，一個衝擊，死屍已經有二十餘具，兩方騎兵廝殺在一起。

這時，藍鳥部眾開始從中路攻擊，他們成多路縱隊從列陣的第二軍團弩車空隙間穿過，三千藍鳥部眾重劍手和七千雪奴族勇士組成的重騎兵從正中央殺出，右側爲一萬草原部眾，左側爲一萬孤兒部眾，全部是黑色的盔甲，成右弧線型攻擊。

藍鳥部眾的出擊，使敵人中央兩個軍團立即面臨著崩潰的危險，兀沙爾忙命令部隊拼死抵抗才勉強支撐住陣型，但也不能持久，邊戰邊撤。而重騎兵永遠是步兵的惡夢，它那巨大的衝擊力使步兵付出了重大的代價，好在敵人重騎兵是以右翼騎兵爲主要目標，否則中央步兵將立即崩潰，但右翼的騎兵就成爲重騎兵打擊的目標，真正成爲了輕騎兵的惡夢。

兀沙爾元帥下令後撤，退出十里才穩住陣腳，重整中央步兵軍團的陣型，他眼前已是一陣的暗淡，慘然一片，左右雙翼的騎兵軍團在兩倍敵人的夾擊之下，雖然仍在奮力廝殺，但敗局已定，只是時間的問題。兩處巨大戰場上到處都是敵人的騎兵，有草原人馬、短人族人馬，也不知這個雪無痕爲什麼又和短人族攪混在一起，還迫使他們出兵相助。

千百年來，大草原雪馬族、雪奴族、短人族從沒有和任何一個民族並肩作戰，甚至還相互自相殘殺，要不然，也不會出現躲在大陸一角苟延殘喘的局面，如今，雪無痕不知用什麼辦法使他們出兵相助，自己焉有不敗之利，雪無痕說對了，有這兩族相助足可以騰出手來用兵，左翼沙里博格被圍殲滅一點也不奇怪，他說早就等待著自己，是真真確確的事實。

現在在南線的戰場上，雪無痕只騎兵就有近二十萬人馬，步兵新型戰弩車、弩弓箭手計一個軍團，強大的兵力不是自己手中這點軍隊可以抗衡，他黯然淚下，揮軍後撤。

中路作戰在兀沙爾全力後撤下進入平靜，藍鳥部眾只對前鋒步兵做一次性衝擊，然後就開始重點打擊右翼騎兵軍團，整個騎兵戰場向東、西移動十公里，亂戰成一團。

至太陽下山的時候，整個戰場才趨於平靜，左右雙翼騎兵戰鬥也進入尾聲，嶺西軍團取得絕對性勝利，斬殺兀沙爾中央騎兵兩個軍團八萬餘人，只有少量騎兵得以逃脫與兀沙爾部在靠山屯會合。

天雷命令藍鳥第二軍團隨兀沙爾部移動，距離保持在五里左右，在靠山屯南側駐紮，雙翼草原第一、二騎兵軍團減員各三分之一，藍鳥部眾減員幾十人，短人族戰斧團減員二千人，戰場清理則交予趕過來的民團，大軍合圍靠山屯後安營休息。

各部將領在興奮中帶著慘然，沈悶異常，特別是草原各部的少族長，慘烈的搏殺使他們第一次懂得了戰爭的殘酷與血腥，知道了什麼是真正的戰爭，當他們看到雷格在萬馬軍中鎮定自若地揮舞著戰刀，斬殺著一個又一個的敵人時，才感到他的冷酷與強大，自信與勇猛，雷格用鐵血贏得他們尊敬與信賴。

天雷沒有親自參加戰鬥，他帶領著三百親衛隊始終監視著整個戰場，督促著中央部保持穩定，對兀沙爾的撤退也沒有命令進行追殺，有他在，藍鳥第二軍團始終保持著興奮的狀態，在格爾眼中充滿對他的崇拜與狂熱，在年輕的藍鳥軍團士兵心中，他是戰神的化身，整個嶺西郡人民的保護神，他們願意爲他而死，爲心中的神戰鬥。

不知道從什麼時候起，「飛翔吧，藍鳥」響遍整個戰場，嘹亮的歌聲回蕩在每一個人的耳邊，藍鳥谷年輕的勇士們用激情和豪邁盡情地歌唱著，臉上寫滿了驕傲與自豪，他們影響了草原勇士們，大家賣力地唱著這首唱遍整個草原的戰歌，第一次感覺到歌詞中的真切含義，歌聲影響著所有的人，戰後的悲傷一時間消失無影無蹤。

雪藍耳聽著嘹亮的歌聲，眼看著天雷隨著歌聲而起伏的嘴唇，立即跑進帳篷內，爲天雷拿出冬布拉琴，悠揚的琴聲伴隨著歌聲遠遠傳出，激起士兵和民眾的鬥志，不管會唱與不會唱的人們都融入到歌聲中，激動不已，那宏亮的歌聲彷彿是整個郡北在歌唱。

凱雅和盛美公主被嘹亮的歌聲所感動，被一個個士兵的豪邁所感動，她們融入到這歌聲中使勁地歌唱著，眼望著天雷那高大的背影熱淚盈眶，此時此刻，天雷無比高大的形象永遠地銘刻在她們少女的心中。

兀沙爾元帥在歌聲響起的時候就感到一股壓抑，他站在靠山屯的村口，看著遠處忙碌的郡北士兵和老百姓，感受到無窮大的力量，這力量壓迫著自己，使他平生第一次體會到了什麼叫悲哀，跟隨在他身邊的士兵還剩餘七萬餘人，也和他一起體會著異國百姓、士兵的豪情與豪邁，感受到那種無法戰勝的氣勢與力量，兀沙爾又是慚愧，又是傷心，從心底體驗到一個民族的強大和不可戰勝。

整個夜晚，兀沙爾和士兵們在悲哀中度過，無法入眠。

天亮後，天雷命令楠天帶人來到靠山屯村，見到了映月軍團主帥兀沙爾。

「嶺西郡使者楠天拜見兀沙爾元帥！」

兀沙爾看著楠天魁梧的身軀和幼嫩中帶著成熟的臉，語氣沈重地說道：「小將軍請坐，不知雪無痕將軍有何指教？」

「元帥言重了，將軍在小人來時，吩咐問候元帥和各位兄弟，並對映月兄弟的忠勇表示敬意和感佩，另外，將軍說元帥乃大智大慧之人，如今手下幾萬兄弟的生死全繫元帥一人，爲幾萬兄弟和他們的親人著想，將軍希望元帥放下武器。」

「哦……，不知雪將軍如何處理我和手下的各位兄弟？」

「將軍說，只要元帥和士兵放下武器，可以保證他們的人身和生命安全，三年以後，將軍將親自送元帥和各位出關！」

「啊，謝謝雪將軍海量，只是兀沙爾還需要和各位弟兄商量一下，可否給予我們一天的時間？」

「應該的，希望元帥明天中午時分給予我們答覆！」

「可以！」

「謝謝元帥，小人就此回去向將軍覆令，不知元帥還有何吩咐？」

「你回去告訴雪將軍，不管結局如何，兀沙爾對雪將軍深表敬意和佩服，並感謝他的盛意！」

「是，元帥，我一定轉告將軍，告辭。」

兀沙爾望著楠天離去的高大身影，心如刀割，仗打到這個份上，實在也沒有再進行下去的必要，嶺西郡雪無痕手中只騎兵就有十幾萬人，自己手下這七八萬殘兵敗將要想北行百十里實在是妄想，況且還有聖靜河天塹，如果強行向堰南城靠攏，且不說一路上騎兵的追殺，就是達到堰南城又如何？投降，提起這兩個字眼，他恨不得立刻死去，但這些兄弟怎麼辦，還有另外的兩處兄弟們，淚水不知不覺地從他的臉上流了下來。

第二天中午，兀沙爾率領剩餘的士兵列陣在靠山屯村口，凜然的神情讓人不敢小視。嶺西軍隊也列陣相迎，藍鳥部眾、短人族戰斧團、草原第一、二騎兵軍團，強大的騎兵陣容令人心顫。五萬藍鳥第二軍團士兵昂首挺胸站在隊伍的中央，在旗角下，雪無痕一身藍色便裝，滿臉笑容，左邊旁站著盛美公主，綠色的衣服，紅色的斗蓬，右邊站著凱雅，白衣天藍色斗蓬，身後雷格、楠天等將領。

「雪將軍年少有爲，兀沙爾深深感佩！」

「不敢當元帥誇獎，這位是我聖日帝國盛美公主。公主，這位就是映月名將兀沙爾元帥。」

「兀沙爾見過盛美公主！」他趕緊施禮，不敢有失禮貌。

「元帥多禮了，盛美對元帥也是仰慕已久了。」

「元帥，大戰至今，不知何去何從，無痕衷心地希望元帥爲手下將士們著想。」

「咳！」兀沙爾長歎一聲，接著神色一緊，面帶嚴肅，他緩緩說道：「兀沙爾深感雪將軍之情，只是我有一個條件，望雪將軍親口答應！」

「元帥請講！」

「今日兀沙爾放下武器，望雪將軍送中隊長以上將官過河，另外，不知前日雪將軍說的話是否算數，兀沙爾只想聽將軍親口承諾！」

「好，元帥所提，無痕全部答應，當著眾將士面，雪無痕承諾：決不虧待一個映月士兵，三年後，無痕親自送各位兄弟出關！」

「謝謝將軍！」兀沙爾躬身行禮後，環顧自己的眾將士，然後沈喝一聲：「立正！」

士兵們齊刷刷的向軍旗敬禮，兀沙爾首先解下腰間寶劍，雙手捧起，然後向雪無痕走來。

天雷看著站在面前的兀沙爾，微微一笑，然後，向盛美公主一伸手：「公主請！」

盛美公主臉色一紅，上前一步，雙手接過兀沙爾手中的劍，這時候，映月士兵齊齊地放下手中的武器，向後退出有三十步站定。

「謝謝將軍！」兀沙爾凝視著雪無痕，低聲說道。

「元帥客氣了，應該的！」

兀沙爾向盛美公主受降，實際上是有天大的面子，要知道一個國家的公主身分不一般，她代表著王室的尊貴、尊嚴，而他作爲一名將領，向一個國家的公主受降，沒有人會嘲笑他，甚至是一種軍人的榮耀，兀沙爾能有這樣的結局，怎能不感謝？這只能說他在向一個國家受降，向一個王室投降，不是向一方軍隊受降，這裏的尊嚴不同。

至此，映月入侵嶺西郡，中央兵團八萬餘士兵全體投降，雙方均滿意，士兵歡聲雷動。

天雷急上兩步，緊緊握住兀沙爾的手，感動地說道：「謝謝元帥了，無痕決不會忘記今日的承諾，請元帥放心。」

兀沙爾老淚縱橫，滿腹委屈，自己征戰一生，大小戰役無數，本打算馬革裏屍，沒想到老來還要投降，自己不怕死，作爲一軍的統帥，他早把生命獻給了軍隊，獻給了士兵，而正是這個原因，才不得已投降，他不能棄十幾萬士兵的生命不顧，他們還年輕，他們還有家人，自己沒有權利剝奪他們的生命，他要守著雪無痕這個承諾，緊緊地守著它，就好似守護士兵的生命。

雷格帶領士兵收繳武器，到靠山屯裏轉了一圈，把各種攻城裝備、馬匹運走，糧食、帳篷等生活必需品留給了降軍，兀沙爾非常的感激，在這樣的年代，糧食最重要、最珍貴，但天雷還是留給了他們，安排他們在村裏休息，第二天向堰南城轉進。

堰南城外，尼爾斯特將軍這幾天就感到情況不妙，東側翼有大量的嶺西軍隊在運動，斥候不時地把不好的消息報告給他，在靜河渡口、赤河口，船隻、索橋全部被嶺西軍隊佔領或破壞，瓦河渡口也出現嶺西騎兵部隊的蹤影，雖還沒有攻擊，但情況似乎在不斷地發生變化，越來越不妙，從種種跡象顯示，右翼好似被包圍了一般，他疑惑不安。

維戈在圍殲滅左翼後，稍微休息了一下，立即轉進至靜河渡口，以最快的速度消滅了守衛部隊，然後直撲赤河鎮渡口，騎兵速度快，在渡口守衛部隊還沒有反應過來前就衝進去，展開斬殺，破壞索橋，在巨響聲中，河南岸的鐵鍊被劈斷，成弧形順河而下，船隻在鎖鏈的牽制下，緩緩遠去，至天亮，赤河口被維格佔領。

越劍督促部隊快速打掃戰場，第二天天亮後，快速向堰南城運動，三日後，接到天雷的通知，中路戰鬥已經結束，要求合圍尼爾斯特部，等待南方面軍團南下消息。

驚雲在越劍行動的同時也在積極地準備，這幾日，尼爾斯特只發起一次規模不大的攻擊，雙方損失都不大，好似有默契般等待。不久，驚雲接到越劍全殲東側翼的消息，興奮了一陣，又傳來南線戰鬥已經結束的消息，兀沙爾率領八萬殘兵敗將投降，南方軍團正在向堰南城靠攏，圍殲尼爾斯特的時機趨於成熟。

四月二十八日，東方面軍團部署到位，三十日，從南線轉進的騎兵主力部隊已經進入堰南城南十五里，從西南兩個方向對尼爾斯特部九萬人進行了合圍，最後的郡北戰役部署到最後階段。

從四月二十四日起，尼爾斯特就失去了東、南兩路軍團的聯繫，他知道不好，但後路已經被從東側翼過來的軍團切斷，騎兵隱隱約約地出現在瓦河渡口，稍微猶豫一下，南方大量的騎兵就出現在眼前，他這時候也知道走不了啦。

五月二日上午，從南方而來一名映月將領，帶來兀沙爾元帥一封親筆信，勸說尼爾斯特投降，與其說是勸降，不如說是命令，尼爾斯特及手下多數將領多是兀沙爾舊部，跟隨他多年，對兀沙爾極其尊敬、信任，在如今的情況下，統帥勸降信無疑是承擔全部責任，考慮了二天，四日，尼爾斯特率眾投降。

嶺西郡北會戰，歷時二十四天，聖日嶺西第一兵團殲敵四十萬人，其中降兵十九萬一千人，自身傷亡損失近十萬人，極大地鼓舞了嶺西人民的鬥志，掀起抗擊外敵高潮，而草原和短人族的參戰，使大陸戰爭更加的複雜。

「嶺西郡北會戰，藍鳥軍團第一次參加了大陸的爭霸戰爭，使藍鳥軍團在大陸戰爭史上嶄露頭角，讓世人第一次瞭解了藍鳥軍團。」

第十一章　北府條約

五月的聖靜河春意盎然，小草露出尖綠，不知名的野花開遍兩岸，河水清澈，小鳥掠過水面，濺起層層的漣漪，看上去是那麼的寧靜、悠然。忙碌的農民在田野裏勞作，顯露出他們的快樂和滿足，一點也看不出戰後的痕跡。

十二日，太陽升起的時候，在靜河鎮渡口南岸，肅立著四個士兵方陣，其中三個較大，有六萬人左右，士兵個個筆挺，手中沒有兵器，面帶嚴肅，雙眼凝視著河水，不發一言，而小一點的方陣有兩千多人，個個胸肩上都配帶著軍官的標誌，在他們的四周圍，肅立著三排騎兵，個個威武肅殺。這就是嶺西郡北會戰後，雪無痕將軍送別映月降軍軍官的場面。

當日，他答應兀沙爾元帥放回映月中隊長以上的軍官，經過多日的準備，他沒有食言，而是把三處十九萬一千人降軍全部聚集在靜河鎮渡口，親自送別，兌現他許過的諾言。

嶺西郡北的將領也全部都在，凱雅和盛美公主也在一旁，她們雖然不明白天雷的用意，但也沒有人反對他的意見，剛剛戰後，事情繁多，也沒有人向他提出問題，而是默默地執行著他的命令，忙著善後工作，而就在昨天，他要求郡北的高級軍官暫放下手中的事情，來爲兀沙爾及其將領送別。

雪無痕站在河邊，看著兀沙爾說道：「元帥，當日無痕曾經答應你的事情，今日兌現，不知元帥看可有遺漏之人？」

「謝謝雪將軍了，兀沙爾感激不盡，沒有什麼人遺漏，我自己親自看過。」

「好，那麼元帥，再見，請！」他伸手相讓。

兀沙爾聞聽天雷之言，仰天長笑道：「雪將軍此言差矣，兀沙爾戎馬一生，殺人無數，大小百餘戰，如今遭此慘敗，雖不能馬革裹屍以還，但兀沙爾卻從不拋棄各位士兵兄弟，今日，只希望部分兄弟從此歸去，於願足矣，我願跟隨士兵們留在嶺西郡，同甘共苦，三年後再帶領他們出關，然後向聖皇謝罪。」

「我等願意跟隨元帥留在嶺西，三年後一起出關。」各位將官跪倒在地，懇請留下。

「胡說，我等有今日一敗，並不是永遠敗，兀沙爾無能，不明嶺西郡的形勢，貿然出兵，才遭遇此敗，一切責任自有我來負擔，你們要回轉國內，代我向陛下謝罪，說明情況，以利將來再戰。」

眾人跪在地上，地頭不語。

「都聽清楚了沒有！」兀沙爾大聲喝道。

「聽清楚了，元帥！」

「那麼還等什麼，都去吧！」

「元帥保重！」

…………

「呵呵……，元帥有如此豪情，無痕深表佩服，無痕如不表示一下，豈不讓回歸的各位兄弟恥笑，無痕願意與元帥在此約法三章！」

「不知道雪將軍有何約法三章，兀沙爾願聞其詳。」

「元帥和各位兄弟安心在此靜養，無痕決不傷害各位一兵一卒，同時，無痕令東自清河鎮，西至赤河口內三百里、寬二十里內撥出十萬畝糧田為兄弟們所用，各位自食其力，只要遵守郡內法度，不私自逃跑，無痕將視各位為自己的百姓，一視同仁，如何？」

兀沙爾聞聽此言，雙目圓睜，大聲喝問道：「將軍此言當真？」

「雪無痕從無假話！」

「謝雪將軍深恩，兀沙爾代兄弟們謝謝了！」他跪倒在地，連叩三個響頭。

「元帥請起！」天雷接著喝道：「驚雲副將軍和越劍軍團長聽令！」

「在，將軍！」

「傳令各部：從此處起撥出十萬畝良田交與兀沙爾元帥，各部和百姓視降兵如自己的百姓，公平交易，和平相處，有違反此令者，按法度從事！」

「是，將軍！」

「元帥，無痕想把各位兄弟安排在清河鎮、靜河鎮和赤河口，平時兄弟們安心種地，無事時幫助在此三處建立三城，每一個兄弟一年十個金幣，以換取生活必需品，不苛求，不奴役，以兩年爲限，如何？」

看見兀沙爾有一絲猶豫，天雷接著說：「元帥可以帶領百名兄弟自由出入此三處，監督嶺西法度，看雪無痕信譽如何！」

「既然雪將軍如此之說，兀沙爾只好從命！」

天雷環視周圍一眼，說道：「兄弟們，無痕的聲譽全部留在此處，千萬爲無痕保留些顏面！」

「是，將軍！」

驚雲與越劍知道天雷是對兩人所說，連忙答應，他們知道從此後將多盡許多心力，他們心中疑惑，爲什麼將軍要給予這些降兵如此的優待，但這時候也問不出口。

當下，百艘船隻送映月軍官過河，在士兵的注視下，緩緩起程。

嶺西郡北會戰，像一聲驚雷響徹整個大陸，雪無痕的名字開始在軍界傳頌，他高超的指揮才能，他的仁慈、寬容爲世人讚美，在異國士兵的心中，他是完美軍神的化身。

安排好兀沙爾及降卒，天雷回到路定城帥府，二十八日，召開嶺西軍政會議。參加會議的有各位軍團長官、參謀官、各城的城主等。雅星、驚雲、秦泰、維戈、雷格、越劍、商秀、溫嘉、卡萊和里騰、姆里等草原各位兄弟都齊聚一堂，在歡慶勝利的同時，思考嶺西郡今後的走向。

驚雲、越劍等人看見雅星，都向他詢問天雷對待兀沙爾等降兵的目的，雅星微微而笑，懂得天雷的高瞻遠矚，爲爭霸天下打算。他只告訴驚雲和越劍兩件事情，一、按照天雷的吩咐辦，且一定要辦好；二、爲降兵們分別造冊，挑選出年紀小的重點關心愛護，爭取拉攏，同時，派人學習映月族語言，與他們打成一片，以備後用。二人也是人傑，略一聽就有所悟，同時心中興起無限的感慨。

在天雷的帥府議事廳，參加會議的人員達三百人，天雷主持了會議。

「各位兄弟，無痕自從接掌嶺西郡以來，時間也將近一年了，其間經歷了嶺西關多次防守戰鬥和這次郡北大會戰，可謂是歷險重重，危機四伏，承蒙各位兄弟的鼎力幫助，才化險爲夷，有了嶺西郡如今的局面，而這樣的局面，是各位兄弟們的功勞、苦勞，是各位辛勤奮鬥的結果。」

「嶺西是無痕的嶺西，是各位兄弟的嶺西，是三百萬百姓的嶺西！也是草原部族兄弟的嶺西，是短人部族兄弟的嶺西！」

「如今嶺西郡方穩，各項事業百廢待興，大旱已過，百姓待哺，農田正耕，外有強敵虎視，我們要自強，靠的就是在座各位兄弟！無痕一人，雖略有所長，但一塊鐵也打造不出多少好釘子，而要永久穩固，像塊鐵板一樣，那就需要大家團結在一起，不斷地奮進、自強，再奮進、再自強。」會場中，這時候一陣寂靜。

「兄弟們，今天我召集大家開會，其目的就是討論今後一段時間內嶺西郡的政策、走向問題，我歷來主張暢所欲言，大家出點子，想辦法，人人想出一個好辦法，那麼就是三百多條了！」

「下面，我們先聽一聽各個方面的彙報，提出那些不足，並有針對性地提出解決的辦法，那位兄弟先來？」

大家略微一沈默，驚雲說道：「我先說吧！」雪無痕點頭，大家細聽。

「驚雲是個練武之人，承蒙當朝帝君恩賜，將軍賞識，各位兄弟抬愛，協助將軍一直管理軍事，第一兵團在將軍帶領下，才有了今日雄獅般威武、有力。前一段時間郡北大戰，按照將軍的戰略思想，我們取得了軍事上的勝利，並對我們的各級將領、軍官、士兵進行了一次非常難得鍛煉，沈雲軍團的成熟，驚雲是看在眼裏，高興在心上。如今大戰結束，郡北各項事業方興未艾，有幾項事情需要及時解決，一、郡北六百里戰線怎麼防禦；二、新建三城怎樣運作，何時開工；三、近二十萬降兵怎樣安排才適當；四、目前最緊要的事情是幫助百姓耕種。我的彙報完了，請大家討論。」

「下面哪個兄弟說說？」

「我說！」

「我說！」

雪無痕用一天的時間給大家彙報和提出問題，事無大小，只要是問題就可以提，什麼目前的糧食問題、難民問題、民團是否解散的問題、商盟問題等等，他又給了大家一天思考時間，第三天討論解決問題的辦法，第四天總結，最後決定各種最佳的方案，會議還是由他主持。

「各位兄弟，經過三天的討論，再經過我和軍師、副將軍等人研究，綜合各個方面，對我們今後的發展分為兩個重點問題：一是軍事問題，二是民生問題。首先在軍事方面，堰南城、巒北城各有一個軍團、兩個新編軍團，雖經過前一段時間的大戰有所損失，但也各有十五萬人左右，在凌原城方面，秦泰督統領也有一個軍團，兩個新編軍團十五萬人，而藍鳥軍團有五個軍團，二十五萬人，加上藍鳥部眾、短人族戰斧團各三萬人，草原騎兵七萬人，總計軍隊九十六萬人，百萬大軍，聽起來很嚇人嘛！」

「這麼多的軍隊，我認為嶺西養活不起，這要多少人力物力來維持？嶺西郡百姓苦，前段時間是因為百姓沒什麼活計幹，所以才組建這麼多的軍隊，再加上外敵入侵，我們需要。可是，經過郡北的大戰，我相信關外不會有什麼大的動作，郡北在短時間內也不會再有大戰事，所以，有必要對軍隊進行重新整編。」

「下面我說整編的事宜：一、草原騎兵、短人族戰斧團暫時回歸本族，撥三十萬擔糧食給草原，撥五萬擔糧食給短人族；二、堰南城方面，組建閃電騎兵軍團，保留沈雲軍團，計十萬人馬，其餘部隊就地解散，轉入民團；在巒北城方面，組建青年第一、二軍團，共計十萬人，其餘部隊解散，轉入民團，在凌原城方面，保留凌原軍團五萬人，其餘部隊就地解散，轉入民團，撥藍鳥第二軍團歸凌原城秦泰指揮；在嶺西關藍鳥軍團，保留一至四個軍團，第五軍團解散；藍鳥部眾駐守路定城。」

「整編後，嶺西第一兵團現有軍隊四十五萬人，其餘解散部隊迅速支援地方春播，保證地方安全，調藍鳥第四軍團駐守望堰南城，由維戈指揮，衣特協助，南與通平城、巒山城協調，北與淩原、巒北兩城協調，兩年內要向前滲透三百公里。郡北由驚雲、越劍指揮，組織防線，建立訊樓，看管降兵。」

「在這裏，我要重點說明一下我們對降兵的政策，這與當前大陸形勢是分不開的，如果我們對降兵刻薄，那麼，我們在河北的百姓將會更苦，這是每一個聖日人所不希望看到的，同時，如今我們還不具備加入中原戰場的實力，只有休生養息，積存實力，以備今後情況惡化時用，我們要發展，就要著眼全大陸，著眼未來。」

「既然我們目前不能夠加入中原戰場，並不能說明我們就不做準備，映月與我們必有一戰，瞭解映月是最好的選擇，爭取映月民眾是我們今後的方針，而優惠政策是我們目前對降兵唯一能做的事情。當然，爭取降兵是更好的選擇，如能夠爭取兀沙爾為我所用，對將來必有大用，我們不必對降兵要求什麼，如果他們能夠自食其力，並協助我們在郡北建立三座城市，那麼，郡北的形勢就將從根本上扭轉過來。將來有堰南城、赤河城、靜河城、清河城、巒北城聯成一線，駐守軍隊，郡北將不是我們的弱點，而是我們進攻的出發點。」

「另外，雅星軍師要全力搜尋雪月洲的情報，我們不能總是挨打，要出擊，要讓雪月洲變成我們的銀月洲、聖月洲，讓聖靜河成為我們的防線，要做好佔領雪月洲的準備，好了，對於軍事方面我就說這麼多，下面由雅星軍師說說民生方面的安排。」

雅星環眼全場，看見所有的人都全神貫注地聆聽，有的參謀在做筆記，感到滿意，他清清喉嚨，開始對民生方面的部署。

「目前，本郡的情況我就不再多說，我們最重要的任務是休養生息，全力整備軍隊，建立一套完整而實用的軍事領導體系，而在民生方面，要大力發展軍工業，要依靠軍工業帶動其他行業，當然了，種地是例外，全郡要全力以赴，支援今年的播種。」

「軍工業主要生產各種攻城車、箭支、弩弓、弩車等，以短人族兄弟為主，其餘配置如軍服、皮鞋、帳篷等，以本郡工匠為主，加強改良，要求保質保量，要做到精、巧、好，要做到最好，我不希望將來我們的士兵在使用時出現問題；在商業方面，要鼓勵商盟全力向外地通商，購買一切生產資料、生活必需品、糧食等等，要保護經商，積極經商，要用法律形式保護本郡的商人，只要公平合理，遵守法律，人人可以經商。」

「各城通過這次會議後，城主要親自檢查春播的情況，發現問題及時解決，人手不足，可從軍隊中調遣支援；對各城的商盟要給予積極的支援，要有專人負責，秋後獎勵。好了，我要說的就這麼多，具體情況要求隨後行文下達各城。」

隨後，雪無痕又對一些小事情等進行了總結和部署。第二天，又專門召開了郡北會戰總結會，對會戰中存在的問題進行了批評，特別是對草原部與主帥之間產生分歧給予嚴重警告，對表現好的軍團給表揚，對越劍及青年軍團給予嘉獎，安排額部對有功將士進行獎罰。

嶺西路定城會議，給嶺西郡今後發展指明了方向，對整體戰略進行了調整，對軍隊實行了整編，使之更加正規化、專業化，它逐步建立健全了一整套完整的軍事領導體系，爲嶺西逐鹿中原打下了基礎。

隨後三個月，嶺西郡軍事學院、商業學院開始全面開課，又成立了孤兒學校、多所醫院，天雷根據需要，對藍鳥部眾進行了整編，成立了騎槍營、騎刀營、和重劍營、奴奴重騎營、草原騎營和短人戰斧營。騎槍營、騎刀營、短人戰斧營各五千人，重劍營三千人、奴奴重騎營七千人，草原騎營一萬人。

爲了適應孤兒提早認識部隊、參與訓練，天雷又特意成立了藍鳥軍團幼字營，凡十四歲以上、十七歲以下的孤兒進入幼字營，這樣一來，藍鳥眾部約一萬人進入了幼字營，而藍鳥部眾更名爲藍衣眾，爲天雷的直屬部隊。藍鳥軍團幼字營的成立，爲藍鳥軍團提供了源源不斷的後備力量。

根據凱雅、盛美和雅藍、雅雪姐妹的強烈要求，天雷又專門成立了藍鳥軍團女字營，共計五百人，由凱雅任營長，雅雪姐妹協助。

在黑爪部，又分別秘密成立了映月、西星、北海、北蠻、東海聯盟、南彝六個軍情處，專門秘密收集各國情報，訓練人員，培養間諜。

短人族少族長卡萊和百名優秀工匠作爲天雷的直屬人員成立軍械營，秘密研究戰車、弩車和弩機、攻城車、攻城梯等軍用武器設備，成果喜人，後陸續投入實驗、生產，天雷根據需要，增調三萬人成立了十個攻城營、戰車營。

嶺西郡在沈默中逐步強大，在沈睡中慢慢甦醒。

嶺西郡北會戰，給予北方聯盟四國打擊是巨大的，整個大陸也隨之而震動。明月公主和帕爾沙特王子接到報告後，簡直是目瞪口呆，兩人緊急抽調二十萬人馬增援堰門關，以防止雪無痕向北渡河攻擊，而尼爾斯特等軍官的回歸及帶回的消息，更加展示了嶺西的強大與自信。

對於兀沙爾的投降和尼爾斯特等人回歸，明月公主不敢處理，只好問明情況後，派人押送眾人回國。聖皇月影接到消息後，當即大怒，派人把兀沙爾的全家收入監獄，尼爾斯特等人交軍法處審判，幸虧明月公主識大體，帶信給聖皇，闡明由於自己對嶺西郡的情況瞭解不夠，輕易派遣兀沙爾用兵。

在草原騎兵和短人族軍團的打擊下，兀沙爾兵敗嶺西郡，她和軍部是有責任的，作爲前軍統帥，明月有責任替將士們擔當責任，兀沙爾元帥爲了二十萬士兵生命而投降情由可原，望聖皇從輕處罰。但是，不論是怎樣求情，投降就是投敵，聖皇和軍部必須給民眾一個妥善的交代，以平民憤，所以兀沙爾就成爲了替罪羊，全家當即斬首，而尼爾斯特等人則從輕處罰，降職使用，這才平息了民眾的憤怒。

其實，聖皇月影也明白兀沙爾的苦衷，但他作爲一國之主，必須給民眾一個交代，給西星、北蠻等聯軍一個交代，必須有人犧牲，所以兀沙爾就成爲了替罪羊，這也是必然的結果，待這件事情處理完後，聖皇月影趕緊與西星主商討聖日戰場的問題。

當前，大陸旱災剛過，第一個春天已經來臨，經過三年的大旱，國庫糧食已無，庫存空虛，百姓艱難，好在聖日戰場節節勝利，佔領了聖靜河以北平原廣大的土地，有良好的態勢，目前，最重要的問題是種植糧食，恢復國力，休養生息，這第一年實在不易再發動大規模地發動戰爭，所以，在聖日戰場上的勝利果實就成爲目前他們最關心的問題。

聖靜河以北平原由四國聯軍佔領，北蠻沿東向西佔領三分之一，映月、西星、北海部依次向東占三分之二，臨聖靜河三百里左右爲文謹、凱旋、凱武軍佔領，各方不時發生小規模的衝突、交戰。

北蠻人強橫，靠近的北海軍隊多受北蠻軍的氣，地盤不斷向西收縮，而北海又敢怒而不敢言，所以只好向西部的西星哭訴，映月西星當然不會任由北蠻人向西擴大地盤，所以只有爭論，想通過談判來處理此事情，當下，映月、西星、北海派出代表，到北蠻部商談此項事宜。

北蠻人地處北極荒野，舉族南侵，何時有像平原這樣肥沃的土地，如今在犧牲族人生命的情況下佔領這樣的沃土，可以說比生命還寶貴，如今大陸旱災已過，春播已展開，糧食眼看就將會豐收，那比金子還貴的糧食堆積的情景歷歷在目，百姓個個喜上眉梢，映月、西星、北海向他們要土地，簡直是夢想。

北蠻主蠻龍人長得雖粗野，但也是一代豪傑，知道映月、西星、北海人的想法，當下也派出官員談判，暗中繼續吞噬北海的土地，四方越談越僵，幾乎開戰，至八月時，幾位國主也深深認識到，要是真的開戰，只能是聖日坐收漁利，各自收斂。蠻龍知道適可而止，同意了認真談判，幾經周折，最後確定了瓜分聖日聖靜河以北平原地區的北冥府條約。

條約中規定：從河東城以北地區爲北蠻族所有，西至城西二百里，南至聖靜河岸，河東城由北蠻攻取；北海緊臨北蠻部，西至河平城東二百里，只一窄條地區；河平城向西兩百五十里爲西星所有，北至北海邊界，南至聖靜河，河平城由西星攻取；映月占堰南郡以北地區，其城市由映月攻取。

北冥府條約不僅對聖靜河以北平原地區進行了瓜分，而且還把臨河的軍事打擊對象進行了劃分，相當於劃分了自己的戰區，對戰區內敵人是防守還是攻擊，全部由自己決定，而聖日文謹、凱旋、凱武三人就如同傻瓜一樣，被四國在北冥府紙上一一擺佈。

當即，四國各自安排移民，鞏固佔領區內的城市，緊守各自戰區，像約定一樣，沒有發動攻擊，都以防守的勢態等待著秋收。

從今年五月下旬開始，風月大陸雨水不斷，彷彿要把三年的雨水都補回來一般，大地裏莊稼長勢非常的好，三年大旱三年養地，莊稼想長不好也不行，處處是綠油油齊人高的莊稼，蔬菜是割了一次又一次，百姓的臉上也恢復了健康之色，不再是蠟黃的。

八月，從映月國內傳來消息，兀沙爾全家人被斬首，明月公主的內心一陣淒慘，無心再理軍事，整天沈默寡言，騰格爾元帥看出她的心事，自己把軍隊的事務攬過來不讓她操勞。

天也好似知道明月公主的心情一樣，多日陰沈，雨不停地下，河水暴漲，道路難行，明月公主實在忍受不住心中的沈悶，向騰格爾提出到堰門關南臨河城軍隊看看，騰格爾看也沒有什麼戰事，欣然同意。明月只帶百名衛士起程。騰格爾向帕爾沙特殿下通報了明月公主離去的消息，帕爾沙特有一種不安的感覺，他趕緊派出心腹死士十人暗中跟隨保護，這才稍稍放心。

堰門關臨河城駐紮著三十萬映月軍隊，依河固守，一派森嚴，明月到達時，受到了軍隊的熱烈歡迎，她看著年輕士兵眼裏火熱的眼神，心情稍微好些，感到這次來有些收穫，心情也漸漸開朗起來，這下士兵們就更加的熱情，她感到格外的親切。

熱鬧了幾天，明月開始沿河巡視，起初，將領們多跟隨，後被她一一打發走，只帶領十幾名自己的使女，這些使女雖名是使女，其實多和她一起長大，親如姐妹，都跟隨她學習幻月劍法，功夫深厚。

明月公主名爲沿河巡視，多爲自己找開心，她沿河來回兩趟，心漸漸的被河對面呼喊的號子聲所吸引，在這號子聲裏，明顯地夾雜著映月族土語言，她找來駐地的軍官詢問，才知道原來是嶺西郡北在築城，而且一次築三座，有兀沙爾的二十萬降兵在勞役，明月公主聽後大怒，二十萬子民被奴役，雪無痕不是說「不苛求，不奴役」嗎？簡直食言，她感到特別氣憤。

氣憤當然心情就不好，手下人躲閃得遠遠的，大家都是心腹，當然知道她的脾氣，誰也不願當出氣筒。明月公主是越想越氣，雪無痕怎麼可以這樣。她在室內轉了又轉，想了又想，不行，我得過河看看，問問這個雪無痕爲什麼要食言，彷彿雪無痕的食言對她來說就是不應該，他怎麼可以對她食言呢。

天漸漸的黑了下來，她開始收拾自己，換上緊身衣裝，帶上寶劍，一切收拾妥當，才喚使女進來，交代一聲自己有事情辦，讓她們安心在此休息，過幾天她就回來，然後出去，使女知道她的武藝高強也不擔心。

明月公主來到赤河口的一處偏僻處，抬頭看了眼奔騰的河水，在河邊拾起幾根樹枝，用手量了量，感到滿意，然後全身用力，提氣輕身，展開幻月輕功身法向河中落去，眼看要落入水面的時候，她抛出一根樹枝，腳尖一點，再次騰身而起，幾個起落，寬大的聖靜河就抛在了自己的身後。

上岸後，明月公主注意觀察了一下，遠處幾座高大的訊樓燈火閃亮，兩個士兵在頂上活動，戰壕溝裏空無一人，她展身而過，士兵只感到有黑影晃動一下，再無其他，也不在意。

明月向白天聽到聲音的地方馳去，不久就看見熟悉的軍帳篷。她閃過巡邏的士兵，進入帳篷內，士兵的酣睡聲入耳，她一陣心酸，推醒一人，用熟悉的家鄉語問道：「兀沙爾元帥在何處？」

「妳是……」

「我從河北來，找元帥說話。」

士兵點了點頭，臉上浮現激動神色，嘴裏說道：「元帥昨天剛剛從靜河鎮過來，在前邊不遠的帳內，我可以帶你過去。」這時候，已經有幾個人醒來。

「好吧！」

兩人出帳篷，來到外面，士兵也不躲閃，直接向前走去，明月公主趕緊拉他一下，小聲問：「不怕巡邏的看見嗎？」

「沒事的，那些巡邏兵只是擺擺樣子，不管我們，平時我們可以自由走動，從不過問。」

「哦！」明月稍微哼了一聲，心情好些，不再說話。

兩人來到一座大帳篷前，裏面微微的燈火顯示主人還沒有入睡，明月公主向士兵點了下頭，說聲「謝謝」，閃身而入。

兀沙爾年老覺少，入睡晚，正在帳篷內看書，感覺大帳內微風一動，閃目光一看，只見一個黑衣人而入，身材微微有一絲的熟悉，剛要說話，明月低聲說道：「我是明月！」

兀沙爾大驚，翻身跪倒在地，口中說道：「罪臣兀沙爾叩見公主！」

明月公主嚴厲的目光盯著兀沙爾，只見他蒼老了許多，鬢邊的白髮依稀可見，只有那挺拔的身軀顯示他是一位軍人。

「看元帥活得很悠閒啊！」明月略帶嘲諷地說。

兀沙爾的淚水一下子湧了出來，他哽噎說道：「兀沙爾年已六十，一生殺人無數，死不足惜，可是，公主，這二十萬兄弟實在是放不下，如今公主已到，兀沙爾心願已了。」說完，他抬頭向書案角看了一眼，身體突然而起，向前撞去。

第十二章　帝都陰雲

明月公主在兀沙爾抬頭時就感覺不好，她進身而入，抓住他的手臂，微帶責備語氣說道：「你就這樣與我說話！」

「罪臣該死！」

「起身說話！」

「是，公主！」

明月公主起身向前坐在椅子上，看了眼恭敬地站在身前的兀沙爾，心頭一酸，想起他全家被斬，如今他還不知道，歎了口氣：「坐吧！」

「謝公主！」

「哼，兄弟們如今過得怎麼樣？」

「公主，還好，雪無痕將軍撥出十萬畝良田給我們，讓我們自食其力，另外，過河時的帳篷、糧食都留給了我們，又給我們二十萬金幣購買生活必需品，平時看管得也不很嚴，一切還好。」

明月公主聽後，心裡稍安，點了點頭，問：「築城是怎麼回事，雪無痕不是說不苛求，不奴役嗎？」

「公主，當初雪將軍承諾我們自食其力，但二十萬兄弟生活費用極大，我們又沒錢購買東西，雪將軍與我商量幫助他們築城，以二年爲期，每一個兄弟一年十個金幣，平時購買生活必需品。」

「好手段。」明月咬了咬牙。

兀沙爾沈默不語。

「兄弟們情緒怎麼樣？」

「公主，說實話，他們很好，沒有受到虐待，生活和國內差不多，百姓也不歧視我們，只要我們遵守法紀，不逃跑就沒事。」

明月公主目露精光，緩緩地說道：「真是好手段，好手段啊！」

「是，公主，我們最好不要與他開戰，嶺西郡百姓全力擁護他，這裏幾乎沒有貴族，人人有田地耕，家家有飯吃，村村聯防，民團上百萬，另外，大草原和短人族尊他爲什麼聖子，西南郡雄兵聽從他的號令，真是實力雄厚，決不比映月差。」

「不比映月差，這是什麼意思，難道他真的這麼強？」

「哎！」兀沙爾長歎一聲道：「是的，公主，嶺西郡文有雅星‧豪溫公子，武有驚雲、維戈、雷格、溫嘉、裔秀、越劍和秦泰，大草原各部少族長幾乎全部在嶺西郡，短人族少族長卡萊親自坐陣爲嶺西軍打造兵器、戰車、弩車、弩機，公主，那弩機威力強大，我們的盔甲一穿即透，藍衣眾個個是武林高手，還有無數中原武士幫助，公主妳想強大不強大！」

「如真如你所說，幾年後，映月決沒有什麼好果子吃。」

兀沙爾苦笑了一下：「幾年，三年就是長的，如今大陸災荒已過，嶺西郡正在恢復元氣，積累實力，整備訓練軍隊，裝備新型武器，一旦時機成熟，逐鹿中原，誰勝誰敗還很難說。」

明月公主聽後低頭沈思，一會兒說道：「我在這多住幾天，想看看！」

「這怎麼行，公主？」

「沒事，你小心些，爲我準備一套衣服，明天給我。」

「好吧！」兀沙爾無奈地答應。

兩天後，明月公主跟隨兀沙爾來到靜河鎮，白日裏跟隨士兵下地，到築城工地走走，見嶺西郡的百姓和降兵們一起築城，沒什麼分別，幾個官員手裏拿著築城圖指指點點，指揮著眾人幹活，築城的速度不快，但也不慢，這時，節百姓多沒什麼農活幹，都來幫助築城，混口飯吃，同時大家都知道這城以後就是自己的居住處，個個臉帶笑容，說說笑笑間加快速度。

映月降兵們在這裏可看不出與別人有什麼不同，一樣的幹活，一樣的談話，三個多月來，嶺西百姓的真誠打動了他們的心，嶺西郡良好的政策是他們這些貧民士兵們從沒有見過的，家家有土地耕種，總是看見士兵幫助百姓下地種莊稼，軍民的關係是那麼的融洽。

當官的個個態度和藹可親，就是驚雲、越劍這樣的高級將領也是一樣，對他們問寒問暖，多方照顧，常常聽到他們吩咐士兵百姓好好對待他們的聲音。這些降兵們漸漸地驅除恐懼、不安，深深地迷戀於當前的安逸生活中。

明月公主的眼中充滿了迷茫，在嶺西郡這幾天中，她深深體會到以前從沒有的生活方式，這樣的嶺西郡，難道真的就是那個雪無痕管理出來的嗎？她深深地問自己，迫切地希望找出答案，她的心裏有一種見見雪無痕的衝動，她決心到路定城去看看，見見在自己心靈深處的那個影子。

好不容易出現一個好天氣，明月公主從村姑手中購買了一身簡便衣服，一個人上路。路定城距離靜河鎮有四百多里，以她的腳程走了兩天，明月公主見識了嶺西郡的富足安定，百姓的團結，和什麼叫村村聯防，感到了嶺西人的熱情。她一個姑娘家走在路上，一點危險也沒有發生，只有各個村的民團對她進行了簡單詢問，然後放行，明月會聖日族語言，很容易就混過去，到達路定城的時候，在城外找了家客棧住下，洗個熱水澡，晚上換好衣服，向城內潛去。

路定城如今是嶺西郡府所在地，因爲城小，又經過戰爭後重新修建，原城內沒有居民的住處，全城爲官府所用，百姓因此在城的四周圍定居，漸漸發展起來，人也不少，加上藍衣眾各營駐紮，女字營、幼字營、軍械營等非常的熱鬧，各地的軍人常來常往，彙報、通訊、領命令等等，倒也繁榮。天雷的住處非常的明顯，寬大的帥府，高高的圍牆，氣派不一般，門前藍衣眾士兵站崗放哨，一眼就看得出來，由於從沒有出過事情，守衛也不是很嚴格，以明月公主的身手，沒費多少勁，一會就找到了天雷的住宿房間，閃身而入，潛進室內。

天雷剛剛躺下，還沒有入睡，耳中忽然聽得輕微的聲響，絕非府中人，明白是有夜行人，或許是刺客來了，他坐起身，剛剛把掛在床頭的劍拿在手，明月就閃身而入，兩人四目相對，一時都楞住，互相看著對方。

明月公主手中提著幻月劍，這劍與天雷的秋水劍一模一樣，只劍穗的玉扣不同，所以天雷一眼就認得出來，他低聲喚道：「是明月姐姐嗎？」

聽得天雷充滿男兒磁性聲音，輕喚著明月姐姐，明月公主心不爭氣般加快了跳動，楞了一會，才點了下頭。

天雷起身，點亮燈火，輕聲說道：「姐姐坐吧。」

遲疑了一下，明月公主還是坐下，既然已經來了，見了面，就應該勇敢面對，她穩定心神，點頭不語。

天雷決不懷疑明月公主是刺客，要刺殺還輪不到她親自出馬，略微一分析，知道一定是惦記了降卒，偷偷過河，然後來到路定城看自己，雖不明她的目的動機，但要說刺殺，他也不會相信，所以天雷把聲音略微提高些：「雪藍！」

雪藍就住在天雷的外間隔壁，聽得天雷的叫聲，起身過來，看見明月，吃了一驚，但迅速回答天雷：「大哥叫我！」

「做點夜宵，我要與明月姐姐吃些，不要驚動別人。」

雪藍這才知道是明月公主，她認識明月，在比武時間見過，心中疑惑，但動作卻不慢，轉身出去。

凱雅住在天雷的右間不遠處，原與盛美公主住在一起，前些日子京城來信，說倫格大帝病重，要盛美回去，盛美惦記爺爺，起身回京城，天雷派五百重劍營兄弟護送，剛走不久，所以如今凱雅一個人住，每天，她都是在天雷休息後才睡下，雖然天雷多次勸說，但一點用處都沒有，也就作罷，今天她也才躺下，還沒睡，就聽見天雷叫雪藍，悄悄起身，看雪藍向廚房走去，只當天雷餓了，忙過去幫忙。

「凱雅姐姐！」雪藍壓低聲音，看了四周一眼，然後又說：「妳說奇怪不，那個明月公主來了。」

「什麼？明月公主在大哥房間？」

「是呀，剛才大哥叫我，我進屋一看，嚇了我一跳，大哥說是明月姐姐來了，讓我做點夜宵吃，凱雅姐姐，妳說這明月公主怎麼來了，不是在打仗嗎？」

「我怎麼知道，不過可別亂說。」凱雅帶著酸意，七分不快，但也明白天雷與明月決沒有什麼事情，就不知道這個明月公主這個時候跑來幹什麼，她不是大元帥嗎，也許是有正事也說不定。

二個人一起動手，不一會兒，做了幾個小菜，送到天雷的室內。

天雷看見凱雅進來，知道她還沒睡，忙給明月公主介紹：「凱雅，這是明月姐姐！」他接著又對明月公主說道：「明月姐姐，這是凱雅！」

凱雅首先給明月見禮，明月看天雷只介紹一人，知道身分不一般，忙還禮，天雷讓凱雅坐，陪明月說話，凱雅也不傻，知道他們有事情，推託有事，和雪藍一起出去。

「姐姐餓了吧，請！」明月公主見天雷一口一個姐姐，心跳早就加快，來時的不快早就不見了，這時候也不知道怎麼回事，臉暗暗發熱，暗歎口氣，乾脆光吃不說話。

兩個人默默地吃喝，一時誰也沒有說什麼，明月公主沒有感到一絲味道，默默放下手中的筷子。

「姐姐吃好了？」

「哦。」

看明月不願意說話的樣子，天雷也不好問，只得說道：「姐姐既然來了，就住幾天吧，看看嶺西郡的山水再回去，好嗎姐姐？」

聽得姐姐的叫聲，不知爲什麼，明月點了下頭。

「凱雅！」

一會兒，凱雅笑呵呵地進來：「姐姐吃好了？」

「謝謝凱雅妹妹！」

「凱雅，明月姐姐要住幾天，先跟妳睡在一起，好嗎？」

「當然好了！」白了天雷一眼，凱雅拉著明月公主的手：「姐姐，我們走！」

明月公主看了天雷一眼說：「謝謝！」

天雷微微一笑，不明白明月到底是幹什麼來了。

明月公主換上凱雅的衣裝，雖很少與天雷說話，但與雪藍、雅雪姐妹很快就混熟了，幾個女孩子整天閒逛，有時到城外女營住兩天，不覺已經有五天，這五天，明月公主深深爲嶺西郡的人情所陶醉，不論是百姓、商人、工匠、學生、孤兒還是軍官、將領，無論是短人族、草原勒馬族、雪奴族，還是聖日的族人，大家和平相處在一起，共同努力，爲發展嶺西郡而積極奮鬥，那種自信精神是從沒有見過。

與明月公主相處了兩天，凱雅感覺到有點不妙，這個明月公主從不多話，只一個勁的微笑，她到底要幹什麼，她心中無底，好在她還有一個哥哥，讓人傳信給雅星。

不想雅星第二天就來到了路定城，原來他在嶺關城忙完了事情，剛好要到路定城來，真巧了，凱雅晚上偷偷摸摸地見著雅星，說明情況，雅星在室內轉了兩圈，神秘地說道：「妹妹不用著急，過兩天妳再找我，保證明月公主自己會走，不過妳可要作點犧牲。」

「好吧，誰讓妳是我哥哥了！」

第三天，天雷在路定城外遭遇三名刺客暗殺，幸虧天雷神功護體，沒什麼大事，只受些輕傷，三名刺客被他擊斃一人，其餘二人被楠天等護衛擊斃。刺客使用兩支伸縮式短槍，外加暗器，身上沒有搜出任何有用的東西，路定城開始暗中戒嚴，加強守護，藍衣眾個個氣得臉都有些變形，四處搜查。

明月公主聽到天雷受到暗殺的消息，臉也變色，她知道受人懷疑，也不能怪罪別人，自己已經來了八天，應該回去了，晚上，她去看望天雷，同時告辭。

凱雅看明月主動找天雷，和雪藍一起為他們做了些菜，準備些酒，放在天雷的室內後退了出去。

二人邊吃邊談，少了些拘束，多了些親近，稍微喝了些酒，時間不長，天雷感到身體漸漸發熱，渾身冒汗，難受異常，一股強烈的欲望漸漸興起，剛感覺不好，明月公主已經撲了上來，頭腦一昏，兩人栽倒在床上。衣服的碎片滿屋都是，兩人興奮了一次又一次，互相擁抱著沈沈睡去。

凱雅和雪藍聽見天雷屋內的響動聲，感到和平時不一樣，有嬌哼氣喘，好奇地推開門縫一看，嚇得兩個人立即呆住，趕緊關上門，來到自己的房間內，凱雅強忍淚水，癡癡不語。

呆了一會，雪藍輕聲說道：「凱雅姐姐，大哥不是這樣的人，一定是明月那妖精用什麼迷惑了大哥，是吧？」

凱雅點了下頭，雪藍又說道：「對了，凱雅姐姐，剛才妳在大哥的酒裏放了些什麼？」

「我也不知道是什麼，是哥哥讓我放的，說看見明月妖精和大哥單獨在一起的時候，就給他們喝那個。」她呆了一呆，想不會是哥哥騙我吧。

第二天天亮，天雷醒過來的時候，看見滿室內的衣服碎片，感到難過異常，心裏怪罪著明月，幹什麼要這樣做，事情已經發生了，也沒有辦法，抬頭看掛在床頭上的寶劍有些異樣，仔細一看，是幻月，而自己的秋水卻不知去向，滿室內找衣服，就少了件自己掛在衣櫥內的衣服，想一定是明月穿走了，也就算了。

雪藍進屋收拾房間，天雷臉紅了一陣又一陣，站也不是，坐也不是，難受異常，好在雪藍是自己的使女，也不是多話的人，凱雅卻始終沒有露面，天雷也知道是躲避他，但自己犯錯誤，沒什麼說的。

近午間時分，雅星來看天雷，天雷還在室內沒有出去，雅星看屋內沒有什麼人，這才有些不好意思地說道：「無痕，昨晚的事情，你也不要埋怨別人，是我暗中做的，凱雅她們還不知道是怎麼回事，你也不用說什麼，就當什麼事情也沒發生。」

「你暗中做的？雅星大哥，爲什麼呢，這很對不起明月和凱雅她們。」天雷有些奇怪，這事情跟雅星有什麼關係，他要這麼做？

「無痕，這事情我是經過考慮的，你想，明月公主如今是映月軍元帥，與西星、北海、北蠻三國聯繫密切，合力入侵聖日，而明月公主可以說是他們中關鍵的人物，我們則對他們一點都不瞭解，秘密派人也打入不進去，情況不明，對大局十分不利。但是，如今明月公主卻自己跑到嶺西郡來看你，這就說明她對你有情誼，如果我們不利用明月，則非常的可惜，所以我經過考慮後，決定做了這件事情。經過你這事情，明月公主如對你有情有意，則會離開軍隊，這對大局的好處你想有多大？如果她心生怨恨，則對我們還是沒有什麼影響，一切照舊就是。」

「話是這麼說，但是，對她我是實在抱歉，怎麼能這樣，這未免太……」

「我知道這事情對你個人是有影響，也對不起明月，事情是我做的，善後事情我會處理。你放心，凱雅那我會說好的，你什麼也不用說，只是你也知道凱雅對你的情誼，她也二十歲了，不能就這樣下去，你怎麼也該表示一下吧。」

天雷狠狠地瞪了雅星一眼，拿雅星也是沒有辦法，他尊敬雅星，愛惜雅星，又是盟兄弟，明月公主這事從大處著眼，雅星也沒錯，他就是這樣的人，處處以大局爲重，何況，他又主動承認，天雷雖不喜歡這樣的事情，但已經發生了，也就只好認自己倒楣，只是對不起明月和凱雅。

當他從腰間解下幻月劍，仔細看了看，遞給雅星：「這把劍你交給凱雅，就算是我的信物。」

雅星知道，無論這把劍是幻月劍還是秋水劍，在天雷心中都是師父給的最重要的東西，是他唯一長輩的東西，其重要性是無法比擬的，同時用這把劍的目的，也是求凱雅的原諒。他並沒有接過劍，而是激動地向外喊著：「雅靈，雅靈，妳快過來。」

凱雅在室內，心裏不安，她雖然懷疑昨晚的事情是哥哥給藥的原因，但又不願意相信，心中委屈，這時候聽見哥哥激動的叫聲，知道天雷那兒一定有事情發生，她雖有些埋怨天雷，但也擔心他出事，見他一上午都沒有出門，心裏惦記。

「哥哥。」

凱雅看天雷提著寶劍和哥哥站在室內，兩個人雙眼盯著自己，心裏感到一陣的發麻，幸好雅星這時候微笑著說：「雅靈，快接過天雷手中的劍，以後它就歸妳了，把妳的玉珮給天雷帶上。」

聞聽此言，凱雅臉色羞紅，微頓了下，從自己的頸間解下一塊翠綠色美玉，玉不很大，一端絲絨線，一端小巧的穗，她來到近前給天雷掛在頸上，接過他手中的劍。

天雷眼裏滿是柔情，他輕聲說道：「凱雅，我暫時就能這樣，這事還得兩位師兄同意才行，請你原諒。」

凱雅輕輕點了下頭：「我明白，我會孝敬他們兩位老人家！」

「謝謝！」

「應該的！」雅星在旁大笑接口說道：「不如這樣，無痕，反正這段時間我事情也不多，過段時間我到藍鳥谷走一趟，你看可好？」

「好，大哥，不過暫時恐怕你還去不上，有件重要的事情要做。」

「什麼事情？」

天雷微微一笑：「兀沙爾全家被斬首，我估計這時他也該知道了，我們過去看看他，如何？」

「哈哈……，太好了，無痕，兀沙爾完了，他和這二十萬降卒歸你了，不如我們過去接他出來住些日子，再派人到映月看看，也讓他死了這條心，這事我來辦，你只管陪著他，我們過去。」

「好吧！」

「是明月公主說的？」

「是！」天雷點了下頭，提起明月，他心中充滿歉意，自己還一直認爲是她害自己，不想是他害人家，雖然是雅星做的好事，但對明月公主來說，與他自己做的一樣。

「無痕大哥！」凱雅柔聲說道：「你不用擔心，如果明月姐姐肯過來，我一定會好好待她，還有盛美姐姐！」

「謝謝妳了，凱雅！」

「應該的，大哥！」

這時候，雪藍和雅雪姐妹才進來，向天雷和凱雅道喜，向雅星道喜，她們知道從此後，凱雅就是女主人了，雅星這個舅老爺是萬萬不能得罪。凱雅也知道她們和天雷的關係甚至比自己還近，雖是侍女身分，但說不定那天就被天雷收在了房裏，也是不能得罪的人，當下幾個姐妹出去準備，天雷和雅星起程向靜河鎮行去。

明月公主一覺醒來，看見屋內的情景，衣服亂飛，自己躺在天雷的懷裏，一團糟，羞憤難當。但看天雷熟睡的樣子，心又一軟，想起師父的話，自己也是紅塵歷劫之人，也許這就是情劫吧，她從內心的深處是喜歡他的，要不怎麼能來看他。想罷起身，抬眼看見掛在床頭的秋水神劍，伸手摘了下來，把自己的幻月劍掛上，找了件衣服穿上，出門而去。

她迷乎乎地向北走，一時間又是喜歡，又是羞愧，種種情緒湧上心頭，過了兩天，不想來到靜河鎮，心稍微靜了靜，來到降兵駐地。兀沙爾看她回來，懸掛的心才放下，看見明月公主失魂落魄的樣子，也不敢說什麼。晚間的時候，明月突然讓他進見，說起家人之事情，兀沙爾大叫一聲，昏倒在地，明月公主歎息一聲，起身北行。

兀沙爾悠悠醒來，仰天大笑道：「想我兀沙爾爲映月征伐一生，作戰無數，一心爲國，爲了這二十萬兄弟，我忍辱負重，結果卻是全家被斬，父親啊，母親，兒啊！」他吐出一口血，又昏了過去。

兀沙爾的親兵還有五百人，平時有百人跟隨在他的身邊，這時候早有人聽見他的叫聲，過來看怎麼回事，聽得兀沙爾如此之說，全都呆住，淚水都流了下來，喊叫聲、哭聲、謾罵聲響成一片，不久就傳遍全大營。大家放下手中活計，聚攏過來，等待著兀沙爾甦醒，這時，士兵們心中已是彷徨無主，感到映月帝國已經拋棄了他們。

兀沙爾又清醒過來，看見跟隨自己的兄弟一個個淚眼婆娑的樣子，長歎一聲：「兄弟們，兀沙爾對不起你們啊！」

「大帥！」

「哎，如今我們是有家也歸不得了，兀沙爾全家被斬，映月已經拋棄了我們，從今後只有依靠我們自己了，哇！」他放聲大哭，同時怒火在胸中熊熊燃燒而起。哭聲響遍整個大營，兀沙爾被親衛抬到床上休養，大營裏一片愁雲。

天雷老遠就感到大營氣氛的不同，四周的士兵嚴陣以待，緊張萬分。雅星笑呵呵地說：「看來如你所說，來得正是時候。」

「走吧！」

降兵們看見天雷這時候進來，多認識他，引他來到兀沙爾大帳，兀沙爾強起身形，被他按在床上，吩咐道：「快請軍醫給元帥看看！」

不久，軍醫匆忙而來，天雷看醫生上前，他退在一旁，借機與士兵們閒聊，降兵們也不隱瞞，把事情一說，他動容說道：「兄弟們放心，如映月回不去，嶺西永遠收留你們，郡北三城就是你們的家。」

「謝雪將軍！」士兵們跪下稱謝，兀沙爾聽見士兵們的聲音，淚水流得更快。

當下，雅星與親兵們在一起商談回映月探聽消息，查看兀沙爾家人的情況，看有無倖免之人等等。親兵們那份感激明顯地掛滿臉上和眼裏，整個郡北降兵大營在天雷到來下，又有了一絲的活氣。

一個月後，從映月返回的親兵爲兀沙爾帶來了準確消息：全家死得一個不剩，無人倖免。兀沙爾輾轉哀泣，幾絕人世，被天雷派軍醫救回，從此，兀沙爾跟隨天雷回到路定城，死心休養。嶺西郡府發出特赦令，給予映月降兵全部特赦，人人轉爲郡北居民，每人分二十畝土地，十個金幣，在靜河城、清河城、赤河城爲其安排住處。

不久，嶺西郡在關外的人員活動逐步增加。

從進入九月份開始，中原的雨水就非常多，雨下了又下，幾乎沒有停過，聖寧河和聖靜河河水氾濫，幾乎成災。十月，成熟的莊稼泡在水裏，收割極其的困難，而苦難的百姓望著一年好不容易的勞動果實，只好再辛苦，拼命地勞作，指望著每一顆糧食都不要爛在地裏，收回家中。

相對於百姓的辛苦，虹傲殿下顯得就比較清閒，悠然自得。從八月份起，倫格大帝病重，軍中大事就幾乎由他說了算，虹傲手握百萬雄兵，躊躇滿志，並借機打擊對手，起用私人。太子虹日在戰亂的歲月裏，幾乎成爲朝廷的擺設，事情一點頭，全部由虹傲來辦，辦與不辦，可不是他說了就算，文臣幾乎沒有什麼地位，武將一時成爲帝國的柱石。

要說虹傲一點煩惱也沒有，也不盡然。聖靜河北七十萬大軍，分別掌握在文謹、凱旋、凱武手中，各個戰區各自說了算，虹傲只能恨得牙癢癢，不派兵，但糧食還得按時送，士兵不能不吃飯吧。在聖靜河南岸的一百二十萬部隊中，文臣世家彷彿約定一樣，抱成一團，也成爲一個小團體，大約有三十幾萬人，各大世家各自有自己的軍隊勢力，各地的軍隊、武林團體軍團各自爲政，表面上聽從虹傲指揮，誰知道心裏想些什麼，亂七八糟，錯亂不堪。南方兵團駐紮在平原城，實力有所擴充，由於是正規兵團，一時間成爲最大的勢力，支持著虹傲，各大世家沈默不語，互相觀望，等待。

文臣武將都知道倫格大帝時日不多，太子和二殿下互相爭鬥，窺伺帝位，二王子殿下表明上風光無限，但大家都知道，只要凱旋和文謹在，虹傲想坐到帝位上還很困難，何況還有一個嶺西郡的雪無痕。前段時間，雪無痕勢力大漲，消滅了映月入侵軍四十萬人馬，一時間中原大震，呼聲高漲，盛美公主從嶺西回來後，幾百人的嶺西衛隊個個身高體壯，氣勢逼人，西南商盟前呼後擁，彷彿看成女主人一般，豪溫家族少有的出城迎接，特男家族也是極其親近，大家心知肚明，太子勢力又看漲。

對於女兒盛美的回歸，太子虹日大喜，在府中宴請眾位大臣慶賀，一時間熱鬧異常。盛美公主進宮叩見帝君陛下，少不了一番傷心，一番細說。但誰也不知道說些什麼，紛紛猜測，深恐帝君交代後事，以防對己不利，一時間勾心鬥角，各懷心事。

十月下旬，忽傳東海聯盟出兵，不久又傳聞南彝出兵犯界，京城大亂，倫格大帝聞訊後悲傷過度，忽然駕崩，聖日帝國失去重心，傷心、害怕亂成一團。

第十三章　群狼獵虎

東海聯盟地處風月大陸東南沿海一帶，包括周圍的大小島嶼，其中較大的島嶼一百零八個，地域海疆十分廣大，它隔海與另一大陸相望，中間死亡之海域幾無人能渡，千百年來，從沒有人與異族發生過什麼大範圍的戰爭，也很少參與中原爭霸戰爭，是自由聯邦。

說起東海聯盟，這實在要追溯很久前的歷史，它本是東大陸沿海一帶的城鎮鄉村，百姓多是生活純樸、勤勞、善良的漁民，千百年來靠打漁維生的沿海各島嶼漁民，多受海盜的襲騷，矛盾不斷，死傷漸漸增大。為了生活和自衛，各城逐漸組織起來，成立了散亂的民團衛隊，保護漁民利益和沿海父老鄉親安全，逐漸形成了一定的勢力。

這些勢力中，主要有六家，他們是東方、長空、司空、海島、夏寧、漁于六大世家，其中東方世家、長空世家和司空世家，主要勢力分佈在沿海各個城鎮、鄉村，千百年來，他們經過不斷發展壯大，逐步統一了各個小勢力，形成了可以與一些小族相抗衡的強大世家勢力，而海島、夏寧、漁于世家族的主要勢力，在環海四周的各個島嶼上，經過千年的征伐，統一各島嶼和海盜，形成了海上勢力。

在千百年的大陸征伐戰爭爭霸中，逐漸波及到了東海，西方聖日民族的逐步強大，使東海各大世家心中不安，經過無數次的戰爭，使他們深深地認識到了自己世家的渺小與不足，要想與強大的聖日族相抗衡生活下去，就必須聯合起來，這不是一個世家所能擔當起來的問題，經過千百次血的教訓後，首先是東方、長空、司空三家組成聯盟，更加增強了他們的聲勢，他們體味到了好處。

再加上聖日族西有映月、西星，北有北海、北蠻虎視，所以漸漸地減弱了對東海的壓力，保持對西部的強大力量。東方、長空、司空三家迅速向東海各島嶼延伸，在多次與海島、夏寧、漁于家族征戰無果的情況下，談判組成了東海聯盟。

東海聯盟的崛起，制約了聖日民族向東擴張的腳步，被迫承認了其地位，經過千年的發展，東海聯盟形成了商業貿易自由聯邦，沿海各城市鄉村和環海島嶼漁民不斷融合，形成了祖輩在海岸，子女在海島的普遍融合現象，其複雜的血肉相連關係渾然一體。

但東海聯盟六大世家的勢力發展也不均衡，東方世家在沿海勢力強大，而漁于家族勢力在海島嶼稱雄，長空、司空世家一方面依附東方世家，另一方面埋頭發展，商業貿易、軍隊、商隊也不可小視，也不好惹，所以東海聯盟近二十年來發展迅速，向中原進軍的野心逐漸膨脹。

當代東方世家家主東方闊海，他是東海聯盟的主席。東方闊海幼讀兵書，早晚練武，深研中原的文化、經濟、軍事等，從小就多次深入到中原，培養家族勢力，在他的血液中，恐怕也流淌著中原聖日族的血，自從東方闊海掌管東海聯盟以來，與各個世家關係極好，辦事公正廉潔，從不打壓任何一方，他利用大陸休養生息的二十年時間，積極發展經濟貿易，擴大軍事，培養飛鷹戰隊，成爲當代東海聯盟絕對陸上霸主。

東方闊海有子女四人，長子東方秀，二十四歲，風流瀟灑，大有父風，是東海軍校的高才生，次子東方俊，三子東方雲，幼女東方美，個個都是青年俊秀，文武雙全，東方闊海只要一看見幾個子女，就心花怒放，野心日盛。

長空世家當代家主長空飛躍，一子長空旋，二十二歲，青年豪傑，文才武略在東海聯盟無出其左，司空世家當代家主司空傲雪，長子司空禮，次子司空明，女兒司空秀梅，都是青年一代的驕傲，海島世家當代家主海島無疆，子海島宇，女兒海島香雲，而夏寧家族當代家主夏寧博海，子夏寧謀，兩家子女個個了不起，都是東海軍校的高才生。

在東海聯盟內的另一位海上霸主就是漁于家族，當代家主漁于飛雲，漁于家族與海島、夏寧家族不同，不像他們爲海盜世家出身，他的祖先原是一位開明的武林高手，隱居在東海大明島，與世無爭，在亂世中爲求生存崛起，率領子弟征伐，形成如今的局面。

起初，漁于家族沒有另外兩位海島世家勢力大，在海上只有自保力，但經過千年的淘汰，漁于家族逐漸取得了海上的霸主地位，海島、夏寧世家如今只有看他臉色的份，漁于世家的祖先其實是中原人士，漁于飛雲從小就嚮往中原，多教育子女苦學中原文化，希望有一天能回歸中原，他開明，眼光長遠，多與東方世家交往，好像是同樣流淌著中原聖日族血的原因，兩個世家婚姻關係密切，子女世代交好，多出俊傑。

要說東方闊海是一位陸上的霸主，那麼，海上霸主無疑就是漁于飛雲，東方家族陸軍是最強大，在東海聯盟內可以說無人可比，但漁于家族的海軍也是沒有那一家能比得上，甚至整個大陸也沒有。漁于家族有大型戰船幾百艘，小型戰船無數，二十萬海軍戰隊縱橫東海，飛鷹戰隊所向無敵。

長公子漁于淳望以二十三歲的年紀統領水軍，威望無人不服，他從小起身經百戰，平定無數海盜海匪，一身武藝直追父親漁于飛雲，他是出入東海聯盟軍校唯一一個不定時入學的特例，而且與東方秀關係非常好，已成知己，妹妹漁于淳潔與東方秀從小定親，關係非同一般。

東海聯盟實力雄厚，年輕子弟多歷中原，對中原的嚮往、憧憬之情更勝祖輩，東方秀、漁于淳望、長空旋、司空禮、海島宇、夏寧謀幾個年輕的英傑多聞帕爾沙特王子、明月公主、盛美公主、雪無痕、維戈、雷格的大名，時常聚集在一起，多有爭雄之心。

大陸戰亂，年輕的英雄並起，帕爾沙特王子殿下以二十幾歲的年紀統軍伐中原，西出北海，再占堰門關，明月公主率領八十萬軍隊鏖戰聖日名將文謹，前鋒大軍戰無不勝，盛美公主、雪無痕、維戈、雷格率領破碎的嶺西第一兵團會戰路定城，再戰郡北，殺敵人無數，迫降兀沙爾二十萬大軍，一個個英雄事蹟令東海弟子熱血沸騰，強烈地要求父輩伐中原，創立偉業。

東方闊海、漁于飛雲等幾位霸主的心早就蠢蠢欲動，只是他們不比年輕人衝動而已，如今正觀望中原聖日局勢，當映月、西星、北海、北蠻聯軍出兵聖日，聖靜河北平原盡失後再也坐不住了，幾個人積極商討出兵的事宜。

聖日中原東、南部地域廣大，聖日帝國東方兵團穩穩未動，南方兵團回撤進京勤王，兵力空虛，攻取南平原時機已經成熟，這時候如不想辦法，則與東海的利益不符，一旦與南彝組成聯盟，就有了巨大的可行性。

當前，北方映月、西星、北海、北蠻四國聯軍進攻中原，戰後利益分配暫且不說，只目前的聯合就足以威脅東海聯盟和南彝國各部，這不僅僅是東海聯盟自己的事情，也不是自己單方面抗衡的，現在最好的辦法當然是兩家聯盟，聯手進軍中原，再與北方集團抗衡，分配利益，當下，東海聯盟派出以東方秀、漁于淳望、長空旋爲首的秘密代表團出使南彝，商討聯盟之事。

南彝國地處大陸南疆，爲熱帶叢林地區，號稱叢林之國，全國分爲七十二洞土司，各洞府有自己的實力範圍，民族情況繁雜，野性十足，極不團結。千百年來，大陸南部叢林中土族逐漸發展起來，他們繁殖力強，人口密度大，但地盤小，爲了爭奪有限的生存資料，互相廝殺了上千年，死了許多人，他們也曾無數次地向中原發展，但南彝的落後和極不團結怎麼也不是聖日族的對手，千年來死的人一批又一批，在聖日人手中死的人不比自己廝殺死的少，對聖日族他們只用兩個字來形容：恐懼。

聖日帝國也曾經多次征伐南彝，但水土不服和複雜的叢林使每次南征都無功而返，而且，別看南彝人不團結，但一旦聖日入侵，卻反映出強烈的衛國衛家的思想，迅速放棄各族間矛盾，一致對外。在這樣的情況下，聖日也只好放棄南征的做法，保持安定，兩國在近百年間相安無事，而且商業貿易漸漸發展起來。

南彝國靜熱土司部族發展較快，它地處南彝中北部，地理條件比較好，而且千百年來，靜熱土司部族盡出豪傑，向外滲透大，征戰少，所以實力漸漸積累起來，千百年間，他們不斷與中原和短人族進行貿易往來，接受文明先進思想，整個部族開化快，成為周邊各部的盟主，極其受擁護，在他們的帶動下，周邊各部族也漸漸強大起來。

靜熱土司部族還有一個特殊的風俗族規，就是願意娶中原女子為妻子，雖不一定是正妻，但所生子女無疑是最優秀的兒女，加上中原女子見多識廣，自然會潛移默化改善丈夫的陋習，向文明方向轉變，千年的時間不短，靜熱土司部族幾乎所有人身上都流淌著中原的血，所以靜熱部族強大也是自然的事。

五十年前，靜熱土司部族軟硬兼施，攻伐與談判、利誘結合，逐步統一了南彝各部族，成為強大的盟主，建立南彝國。當代國主彝雲龍自幼學習中原文化，母親妻子又是中原人士，他見多識廣，手腕圓滑，胸有大志，與中原南部的關係較好，和短人族也有深入的接觸，購買了許多武器裝備，實力雄厚。

彝雲龍只有一個女兒，起名彝凝香，號稱百花公主，家傳武功更是萬裏挑一，在整個南彝沒有一個人不知道百花公主，更沒有一個人敢招惹百花公主。

自小接受祖母和母親教育的彝凝香，知識水準在南彝國是少見的，更有父親這個國主在旁指點，真可謂是知識淵博，非同一般的女子。她今年十九歲，長相秀美，亭亭玉立，白嫩的臉根本就看不出是南彝土族後代，她心高氣傲，精通聖日族語言，接受家族的思想，一心想找一個中原的英雄男兒，所以對中原及大陸各國的年輕一代非常關心。

她多次入中原，長見識，做買賣，更兼為自己尋找滿意的夫婿，早就聞聽中原有一個最年輕的聖騎士和帝國軍事學院的十大高手，一心想見一下，苦無機會，對維戈、雷格更是久仰大名。南彝國與西南郡近，消息自然就多一些，騰越、比奧的家事她如數家珍，兩位長公子自然是數得上來，只是維戈雷格從小隱居藍鳥谷，大些時候與天雷一起進京城帝國軍事學院學習，沒有機會見面而已。

彝凝香想著中原好男兒的時候，不想東海聯盟三位少公子到訪，三人年紀都不大，個個俊秀英武，一派豪傑風範，實在是令她欣喜非常。得知來意，背後裏鼓動父王同意結盟，出兵中原。在她的心中，羨慕著明月、盛美兩位公主，一心想統領大軍，見識中原的豪傑，更想著讓東海聯盟的男兒與中原男兒比一比。既然東海的男兒如此人物，那中原的就應該更好些，不見識一下比一比豈不遺憾。何況如今中原南部空虛，聖日帝國如腐朽大廈將傾，四面楚歌，滅亡在即，再不趁機會入主中原，恐怕要受其餘幾國聯盟相迫害，到時候要求存都難。

彝雲龍的見識自然要比她多得多，想得更加長遠，如與東海聯盟，正可逐鹿中原，又找到盟友，對抗北方的映月、西星等集團，鞏固南疆國本，百利而無害，當即召集各洞土司，開會商討，陳明利害關係。不久就達成一致，同意與東海聯盟，共同兵伐中原，而出兵的日期則定爲十月秋後。

東海聯盟三位公子得知達成協定後，自然高興，然而最高興的便是彝凝香了，她找到東海三位公子商議，雙方共同約定在中原一會帕爾沙特王子、明月、盛美、雪無痕等人，逐鹿中原，創立不世的功業。同時，要求父王同意自己帶兵出征，爭霸天下。彝雲龍當然知道女兒的心願，也瞭解她的本領，同時也經受不住她的纏求，只好答應。

十月的天氣雖然不好，但東海聯盟還是如約向聖日帝國宣戰，六大世家出兵五十萬人，兵分三路，殺入聖日大平原。中路軍二十萬人，以東方闊海爲主帥，司空傲雪爲副，東方秀爲前軍先鋒，長空旋爲前軍參謀長；左路軍以長空飛躍爲主帥，海島無疆爲副，十五萬人，司空禮爲前軍先鋒，五萬人馬；右路軍以漁于飛雲爲主帥，夏寧博海爲副，十五萬人，前軍先鋒漁于淳望。大軍分左中右三路包圍聖日帝國東方兵團，展開廝殺。

爲呼應於東海聯盟，南彝國出兵五十萬人，只是出兵的日期稍微晚了幾日，主要原因是中原南部雨水特別的大，準備要費力些，但是南彝國人生活在熱帶叢林地區，雨水是平常的事情，只是後勤準備費勁，但還是如約出兵。南彝國士兵熟悉雨中作戰，適應性強，他們身披騰甲蓑衣草籬，腰跨長刀，冒雨推進。彝凝香率領二十萬人馬爲後軍，多有糧草後勤物質等，再分兵十萬人進攻短人族，由泉山洞土司率領，以征服短人族獲得武器裝備的補給。

南彝大軍冒雨前進，帶著突擊性和可怕的攻擊力，他們分成多路小股出擊，很快攻克聖寧河南所有城鎮，稍微休息，迅速渡河，他們也不用許多的船隻，士兵脫下滕甲做船，雙手划動，順流而過。聖寧河北的南郡、寧河郡等駐軍不多，正規軍團南方第一兵團駐守在中原城，距離遠，所以只做短暫的抵抗，隨即潰退，南彝大軍直到南郡的北端原城才停止住腳步。

聖日帝國京城得到東海聯盟和南彝出兵的消息時，已經有幾日了，太子虹日、二王子虹傲這時候已經有些手腳無措，文武百官心驚肉跳，虹傲雖然掌握百萬大軍，但也知道在南北夾擊之下情況不妙，這時，所有的後悔等都已經不重要了，兄弟二人趕緊入宮參見帝君倫格大帝，希望帝君拿出一個好辦法，那知道倫格大帝一聽，大叫一聲：「天亡聖日，天亡聖日！」就此駕崩，帝國頓時亂成一團。

亂歸亂，兵還是要出，虹傲趕緊命令禹爾吉將軍率領南方兵團南下抵抗南彝，又抽調三十萬人加強南方兵團，命令列科將軍率領三十萬人支援東方兵團，暫緩戰事，帝京城迅速向各部通報帝君駕崩的消息及東、南方戰事，安排後事。

嶺西郡雪無痕得知東海聯盟和南彝國出兵的消息，比帝京城轉來的消息要早幾天，這得益於在中原各處的西南商盟的探子，他當即命令維戈、忽突和卡萊前來路定城，召集各部戒備，眾人得到消息，不敢怠慢，快馬加鞭趕往路定城。

「維戈，回來了，坐吧！」帥府內，天雷看著趕回來的維戈，招呼著。

「謝謝大哥！」

「忽突，你也坐，前段時間第五軍團解散，有些想法吧！」

「沒有，大哥！」

「坐吧，卡萊，你也坐！」

「是！」

幾個人落座，天雷看著維戈和卡萊疲倦的面容，呵呵一笑，說道：「急什麼，不就是南彝出點兵馬嗎！他們如今的主要目標還不是西南方向，你們不用擔心，我已經告訴騰越、比奧派出三十萬人馬加強巒山城、通平城一線，又令五萬騎兵趕赴短人族，卡奧，你不用擔心。」

「謝謝聖子對短人族的大恩！」卡奧起身道謝，被天雷用手阻止。

「中原大亂已起，看來聖日帝國四面楚歌，困難重重，虹傲擁兵自重，不肯派兵擊潰河北之敵，才導致東、南兩個國家出兵，這怨不得誰！幾天前，我接到消息，河北凱旋部極其困難，兵危將寡，怕堅持不了多少時間了，河北一旦有失，京城危矣。但嶺西郡如今北有映月大軍駐守聖靜河窺視，南有南彝進兵，也是困難重重，自顧不暇，況且朝廷也沒有旨意讓我們出兵相助，只好全線防守。好在南彝重點不在西南郡，我們還有時間。」

「是，大哥！」

「呵呵，維戈，我叫你們幾個人過來，就是對西南的形勢有所安排！」

「我聽大哥的！」

天雷點了下頭，接著說道：「西南郡是我們的家，是我們的根本所在，決不能有一絲閃失，短人族是我們最重要的盟友，當然也不能有失。維戈，我與騰越、比奧商量過了，你去接掌西南軍隊，成立藍鳥左翼藍翎兵團，計有第五、六、七、八、九、十軍團，一共六個，其中第六、七軍團爲騎兵軍團，你給我管好帶好，決不能有所閃失。」

「是，大哥！」

「如今大陸形勢混亂，西南方是唯一靜土，南彝一定會有所舉動，但是，我們還不具備全面作戰的實力，我們需要時間，維戈，你們要記住：決不許輕易出兵，給我守好本份即可。如今南方大雨，不利作戰，待到明年開春後，只出動少量騎兵騷擾南彝的後方線，看見什麼好東西就給我往回運，有什麼要什麼，懂嗎？」

「懂了，大哥！」

「但是，如果沒有一處橋頭堡壘，隨時過河有一定的困難，河北的寧原城距離通平城近，兩城在聖寧河南北兩岸，佔領寧原城十分重要，要至少派一個軍團搶佔寧原城並且固守，爲進軍中原的前哨基地。同時與北面邊原城連成一線，我會讓格爾搶佔邊原城，同時，東面淩原城、巒北城方向也會向前發展，爭取在中原的邊緣有幾處立足之地，擴大嶺西郡與西南郡的縱深。」

「是，大哥，你放心，我到達通平城後馬上就辦！」

「如今寧原城恐怕已經爲我掌握，我已經通知比奧搶佔寧原城了，你去了後只要固守即可，不會有什麼麻煩，但要多注意四周圍的情況，情報絕對不可停。」

「是！」

「這次你把臨關城的藍翎部帶走，溫嘉正在等待你呢，另外，你們幾個兄弟要互相配合，有事情大家商量，決定不下來，問騰越比奧或飛鴿問我，決不可以輕率做什麼決定。」

「明白，大哥！」

「忽突，這次你跟隨維戈過去，相信不用我說，你也明白我的意思，西南郡兵多將廣，你要好好努力，協助維戈不要讓我失望。」

「是，大哥，我知道！」他有些激動。

「卡萊，我知道短人族人少，有困難，但是西南郡會派人保護短人族安全，你告訴族長，讓族人安心打造武器裝備，安全上的事情自有西南郡負責，你只帶戰斧團協助即可，相信以南彝如今的實力，又不是全力以赴攻擊短人族，防守是絕對無問題。」

「是，聖子，不知道你還有什麼吩咐？」

「你們先休息一晚，明天出發，先到臨河城找溫嘉，然後渡河。」

「是！」幾個人站起身來，行禮後出去。

隨後，天雷又分別召開了幾個會議，安排各項工作，特別是巒北城、凌原城、望南城向前移動的問題。當前大陸戰亂，中原東、南、北三面受敵，只西面暫時沒有出現敵人，京城虹傲暫時還顧及不到西面，如不乘機發展縱深，將來敵人向西靠近時只怕就晚了。何況這些城如今看嶺西第一兵團的臉色行事，多有依附之心，只要一出面即可解決，不會費多大力氣，各個軍團派人前往幫助協防，他們樂還來不及，那會反對，三百公里的縱深雖然不大，但足夠嶺西郡用。

軍師雅星提出了一個當前最緊迫的問題：難民。目前東、南方戰亂又起，難民只有向西而來，況且雪無痕的大名也有一定感召力，百姓只有到西方才有一絲安全感，所以最近一段時期難民數量龐大，如今仍然有不斷擴大的趨勢，只幾天時間就有百萬人湧入。雅星怕嶺西郡和西南郡承受不了這麼多難民的壓力，得想一個妥善的辦法給予解決。

面對難民問題，天雷只有苦笑，他本就不善管理，如今拿這樣的問題來問他，實在是不知道如何回答，好在已經決定向東發展縱深，暫時無大礙，只好要求對各地對難民妥善安排，維持好治安，以防動亂。

在聖靜河北大營內，明月公主這段時間內心亂如麻，自從嶺西郡北回來後，心情一直沒有平靜，回想起當日的情景，臉一陣陣發紅，帕爾沙特王子派人來多次向她問候，她一直沒有什麼反應，只是知道一件事情，當初雪無痕受到暗殺，是帕爾沙特王子派著跟隨保護她的死士所為，她也不好說什麼，只心中不快。但是，一個多月後，她身體漸漸感到不適，嘔吐、心慌、脾氣大，吃什麼油膩東西都感到不好吃，只想吃一些清淡的食物，她逐漸感到情況不妙。

雖然是有一些感覺，但她絕對不會對別人說起自己的事情，只好一個人忍受。兩個多月後，她隱約知道是怎麼回事了，獨自一人在河邊發呆，想辦法，但是一無所獲，最後她暗中找一名民間的醫生看病，一問之下和自己感到的一樣：懷有身孕。她又急又氣，怎麼就那麼一次自己就會有了身孕，左思右想之後，她決定暫時離開軍隊，把自己的想法告訴騰格爾元帥，也不管他怎麼想，明月獨自一人離開。

西出堰門關，明月公主一個人茫然地在西星國內遊蕩了兩個月，不敢向映月國土踏出一步，自己是無臉再回到國內，見自己的親人了，她又呆了幾天，決定還是到聖日去，畢竟這個孩子的父親是聖日人，生在聖日是應該的。她又回到了堰門關內，不願意回部隊去，眼裏卻一片茫然，一個認識的人都沒有，到處是亂民、士兵，實在不是生孩子的好地方。她趕緊想辦法渡過聖靜河，不知不覺中過了望南城，向路定城方向而去。

確定自己是向嶺西路定城方向，明月公主心中大驚，這才知道雪無痕在自己心中已經生根，況且孩子是他的骨肉，自己這才不覺地去找他，但明月也是個極其要強的人，要讓她這個時候去找雪無痕，她是無論如何也不會去的，她挺著一天比一天大的肚子，想了又想，最後決定向聖雪山而去，她要看看聖拉瑪大雪山是什麼樣子，那裏是雪無痕生長的地方，自己和孩子去那裏最合適了，也許還可以見到老神仙聖僧他老人家。

二月的聖雪山上飄著白雪，到處是白雪皚皚的景象，山高壑深，藍鳥飛翔，明月公主一個人陶醉在大雪山上，流連忘返。雪奴族人守山打獵的人看見了她，被她的美貌征服，更為她腰間懸掛著的寶劍嚇了一跳。雪奴族人為聖子的僕人，如今都過上幸福的生活，他們珍惜這樣的生活，所以對待草原牧民和各族人都十分尊重。他們愛護聖子，聽聖子的話，為聖子狩獵，對聖子的一切可以說是十分注意，聖子的寶劍掛在了明月公主身上，他們如何不驚。

守獵的人自然不敢驚動明月公主，明月也微笑著和他們打過招呼，獨自遊蕩。但是，守獵的人趕緊回到族裏，向科藍報告，把事情的經過一說，科藍也感到事情的蹊蹺，不敢做主，趕緊到藍鳥谷找萊恩與列奇，把事一說，萊恩、列奇知道天雷絕對不會丟棄秋水神劍，如果是秋水劍，那只有一個可能，是天雷自己交給別人的，而這個女子身懷有孕，獨自一人在聖雪山上，恐怕和天雷有著非同小可的關係，兩個人決定親自去看看。

明月公主在雪峰上沐浴著陽光，癡癡地感受雪山的溫情，不知不覺面前出現了兩位老人，一紅一黑，笑呵呵地看著自己。她臉色一紅，輕聲問道：「兩位老人家可有什麼事情嗎？」

萊恩列奇早就看見了明月，見她長相非凡，端莊秀麗，一派大家閨秀風範，心下喜歡，雖有七八個月的身孕，但這更加讓兩位老人欣喜。看見掛在她身邊的秋水神劍，只一眼他們就確定這劍是真的，絕對不會錯，他們看這劍有幾十年了，那會有錯。當下聽明月公主問話，萊恩笑呵呵地回答：「小姑娘一個人在雪山上欣賞風光，心下卻有著甜蜜的回憶吧，剛才我們見姑娘面帶癡色，實在是羨慕，老了。」他開起玩笑。

第十四章　高歌猛進

明月公主聽老人之言，臉色羞紅，但委屈之淚頓時向濤濤大河不斷流淌，順臉而下，她強打笑臉，說道：「兩位老人家如神仙野鶴，不知道有多少人羨慕，小女子在此見到兩位老人家，心裏十分喜歡，只不知兩位老人家貴姓大名？」

「山野之人，名字不提也罷，只是姑娘身懷有孕，如今恐怕快要生產，雪山之上，實在不是生產的好地方，姑娘快下山去吧！」列奇接口說道。

「這，不瞞兩位老人家，如今我實在也沒有一個去處，我……」明月眼角一紅，淚水又下。

「那這樣吧，如果姑娘信得過我老人家，我們倒有一個去處，只要姑娘不嫌棄就好！」

「謝謝老人家，但請二位老人家不要問我什麼事情，可好？」

「那當然了，姑娘請！」

萊恩與列奇當先起步，明月公主也實在是沒有地方去，看見兩位老人如神仙般，也就跟隨上。當下萊恩、列奇從後山進入藍鳥谷，吩咐人把天雷的房間打開，又叫兩個使女侍奉明月，安心在此居住。

明月公主在天雷的房間內梳洗已畢，環視整個房間，心下暗暗吃驚，整個房間寬大舒適，極其典雅，一張大床，一張桌，一排大書櫃，上面擺滿了書籍，儘是軍事方面，她知道這間房的主人絕對不簡單。

晚飯是與兩位老人一起吃的，飯菜豐盛，席間他們多問一些房間滿意不滿意等事情，還需要些什麼等等，令明月十分感動。

第二天一早，明月公主就聽見整齊的喊殺聲，但聲音幼嫩清澈，清脆悅耳。她知道是孩子們在練武，忙起身來到外面，看見大操場上有幾千孩子在一起操練，旁邊兩位老人在指點，看見她過來，也不說話，只點了下頭，繼續指揮操練。

明月公主回身叫過侍奉自己的兩個使女，見她們十八九歲的年紀，長相姣好，問道：「兩位姐姐，請問這裏是什麼地方？」

二女一臉的驚訝，但也回答了她的問題：「這裏是聖雪山，藍鳥谷啊！」明月公主頓時呆住。

明月公主久聞聖雪山藍鳥谷的大名，那裏是雪無痕成長的地方，是孕育西南英傑的聖地，她早就想來看一看，不想自己卻進來了。

「那麼請問兩位姐姐，我住的地方是……」

「不敢當夫人如此稱呼，妳住的地方是聖子的房間。」

「聖子的房間，聖子是誰？」明月公主第一次聽到聖子的說詞。

二女互相看了一眼，左面的一個回答道：「聖子叫天雷•雪，對了，夫人，妳掛的寶劍是否叫秋水神劍？」

「是啊！」

二女癡癡一笑，同時回答：「聖子就是劍的主人啊！」

千想萬想，千算萬算，萬萬也沒有想到自己會住在雪無痕的房間內，看來自己是被兩位老人家算計了，他們恐怕早就認出自己，不，不是認出自己，是認出秋水劍了，在雪山的地方，還有什麼人不會認識秋水神劍呢。

明月公主是又羞又氣，跑回房間內，坐在了床上想了一會兒，感到心情好些，知道自己是送上門來，但人家也沒說什麼，也好，既然自己來到了無痕的家，從此後自己就不會再走出去了。他們是默認了自己，認下了這個孩子了，提起了孩子，明月公主第一次感到了滿足和驕傲。

第二年的春天，明月公主在藍鳥谷內生下一子，她沒有說什麼，直到一個月後，她才叫過兩位老人家，解下秋水神劍說道：「把劍交與孩子的父親！」

天雷在路定城內休養，前幾日他在路上又遇見刺客，受點輕傷，反正也沒什麼事情做，但凱雅是無論如何也不會叫他出去，所以在家中休息。

忽然有人報告說藍鳥谷內來人求見，天雷知道是師兄有事情，忙傳進見，看見一個兄弟進來，跪倒施禮，口中叫道：「藍鳥谷達利見過少主！」

「兄弟快快請起！」

「少主好！」

「兄弟好，對了，兩位師兄好嗎？」

「兩位總管大人非常的好，這次總管大人派我來，是爲少主送一件東西。」

「什麼東西？」

「是秋水神劍！」他拿出了寶劍。

「寶劍怎麼到了谷裏？」天雷奇怪地問。

達利看了一眼天雷，接著說道：「總管大人要我傳話給少主：劍的主人生下一子。」

天雷大吃一驚道：「生下一子，在什麼地方？」

「在谷內，母子平安！」

「什麼時間？」

「上月初六！」

天雷呆了有一陣，才醒了過來，他當然知道是明月公主生下一子，從此他就成爲了父親，只是不知道明月公主爲什麼會到了藍鳥谷。

當下，他叫過楠天，寫了一封信交給他說：「你親自去谷中見過夫人，把劍和信交給夫人，告訴她說我謝謝她，要她安心在谷中住著。」

「是，少主！」

明月公主一個月天後在谷中接待了楠天，看見他把秋水神劍帶回，懂得天雷是接受了她與孩子，看過信，淚水也流了下來。天雷在信中訴說了自己對她母子的愧疚，自己目前的困難，讓她安心在谷中居住，以後自己一定會給她母子一個交代等等。

當下，楠天正式拜見了夫人，明月公主熱淚盈眶，萊恩與列奇雖不知道天雷和明月是怎麼回事情，但天雷認下這母子卻是事實，高興異常，天雷的孩子就是他們的最愛，天天來看望，對明月公主也是倍加關愛。

聖雪山的雄壯美麗和大草原的坦蕩廣闊，陶冶著明月公主的胸懷，藍鳥谷的溫情，撫平了明月心靈上的創傷。兩年的時間雖不算長，但對於明月來說是足夠了，她盡情地享受著生活的平靜和美好，感受著藍鳥谷、大草原、西南郡和短人族的關愛，眼看著西南一天比一天的強盛。

兩年來，明月公主走遍了藍鳥谷的每一個角落，與谷中的孩子們、女人們和老人們建立了深厚的感情，確立了自己聖子夫人的地位，無事的時候，她懷抱著小夢雷出谷，到大草原上舒展身姿，感受大自然的美好。

草原的牧民們漸漸地認識了他們，知道了是聖子的夫人與小公子，也像對待聖子一樣，恭敬她、愛護她，爲他們演唱冬布拉，述說著聖子學習琴時的情景，使明月公主瞭解到天雷還有這麼高的草原牧琴的造詣。

有時候，牧民向她述說是聖子爲他們舉行的婚禮，是聖子的祝福保佑他們幸福快樂，一樁樁往事，使明月公主更加深了對天雷偉大心胸和氣度的認識，更加深刻地瞭解了他爲什麼這麼強大和不可戰勝。

在雪奴族的時候，明月公主第一次感受到了一個人成爲一個民族靈魂的真正內涵，他們的崇拜，他們的奉獻，他們的虔誠是無法用語言來形容的，明月公主體會著天雷爲他們母子帶來的榮耀與地位，彷彿感到她自己就是雪山的神靈了，只要她一個眼神，孩子一聲哭泣，族人都會感到惶恐，她幾乎不敢跨進雪奴族的帳篷，她的心在陶醉。

小夢雷幾乎成爲天地間所有人的最愛，明月公主甚至多時也看不到，萊恩與列奇是整天捧在手裏，谷內的孩子們爲他找來了所有能玩的好東西，陪伴著小夢雷唱歌、歡笑、成長。

西南郡和嶺西郡在兩年時間內實力漸漸地鞏固，成立了軍工廠，實行流線作業，嚴格管理，短人族帶領所有的工匠日夜勞作，爲每個軍團打造了五千中弩、百輛弩車，製造攻城設備無數，箭支、盾牌、軍用物資數不勝數，民團發展迅速，湧進西方兩郡的人口達幾百萬，人口迅速膨脹，大有飽和之勢。

軍隊的鞏固和發展無疑是重點中的重點，藍鳥十個軍團裝備齊全，第一軍團一直由天雷爲名譽軍團長，所以實力大有加強，重新整編爲五萬重步兵營、五萬槍兵營，有兩萬盾牌手、兩萬刀手、兩萬中弩手、一千輛弩車一萬人，另加上一百輛短人族工匠改造過的新型戰車組成戰車營，還有五萬人組成的攻城營，共計十個分隊，每個分隊五千人，有八十輛攻城車、八十輛投石車、兩百架雲梯，外加上車輛保養等，整個軍團超過二十萬人，實力是所有軍團中最好的。

其餘九個軍團裝備也進一步得到加強，郡北驚雲部又補充成立了驚雷、疾風二個軍團，恢復原嶺西第一兵團原有的建制，越劍青年軍團也增加了第三、四兩個青年軍團，有二十萬人，向前滲透四百公里，與凌原城前的固凌城保持一線，秦泰部也擴大了凌原軍團的建制，兵力達二十萬人，整個郡北新建立了靜河城、赤河城和清河城三城，與巒北城、堰南城連成一線，每城屯兵一萬人，大大減少了防禦上的壓力，另外，驚雲和越劍利用繳獲的船隻又成立了兩萬水軍，整天在河南岸邊訓練，如今，嶺西郡向東發展三百公里，軍團前移，兵力深入駐守，與南部的邊原城、寧原城聯成一片。

維戈等人來到通平城的時候，比奧已經等候在城門前，前來迎接他們，維戈大驚，滾身下馬，跪倒在地，比奧笑呵呵地拉起他說道：「維戈，好孩子，叔叔不是迎接你，是迎接西南郡藍鳥軍團左翼藍翎統帥，迎接成長起來的西南郡英雄，叔叔和你父親老了，以後征伐就靠你們了，孩子們，都起來吧。」對維戈等寄予厚望。

維戈、溫嘉、忽突、卡萊等人心頭溫暖，更感到自己肩頭擔子的沈重，他們來到帥府，比奧向維戈轉交了軍權，放下肩頭的擔子。

從這天起，維戈開始整頓西南軍隊，按照天雷的吩咐，成立了第五、六、七、八、九、十共計六個藍鳥軍團。其中第六、七軍團為騎兵軍團，勒馬城部騎兵為第六軍團，奴奴城部騎兵為第七軍團，步兵第五、八、九、十軍團，每個軍團五萬人，加強裝備，調整兵種配置，調弩車中弩加強整訓，任命溫嘉為副帥，率領駐紮在短人族的第七軍團和南巒城的第八、九軍團，穩固南方戰線，自己親自率領第十軍團坐鎮通平城，任命忽突為第六騎兵軍團長，協助寧原城的第五軍團鞏固河北橋頭堡壘，前線採取防禦態勢，穩固西南郡和短人族，加強軍備。

維戈將軍率領六個軍團三十萬人駐守西南郡，向南深入到短人族，又在南巒城屯兵二個軍團，他牢記天雷的吩咐，決不輕率出兵，全線固守，只在寧原城不時派出第六騎兵軍團偷襲南彝軍隊後勤補給線，掠奪戰備物資，給予南彝國軍隊沈重打擊，而南彝進攻短人族的十萬軍隊，在溫嘉和卡萊率領的藍鳥第七騎兵軍團和短人族戰斧軍團的配合下，遭到沈重打擊，他們採取快速出擊，一擊既走的戰術，馳騁南巒山腳下，迫使南彝軍無功，呈現兩軍對峙的局面。

兩年的時間裏，維戈和溫嘉率領騎兵飄忽在中原南部戰場，聖寧河兩岸，他們如迅雷般的出擊，給予南彝軍重大的打擊，掠奪回大量的糧草等物資，極大地牽制了南彝在中原作戰的實力，令彝凝香多次圍剿無功，最後決定佔領寧原城，但藍鳥第五軍團在騎兵的配合下，固守寧原城不出，使彝凝香付出極大的代價，最後無功而返。彝凝香對維戈恨之入骨，多次尋求與維戈一戰，但維戈輕易不出，你進我退，你退我跟，打打逃逃，躲躲閃閃，遇小部隊殲滅，遇大隊一擊後迅速脫離，搶奪、破壞等手段齊用，使彝凝香毫無辦法。

東海聯盟和南彝國入侵中原的軍隊，如今正與聖日東方軍團和南方軍團殺得難解難分，雙方互相有勝負，兩年內，東海聯盟和南彝各向前推進一千餘里，距離聖日帝京城不落城只有六百公里，而在北面，映月、西星、北海、北蠻也發起一次又一次的攻擊，文謹部、凱旋部、凱武部全線固守，靠堅城拒敵，沒有讓敵人向前推進一步，但自身的實力也漸漸耗盡。

帕爾沙特在明月公主無故失蹤後，脾氣大長，他與騰格爾部分離，前往河平城攻擊凱旋部，同時他派人多方打聽明月公主的下落，就是沒有明月的消息，兩年內，映月國內也十分焦急，多方尋找無果，最後由騰格爾全面負責中原戰局，配合帕爾沙特。

雖然沒有找到明月公主，但帕爾沙特也不是傻子，他知道明月公主的失蹤一定與嶺西郡雪無痕有關，所以他派出大量死士到嶺西郡探聽消息，伺機刺殺雪無痕，幾次無功，損失了不少人手，但他心裏絕對不甘心，繼續派人前往。

三年間，聖拉瑪大平原發生了生死的搏殺，七國幾百萬軍隊齊集在中原地區，風雲變色，血流成河，幾百萬百姓和士兵倒在了戰爭的鐵蹄下，百姓苦不堪言，流離失所，中原形勢混亂，關係錯綜複雜，而中原的百姓深深地感到帝國的無能與腐朽，紛紛失望，只是在悲觀失望之中，彷彿看到西方還存在著一線的曙光，紛紛西移，嶺西與西南兩郡在大陸錯亂中漸漸崛起，雪無痕積澱實力，準備逐鹿中原。

風月大陸通曆二千三百九十年的春天，聖日帝國嶺西第一兵團長官雪無痕在黎明前的黑夜，悄悄地打開關塞大門，四十五萬大軍悄悄出發，殺向關外映月國的雪月洲，拉開了嶺西郡遠征雪月洲的序幕。

這次嶺西郡拉開遠征序幕是經過深思熟慮，首先經過近三年的準備，嶺西郡實力已經達到一定的水準，有遠征的力量；其次，經過大陸中原三年的錯亂戰爭，大量民眾湧入嶺西郡和西南郡，使西方兩郡備受壓力，不堪負荷，急需要向外擴展，尋求一個發展空間，而這個空間就選擇在了映月國的雪月洲。

再次，由於中原七國爭霸不斷，兵力強大，嶺西郡實在不適合在這個時候向中原發展，以攪入不斷的消耗戰中，反之，如遠征雪月洲，一方面是佔領雪月洲這個富裕的地區有一定的把握，而另一方面又可以牽制映月在中原的力量，造成映月兩線作戰，使中原戰事更加的複雜化。正是基於以上幾個方面的原因，雪無痕召開了嶺西郡的高級將領開會，反覆研究，最終確立了遠征的方案。

嶺西郡這次出兵，戰爭的策略原則有三點：一、以強大的兵力迅速佔領，對反抗的勢力堅決鎮壓；二、建立永久的後方基地，並以聖靜河爲邊界，向西拓展防禦戰線；三、大量移民，減少嶺西郡的壓力，使兩民族迅速融合。

對於遠征的念頭，雪無痕早在兩年前就有，並作出了指示，由雅星全面負責。雅星利用兀沙爾的投誠之機會，對映月士兵中兀沙爾的衛隊進行了改造爭取，取得實效，並訓練探子斥候，深入映月本土偵察，兩年時間內，對雪月洲的情況全面地掌握，做到了城城有計劃，步步有安排，其計劃之詳細實在令人佩服，爲了求得萬無一失，雅星還特意在自己的家中製作詳細的地圖，分區標明，時時調整，對各地的兵力分配，攻擊速度、路線都反覆研究，並和亞文、風揚等參謀一起做了大量的準備工作。

至於出兵的部隊，雪無痕也是經過深入的研究安排，首先，從大草原調集二十萬騎兵，組成藍羽騎兵突擊兵團，配備以驚雲的步兵兵團，再加藍鳥第三軍團，步騎共計四十五萬人組成攻擊部隊，其中騎兵總兵力二十五萬，步兵二十萬人，又抽調攻城營第一至五大隊跟隨出征。

在臨出發前，嶺西組成了遠征集團軍政部，由雅星軍師出任總指揮，協調部隊配合；由雷格統帥騎兵，組成左翼草原騎兵前鋒軍團，里騰、姆里爲副帥；由驚雲統帥疾風、沈雲，驚雷、藍鳥第三軍團二十萬步兵，組成右翼軍團，由商秀爲副帥，閃電騎兵軍團五萬人協助後續部隊，劃歸驚雲部爲機動部隊，而攻城營五個大隊自然由步兵部隊統領。

嶺西郡精英盡出，組織嚴密，大軍集結隱秘，有一舉攻佔雪月洲的氣勢。

攻擊以雷格騎兵突擊部隊爲主，成立「藍羽右路軍」，列入藍鳥軍團建制，與維戈左翼對應，反正如今嶺西部隊的建制亂七八糟，兵團、軍團大小不等，雪無痕以一個兵團長統領百萬軍隊，名不正言不順，建制大小，眾將領心中有數即可，也不深究。

雷格派出本部親衛隊藍羽衛騎兵一萬五千人偷襲關外三百里處的雪嶺城，草原二十萬騎兵一起夜襲映月東月軍團，步兵驚雲部隨後跟進，乘著夜幕的掩護，騎兵快速攻擊前進。

雪月洲是映月帝國一個東部洲，它南靠聖拉瑪大雪山雪嶺，東臨聖日嶺西關，北部為聖靜河的上游，形成一處美麗富饒的三角洲。雪月洲面積一萬平方公里左右，比聖日西南三角洲稍微小些，是映月帝國一個比較富裕的洲府，現有城市八座，分佈各處，東月軍團的二十萬人駐守在此，原本雪月洲兵力較多，但自從中原大戰開始後，東月兵團陸續抽調出部隊，如今只剩餘二十萬人駐守，牽制嶺西郡的兵力。

自古以來，映月帝國對雪月洲就十分重視，商業、農業、工業發展較快，由於它土地比較肥沃，又在雪嶺處出產鐵礦物資，所以雪月洲成為映月帝國一個好的洲府，只是千百年來，聖日映月兵戈不斷，嶺西關不時成為雙方的戰場，所以居住的居民不是很多，有近百萬人口。

藍羽草原騎兵兵團四個軍團的士兵馬蹄上裹著厚厚的棉布，減小蹄聲，士兵個個屏住呼吸，悶頭前進，二十萬人馬出關，雖然儘量減少聲響，但響動聲也是很大，二十里外東月軍隊大營還是聽到了聲響，值班的軍官起身報告了主將，只是主將有一絲的懷疑，略微遲疑了一陣。

五里外，藍羽騎兵下馬解開蹄布，整頓陣型，四個方陣騎兵開始了突擊，轟響的馬蹄聲敲碎了東月士兵的夢，敲碎了主將心中的懷疑，一切已經太遲了。騎兵衝擊在晨曦的微光中如閃電般迅速，閃亮的馬刀切割著一個又一個剛剛清醒跑出帳外的士兵身軀，在東月剛剛組織起來的小型陣型中任意馳騁縱橫，一陣殘殺。

在騎兵展開攻擊的同時，商秀統領帶領一萬五千名藍羽衛騎兵趕赴三百里外的雪嶺城，閃電騎兵軍團在後跟進支援。商秀一馬當先，輕騎前進，在晨曦中，可以看見起早的百姓慌亂躲閃的身影，指指點點，不知道發生了什麼事情。

天色大亮後，緊趕了二個多時辰的商秀部來到了雪嶺城外，城門剛剛打開，守衛的士兵站得筆直，進出的百姓悠閒，還不知道發生了什麼事情，黑爪探子點頭表示一切正常，商秀快馬來到城門前，在守城士兵詫異聲中迅速入城，後續部隊一湧而入，搶佔各處要道，控制城門，展開攻擊。

雪嶺城駐軍不多，只有五千人，由於距離嶺西關有段距離，又有東月軍團在前方駐守，所以雖然是軍事後勤重要基地，但守軍並不多。商秀所率領的部隊沒打出任何旗號，加上是有計劃的偷襲，所以很快就佔領了雪嶺城內的重要地區。在黑爪探子的指引下，城守府等重要人物的府第都遭到了攻擊並迅速佔領控制，城內頓時亂成一團，百姓家家閉戶，少量的百姓在混亂中被殺死，部分百姓逃出城外，這時候，閃電騎兵軍團也已經到達，並投入佔領，很快就穩住局面。

啇秀把雪嶺城的指揮權轉交給閃電軍團的軍團長官，自己帶人接應遠方的騎兵部隊，接收黑爪探子的各種消息，加緊對周圍地區的封鎖，穩住局面，同時令部隊強佔礦區。他是這次遠征軍右軍的副帥，爲搶佔雪嶺城而先出發，天雷特意把這麼重要的任務交給他，也表示對他極度的信任和重用，啇秀一直跟隨在天雷的左右，是極少數有能力並且得到天雷信任的人物之一。

啇秀從小爲中原孤兒，少入勒馬城，後入藍鳥谷，他平時冷靜，學習刻苦，生性有些冷酷、陰冷，對待貴族沒有一絲的好感，在他的心中只有天雷和萊恩、列奇家族的人可以左右，他對待維戈、雷格幾乎如少主人一般，雖後來跟隨天雷，盡表忠心，但對西南郡的恩情永生不會忘記，況且，他率領的一萬五千藍羽衛隊騎兵是藍鳥谷和西南郡的人，別人使用恐怕不是很順利，而啇秀有這個實力，天雷要他擔當前哨，搶佔雪嶺城是選對了人。

礦區在雪嶺城北，不是很遠，有三十來里路程，五千衛隊快馬奔襲，只一個小時就到達。礦工在剛剛上工的時候，衛隊趕到，二千人守軍組織的防衛很快就被繳滅，礦工四下奔逃，軍隊也不去管他們，衛隊迅速佔領，防止人破壞。

雷格率領騎兵趕殺東月兵團的敗軍，分四路攻擊前進，一路斬殺，快馬不停，潰退的東月軍四散逃跑，多數被趕殺的騎兵追殺，有經驗的老兵逃入鄉村隱匿行蹤，躲過劫難。中午過後，大軍驅趕著敗軍來到雪嶺城前，啇秀又截殺一陣，兩邊會合後，稍微休息，雷格上馬而去，啇秀把衛隊交給雷格，回歸雪嶺城等待後軍。

雷格率軍一路急趕，晚間來到嶺月城外，安馬休息。嶺月城四門緊閉，守軍已經嚴陣以待。

驚雲率領後軍步兵在雷格騎兵突擊軍團出發後緊隨其後，但步兵行動緩慢，又有各種攻城裝備等物資，還要打掃戰場，所以到晚間時分，先頭部隊才趕到雪嶺城，雅星在藍鳥第二軍團內，把指揮權交給啇秀，安營休息。到半夜時分，後續裝備物資到達雪嶺城外，在先頭部隊準備的大營內休息，士兵緊趕了近百里路，疲勞可想而知。

天亮後，軍師雅星安排人員對雪嶺城進行全面的接管，雪嶺城為東月的後方基地，糧食、武器裝備不少，城內殘餘勢力也有，貴族等心懷不軌之人多得是。啇秀帶領第三軍團士兵在黑爪探子的協助下按戶搜索登記，對貧民百姓不多加騷擾，對貴族財產給予沒收，對反抗勢力堅決斬殺，對特別困難的貧民給予適當幫助，對土地分配等大量事情等待著移民處的人員接手。啇秀的孤兒出身，讓他多了些許殺氣，貴族只好倒楣，倒在他刀下的人不少。

軍師雅星與驚雲在天亮後率軍向嶺月城進發，雷格騎兵這時候開始行動，只留下一個萬人隊監視嶺月城之敵，大軍迅速向前推進，每一個城留下一個萬人隊監視，並不攻城，等待後軍，他則採取跳躍式攻擊，七天時間到達六百公里外雪月城北聖靜河邊，穩定防線，監視河邊雪月城、比月城和並月城，等待後軍收復各城，同時以多路萬人隊清剿四鄉各鎮殘兵敗將及各城派出的少量人馬，採取兩面夾擊勢態，穩定局面。

而在此七天中，雷格也不是一城無獲，騎兵採取威脅利誘等種種手段，迫使二處小城投降，分割孤立各大城，而各城的守軍並不多，大城五千人，小城三千人不等，實在也不是萬人騎兵隊的對手，況且他並不攻城，只監視，沒多大的危險，雪月洲淪陷只是時間問題。

按照事先計劃，雅星、驚雲並不急於前進，依次分兵，步兵分三路接應各城騎兵，同時，展開攻城裝備威脅，利用降兵百姓喊話，對堅決不投降的城則採取包圍，投石車輪番攻擊，把成噸成噸的石頭投入各城，並依此向前延伸，石頭的轟響晝夜不停，粉碎了士兵和百姓的僥倖心理，一座城在第二天投降，另一座城特別頑固，在投石車打擊後，攻城車出動，雲梯隊靠上去，弩機協助，步兵攻城部隊強攻克城，損失也不大。半個月的時間內，除河南三城外，其餘五城全部被攻陷，兩方軍團會合。

嶺西郡攻擊雪月洲的重點不是軍事佔領，而是移民。在軍事佔領上，由於雪月洲兵力有限，加上映月國沒有想到嶺西會出兵攻擊，所以軍隊不多，且多是二線的部隊，戰鬥力不強，軍事佔領不會有多大的困難，而雷格騎兵突擊部隊攻擊速度快，採取不攻城的戰術，跳躍推進，短時間內就到達了聖靜河岸，致使映月反應不及，但軍事佔領只是一個方面，嶺西郡的目的是永久性佔領，擴大防區縱深，促進民族融合，所以移民工作就成爲最重要的事情。

第十五章　逆子亂政

嶺西郡對移民工作早就做好了準備，由於大陸戰亂，中原百姓多逃到西南郡、嶺西郡避難，人口已經達幾百萬人，但兩郡的地域有限，加上人口太多，安排困難，所以許多百姓至今無住處，雅星讓各城難民向嶺西關方向轉移，就近安排，等待著佔領雪月洲移民。

在這段等待時間內，嶺西郡根據民團的方式，對百姓進行整編，家家戶戶登記造冊，編組整頓，組織男丁訓練，配合軍隊等等事情。百姓雖然知道嶺西民團組織形式，但經過訓練得到進一步瞭解，認爲既然身在嶺西，就要遵守嶺西制度，同時戰爭時期也是自保的一個方面，所以訓練極有成效。

嶺西關軍隊的集結，使百姓知道了形勢不妙，大戰又起，爲了自己的生存，他們訓練更加起勁，同時，眼光不時地飄向集結的騎兵、步兵及源源不斷的裝備，等待消息。

多日後，百姓得知嶺西第一兵團出兵佔領雪月洲的消息，嶺西郡的民政處迅速宣傳動員百姓出關，參加移民，並許諾許多的好處。這些百姓本就無一去處，如今連住處都沒有，所以嶺西郡民政處一動員，就有些人同意，雖是異國他鄉，但也比如今的困境要好些，動亂的年代，只有聽天由命。

首批移民出關，嶺西郡則為每人發放五個金幣，男丁發放武器，按戶編組安排，在靠近嶺西關向西的方向，依此向西發展，雪月洲內各村都有逃跑的居民，民宅多有空閒，就此佔用，貴族土地全部沒收，財產分發貧苦農民，土地重新丈量，每一戶雪月洲居民安排兩戶移民編組，互相連坐，三十戶為一伍，編制成民團小隊，百二十戶為一屯，五百戶為鄉，千戶為鎮，在農村實行新政，普及嶺西法制，對待會兩族語言的優待利用，快速發展。

在城市內，雅星推行商盟制度，公買公賣，商人的財產得以保全，鼓勵經營，把貴族的店鋪等沒收後，分給移民中會做買賣之人，打擊上揚市價，穩定經濟。同時，成立各城民政廳、法制廳、城衛軍，維持治安，穩定社會。對城內日子苦、沒什麼活計幹的人動員到礦上上工，開採礦石，冶煉鐵，製造兵器等，或把礦石運往嶺西。

移民工作量十分的巨大，這不是一兩天時間可以完成的事情，好在嶺西郡優秀的人才多，移民處組織人手足，工作進展順利。只是萬事開頭難，只要進展順利後，百姓就會順從，以後的工作量雖然大，但從雪月洲回轉部分移民家屬帶回的消息卻穩定了百姓的心，激起向異族開進的鬥志。老百姓的想法簡單，映月出兵佔領中原，使我們無家可歸，那麼我們就到你家裏去，我們不怕，「向侵略軍家中去」的口號鼓舞了民眾的鬥志，激起聖日族不屈不撓的民族精神，移民展開工作更加順利。

短短的一個多月時間，就有近百萬民眾出關，後續移民依然不斷，緩緩地向雪月洲的腹地延伸。

聖日嶺西第一兵團出兵雪月洲，實令映月國內譁然，國主聖皇月影也是措手不及，朝野大亂。映月南面的防線頓時洞開，只有聖靜河一道防線，如嶺西郡繼續增兵，映月就有亡國的危險。映月國內緊急開會，商討對策。當前，映月大軍多在聖日中原作戰，北部屯兵較多些，為了能夠從西星國借道出兵而忽略了河南嶺西關防線，致使雪月洲告急。

為了收復雪月洲，需要調集部隊，但調集部隊需要時間。聖日嶺西郡只用七天的時間就抵達聖靜河岸，首先是要防守沿河防線，以防被突破。聖皇趕緊命令京城月落城南所有能動員的部隊向聖靜河靠攏，防守待援，同時，停止向中原增兵，穩定國本。

中原大戰之初，映月有軍隊百餘萬，明月公主部主力，即如今的騰格爾部四十萬人，堰門關南三十萬，前被雪無痕殲滅兀沙爾部四十萬人，東月又損失二十萬人，國內後補軍隊幾十萬人，已無主力部隊，如今基本上算空虛，聖皇回望手中的部隊，嚇了一身的冷汗，爭霸中原的欲望漸落，如今失去雪月洲，國力下降，落於西星之後，但他也不會明說，暗中收縮部隊，向南回撤，爲收復雪月洲積聚實力。

對於在中原戰場上的七十萬部隊，聖皇月影並沒有下令回撤，目前還不到這種地步，他暗中傳令騰格爾鞏固戰線，等待國內進一步消息，採取觀望的態勢，同時封鎖消息避免外洩，以影響士兵的士氣。

雅星、驚雲和雷格部會合後，雪月洲只有沿河三城沒有拿下，原因也是多方面，雪月洲東南部首先開戰，民眾、潰軍向北部逃跑，蜂湧而入北部三城，加上雪月城本就是洲府所在地，城高牆厚，兵力較多，得到百姓潰軍的加強，實力進一步鞏固，想要拿下雪月城及比月城、並月城傷亡一定很大，智者不爲。雅星見雷格、驚雲步騎二部全面佔領雪月境內，對三座孤城也不採取積極攻取態度，而是熱心剿滅地方殘餘勢力，鞏固周邊地區，積極移民，對三城圍而不攻。

嶺西四十五萬軍隊損失不大，軍師雅星用十萬軍隊鞏固各城，協調治安，幫助移民，而另外三十萬沿河圍困三城，同時加強沿河防禦。驚雲部疾風、沈雲二軍團圍困雪月城，藍鳥第三軍團圍困並月城，驚雷軍團圍困比月城，雷格藍羽四個騎兵軍團駐守周邊支援，各部軍隊雖有不同形式的減員、抽調，但建制在，威勢大，令三城守軍心慌意亂。

圍城部隊採取圍三放一的方法，分東、南、西三面圍城，沿北部河岸地區放行。在三城的城門外，挖掘兩道寬大的壕溝，外面駐守著步兵弓弩隊、弩車隊及少量的軍隊，平時有士兵巡邏，日夜監視，大軍與城防軍對耗上。

一個月後，城內的百姓開始沿北門出城，逃向四野，有的渡河北逃，雅星命令驚雲雷格不用管百姓，只管放行。百姓越逃越多，乘著夜幕的掩護，成群外逃，十天之後，雅星命令爲各城下達最後通牒，三天之後不降，則封鎖四門，困死三城，第三日，比月城投降，驚雲命令封鎖並月、雪月二城北門，幾日後，並月城八千守軍投降，一月後，雪月城三萬守軍投降。

近三個月的圍困，使雪月城內糧食耗盡，一切能吃的東西全部吃光，況且城內百姓本就貧窮，每日裏死人無數，哭聲震街，疾病不斷，使雪月城受到百年來最大的打擊。在士兵和百姓的心中，雅星、驚雲、雷格、商秀無一不是冷血之人，更有甚者，爲雷格取了個外號叫「血煞」或「煞神」，取血腥煞神之意，叫商秀「死神」，據說商秀對待反抗的貴族只有一個字：死，而叫驚雲的外號似乎稍爲好聽些，叫「血魔」，意思是在替父報仇，以血還血。

嶺西出兵雪月洲的將領，首先是驚雲，父親死在映月人的手中，對待映月的士兵只有一個斬盡殺絕，他手下的將領士兵多受其影響，況且原第一兵團的舊部多，受驚雲影響不奇怪；其次，商秀出身孤兒，性格陰冷殘酷，對貴族有好感是癡人說夢話，他恨不得把貴族殺盡，以雪心中的恨意陰影；再次雷格，武將世家出身，列奇的思想就是為將者衝鋒在前，狠殺特殺，讓敵人害怕為止，他繼承家族的思想，加上本身性格暴烈中夾雜著陰沈，所以對死人就不當回事情，有這幾個殺神在雪月洲，貴族的命運可想而知。

軍師雅星比他們幾個較好些，但身在雪月洲外幫，事情繁多，那有時間管他們幾個，再加上移民工作量大，各城的管理事情不斷，破壞分子層出不窮，心煩之下也就默認，幾個人大殺特殺，幾乎把雪月洲所有的貴族殺得一乾二淨，流氓、兵匪斬絕，成為名副其實的殺神，老百姓雖然害怕，但心中暗自稱快，又分得土地、財產，自得其樂。

嶺西郡對雪月洲的移民速度之快，古來罕見，一百六十萬人口只用半年時間就完成，雅星忙得焦頭爛額，幾個殺神倒無所事事。雪月洲的映月族人早就淹沒在聖日移民的人海中，自覺地接受新的法紀，新的統治者。

在嶺西郡如火如荼進行移民的八月間，聖日大平原北部聖靜河岸的戰局發生了變化，西星帕爾沙特殿下經兩年多的努力，穩固了北部平原地區，西星國內也恢復了受災的創傷，實力漸漸凌駕映月帝國之上，帕爾沙特幾經對凱旋部用兵後，造成河平城實力漸漸耗盡，加上中原東、南兩國出兵，河南對北部的支援少，致使戰局徹底倒向了帕爾沙特。八月，他聯合北海新增的二十萬部隊，起兵六十萬，對河平城發起了全面的攻擊，大戰慘烈異常。

凱旋將軍在這兩年多的時間內，憑藉手中僅有的十六萬軍隊，擊潰帕爾沙特部無數次的大小攻擊，自身損失近半，目前只有不足八萬人，坐守孤城。自從倫格大帝駕崩後，北部凱旋的日子就更加困難，二王子虹傲擁兵自重，不肯派兵支援，凱旋知道自己的日子不多了，聖日帝國的日子也長不了，他想起父親的遺言，這才明白只要自己率軍出征，結局只有一個死，父親早就知道有了今天，這也是天意的安排，凱旋不怨恨別人，他不怕死。

二十多年前，豪溫家族傳下祖訓，從凱文接掌豪溫家族事務以來，凱旋、凱武兄弟就已經不再是豪溫家族的人，這條雖沒有向外宣布，但在家族中人是知道的，況且，二十年時間內，凱文杜絕家族成員與二兄弟來往，自己帶領家族重新尋找明主。這件秘密，凱旋作為長子當然瞭解，他沒有怨言，默默支持凱文，這是一種無聲的支持，如今豪溫家族經過二十年的隱晦，勢力跟隨少主公子雅星西移，京城只有部分老人和孩子，凱旋早已沒有什麼不放心。而心頭唯一的牽掛就是妻子雅美雅公主，但自己身為帝國將領，爲聖日家族戰死沙場，相信雅美雅可以理解自己。

西星帕爾沙特的進攻已經兩天了，這次進攻無論從兵力，還是從攻擊力上來看，凱旋將軍都知道帕爾沙特不會再給自己機會了，他環視自己的周圍，跟隨凱旋十幾年的日炎騎士團的兄弟還有幾千人，威爾作爲後起之秀跟隨在左右，小小年紀也是一臉的滄桑，凱旋心想：何必要他們陪著自己一起死，爲聖日殉葬，想罷，凱旋精神一震，大聲喊道：

「威爾！」

「在，將軍！」

「我給你個任務，你可願意？」

「是，將軍！」

「好，你立即帶領日炎騎士團的兄弟從南門殺出，到河東郡找凱武將軍，告訴他我已經殉國，命令他立即撤退往河南，保護家族的安危，你可聽得仔細？」

「將軍！」威爾大哭。

「將軍！」騎士團的兄弟們知道凱旋是在找藉口爲他們尋求活路，一起拜倒在地，痛哭失聲。

「威爾，你與雅星年歲一般大，又是好兄弟，有機會見著雅星，告訴他，好好扶助雪無痕將軍，贍養母親！」凱旋柔聲說完，喝道：「聽我口令，全體起立，立刻上馬，出發！」

「將軍！」兄弟們叩頭站起，聽候威爾的命令，整頓出發。

凱旋將軍親自來到北門城牆之上，立在帥旗之下，全軍擂鼓，殺聲震天，士兵士氣大振，凱旋親自提劍上前，與士兵一起廝殺。這時候，威爾悄悄打開南門，幾千騎士團官兵一起向外殺出，使攻城部隊措手不及，威爾部急速脫離而去，南門卻隨後失守，河平城陷入城市的爭奪戰，凱旋始終站在城上，二十幾個親衛拼死保護，殺敵百餘，全部戰死，凱旋身中十餘箭，倒在帥旗之下，河平城全線被帕爾沙特攻破，河北中部失守，造成文謹、凱武更加的孤立，面臨四處臨敵的勢態，防線已不復存在。

威爾率領六千餘騎士團員拼死殺出重圍，不敢停留趕往河東城。晚間時分，凱武將軍在帥府接見了威爾及部分士兵，聽得凱旋殉國的消息，心中大痛，聞聽凱旋臨終之言，懂得對聖日王朝極度失望，對家族的擔憂。凱武將軍氣往上撞，命令士兵連夜起程，退往河南，十三萬北府士兵乘著夜幕掩護渡過聖靜河，安營紮寨，同時又命令尼可、威爾分頭向朝廷和豪溫家族報訊，自己帶領軍隊等待消息。

威爾來到凱文的家中，凱文剛剛起床不久，得知凱武派人回來，知道情況不妙。

果然，威爾哭拜於地，訴說了凱旋殉國之事，凱文淚流滿面，忙扶起威爾，安排休息，命人找騰輝，給遠在嶺西郡的雅星、雅靈報喪。

騰輝得到消息，快速來到豪溫家，與凱文商量凱旋的後事。目前，凱旋的屍體遠在河北河平城帕爾沙特手中，要想要回屍體，難上加難，但豪溫家族不同與一般家族，凱旋將軍為國捐軀需要一個交代，要為豪溫家討個說法，所以要回屍體是首要。騰輝也懂得其中的厲害，他趕緊命令一名西南郡的兄弟秘密渡河，到河平城見帕爾沙特，要求暫時妥善保管凱旋的屍體。

特使來到河平城，被帶到帥府，帕爾沙特正坐在屋內，見河南派人過來，想必是豪溫家族的特使，討要凱旋的屍體之事。他尊敬凱旋，知道豪溫家族一定會派人過來，所以已經妥善安排，用北海凝魂珠鎮守屍體，以防腐爛，用厚棺木入殮，等待與豪溫家族談條件。

「嶺西郡特使參見帕爾沙特王子殿下！」

帕爾沙特聞聽報的是嶺西郡的名號，心中不快，他恨雪無痕，來人卻偏偏報的是嶺西郡雪無痕的名號，他怎能痛快。

「哦！」帕爾沙特哼了一聲，點了下頭。

「昨天，凱旋將軍為聖日殉國，豪溫家族痛失長子，雅星痛失父親，嶺西郡痛失一位長輩，為此，小人特奉嶺西騰輝大人之命，前來進見殿下，希望殿下能妥善保管凱旋大人的屍骨，幾日後，豪溫家族及嶺西郡必有以報！」

「好，好，好，雪無痕遠在嶺西，卻越千里索要凱旋的屍體，嗨嗨，我到要看看他有什麼以報我，你回去告訴他，我遵命就是！」

「謝謝殿下，小人就此告辭。」

「送客！」

帕爾沙特殿下沈著臉，提起雪無痕他就生氣，也不知道明月公主是怎麼了，明月，妳不會在嶺西郡吧。

來使見過凱旋的屍體，回轉河南報訊，這時候，整個京城已經傳開了河北戰敗的消息，凱武回軍過河，帝君虹日聞聽消息，痛苦失聲，派人過府安慰雅美雅公主，商議戰局等。

對待凱旋戰敗，凱武私自回軍，虹傲是又高興，又傷心，凱旋的戰敗，標誌著河北地區盡喪，戰局隨時有向河南發展的可能，但也標誌著虹日帝君力量的全部消失，凱武十幾萬人已經不足慮，豪溫家族勢力、顏面盡無，餘下的都是自己的人，自己的天下了，但他如今也不敢拿凱武怎麼樣，畢竟凱旋兄弟為帝國拼殺多時，喪失兄弟，這時候動凱武，智者不爲。

嶺西郡路定城內，雪無痕接到西南商盟傳來凱旋殉國的消息，也吃一驚，如今，雅星遠在雪月洲，最近映月帝國派出強大的軍隊準備渡河，收復失地，再加上雪月洲移民工作未完，安定局面等事情全部依賴雅星，這時候要雅星接到這樣的消息是不行的，對大局深有影響，但是，如不告訴雅星，就必須把凱旋的事情處理好，爲雅星分憂，考慮了一會兒，天雷立刻回信，通知騰輝妥善與帕爾沙特聯繫，安排後事，自己則立即起程回京城，迎接凱旋的屍骨過河，並告訴騰輝代自己向帝君請旨回京。

隨後，天雷立即命令安陽城外的藍鳥第一軍團起程，趕赴路定城，通知秦泰、越劍加強戒備，並告訴他們自己要進京的消息，要秦泰暫時代理主持嶺西軍政。命令藍衣眾、凌原城的第二軍團隨行，要求全軍帶孝，迎接凱旋英靈西歸，爲雅星、雅靈盡義。

事情安排妥當，天雷這才見過凱雅，凱雅聽見父親殉國的消息，立即昏死過去，幸虧天雷早有準備，沒有出事。凱雅醒來，哭得死去活來，立即就要求回京城，並要求通知哥哥雅星，天雷好說歹說，安慰住凱雅，爲她準備了孝衣，自己也配上孝帶，安排奠祭事宜。

第二天一早，天雷率領藍衣眾、藍鳥第一軍團起程趕赴凌原城，到達凌原時，接到京城傳訊，帝君允許回京，安排凱旋將軍後事，洽談中原戰局。天雷囑咐秦泰守好嶺西，叮囑越劍好生輔助秦泰，等待自己西歸等等，並吩咐不允許向雅星提及此事，封鎖雪月洲這條消息。

第二軍團駐守在凌原城，全軍團五萬人，格爾任軍團長。第二軍團是首先裝備弩車中弩的部隊，且數量多，有弩戰車五百輛，中弩手兩萬人，實力僅次於第一軍團的部隊，這次，天雷帶領第二軍團回京城，不要求人多，但實力卻必須保證。

天雷要求秦泰率領第一軍團前出六百公里，凌原軍團十五萬人前出三百公里駐紮在固原城，衣特藍鳥第四軍團前出三百公里，駐紮在邊原城，擺出進攻的架勢，大軍全部配帶孝帶，打出「迎接凱旋將軍英靈西歸」的白帆，以助聲勢，而他自己率領三萬藍衣眾騎兵，五萬步兵全軍帶孝，一路白帆白旗，前往京城。

藍衣眾一身黑色盔甲，第二軍團士兵全部一身藍衣，兩部外罩天藍色斗篷，腰紮白帶，頭繫兩指寬的白布，在藍色藍鳥軍旗前，左右各有一面白旗，上書寫「迎接凱旋將軍英靈西歸」標誌。

凱雅一身孝服，頭帶白花，乘坐天雷的黑色馬車，天雷在旁相伴。大軍一路東行，各郡縣官員出城迎接，安排吃住，雖然大軍自己帶著補給，但也不能拒絕大家的好心，這時候拉攏人心至關重要，大軍行走二十五日，到達帝京城外的西邊教軍場。

西南商盟、豪溫家族、特男家族等人早早等候在教軍場外，騰輝和凱文列在隊伍的最前面，遠遠看見嶺西的騎兵，兩面素旗開路，八名護衛護旗手腰跨雙劍，個個一臉嚴肅，在年輕的臉上流露著精悍和狂野，白色的頭飄帶在微風中更顯得醒目，隨後步兵個個帶孝，在整齊的步伐中透露出訓練有素。

在藍衣眾的中央，保護著一輛大車，緩緩而近，在靠近人群的不遠處停下，天雷首先跳下大車，扶出一身白衣孝服的凱雅，兩人快步向前走來。騰輝、凱文上前施禮，一躬到地，拜見嶺西將軍，隨後天雷回禮，見過凱文叔叔和騰輝，凱雅早已經哭成了淚人一般，投在凱文的懷裏。

城西校軍場天雷比較熟悉，腦海裏印象深刻，四年前，剛剛十九歲的他就是從這裏出發，率領近衛青年軍團走向嶺西，踏出入主嶺西的第一步。天雷的身後站滿了近衛青年軍團年輕的將領、參軍們，他們就是從這裏開始跟隨眼前這個人，跟隨他一步一步走向成熟。

微風吹起天雷的長髮，飄揚的飛髮中，天雷越顯得挺拔，如今站在眾人面前的天雷和四年前又是不可同日而語，多了分威嚴，有了絲王氣，少了幼稚，流露出成熟的風韻，在凱文和騰輝的眼中，他已經是一位走向成熟的少主，一位充滿爭雄天下魄力的主了。

雪藍把一件藍色的風衣披在了天雷的身上，天雷轉過身來點了下頭，向後面的凱文和騰輝招了招手，三人向前漫步，沐浴著夕陽的餘輝，緩步而行。

「凱文叔叔、騰輝，河北的帕爾沙特怎麼說？」

「天雷，騰輝已經多次派人過河聯繫，但卻無果，好像帕爾沙特在等你！」

「也是，他會等我！城裏的情況怎麼樣？」

「帝君傳旨讓你進京，二殿下極力反對，但你已到了，如今二殿下正在商議，根據商盟探子的消息，好像情況不是很好，詳情還不清楚。」

「哼！」

「盛美公主被二殿下軟禁，活動範圍不大，要不早就前來迎接你了。」

「知道了。對了，叔叔，關於凱旋盟父的事你怎麼想？」

「無痕，大哥為國盡忠，這早在二十多年前父親就有所指，父親在臨終前留下遺命，豪溫家族二十年內除大哥、二哥外，不許在朝為官，並由凱文接掌門戶。如今，父親的高瞻遠矚正好應驗，豪溫家族已經做了該做的事情，已無留在京城的必要，願意與無痕一起西歸，至於大哥的後事，一切聽無痕你的安排。」

「好吧，騰輝、凱文，你們暗中吩咐下去，準備西歸，同時與特男家族聯繫一下，有願意走的一起走，不願意的不強求。」

「騰輝會辦好的。」

「你也準備撤離吧。」

「是！」

「關於迎回盟父遺體的問題，要做到隆重、聲勢大，要做好掩護撤離工作，同時注視京城對嶺西的反應，如城裏真心相待，嶺西會盡力，另外，就在這設置靈堂，家族借此撤出城外。騰輝，準備八條跨江鎖鏈、船隻和木板，我要跨河搭建浮橋，明後天水軍就會到達，要先做好準備。」

「要搭建浮橋嗎？這豈不危險，二殿下也不會同意。」

「我並沒有打算讓誰同意，說危險還不至於，你照做就是，明早我進城面君後再說。」

「是個好主意，無痕，可有把握？」凱文擔心地問。

「一座浮橋豈能讓帕爾沙特幾十萬人馬渡河，況且我已經有所準備，五百輛車弩，別說渡河，就是一隻螞蟻也別想過來。」

「好，看來無痕已有萬全準備，凱文遵命就是！」

「叔叔，幫我照顧好盟母和凱雅，這段時間我恐怕沒有時間，拜託你了。」

「這你放心，無痕我會安排好的，什麼時間過河見帕爾沙特？」

「明天我回來後進行，騰輝，你親自走一趟，明天我會交給你一件東西，相信帕爾沙特一定會答應。」

「好！」

三人轉了一圈，緩步而行，天雷和眾人打過招呼，回營休息。第二天天亮後，天雷換上朝服，帶領二十名親衛向西門而來，剛到門口，就見一隊士兵擋在城門前，一員將領挺身而立，看見天雷來到近前，翻身施禮。

「京城衛督統領森得，拜見嶺西雪無痕將軍。」

天雷一楞，忙下馬進身向前扶起森得，口裏說道：「森得大哥請起，無痕怎敢當大哥此禮。」

「將軍客氣，森得多受將軍指點，此禮應該的，況且森得久慕將軍，深表欽佩。」

「森得大哥太客氣了，不知大哥因何在此？」

「傳帝君口諭，雪無痕將軍聽旨。」

「雪無痕聽旨。」

「雪將軍鎮守嶺西南，出關殺敵，揚我國威，國之棟梁，朕心甚慰，今凱旋將軍殉國，一切後事由雪將軍全權處理，不必進城，欽此。」

「謝帝君，帝君萬歲，萬歲，萬萬歲！」天雷謝恩，起身。

「森得大哥辛苦，無痕謝謝了。」

「王命在身，森得不得不從，雪將軍原諒。」

「應該的。」

這時候，西城一帶已經聚集了許多百姓，聽聞雪無痕進京城面聖被阻擋在城外的消息，都出城看望。守軍士兵雖有令在身阻擋雪無痕，但並沒有讓其阻擋百姓，況且他們本身就欽佩雪將軍，崇拜他，所以也不阻擋百姓，一時間西城門處「雪將軍」、「雪無痕將軍」喊聲四起，慢慢波及城內。

「謝謝各位父老兄弟，謝謝！」

「將軍要走嗎？」

「雪將軍去哪裏，留在京城吧！」

「雪將軍可是爲迎接凱旋將軍遺骨而來？」

……

「無痕此來，一是爲叩見帝君陛下，以謝鴻恩，二來看望京城中父老兄弟，三來奉旨迎回凱旋將軍遺體，其餘事情無痕不便奉告。」

「將軍要到河北嗎？」

「無痕將立即起程趕赴河南地區，迎接凱旋將軍遺骨南歸。」

「我們願意跟隨將軍一起去，迎接凱旋將軍遺骨南歸。」

「迎接凱旋將軍遺骨南歸！」

第十六章　鐵血民心

喊聲四起，京城震動，在這國難之際，它鼓舞了廣大民眾的極大鬥志，爲死難的凱旋將軍而難過的同時，又興起對外敵人的仇恨。

「謝謝各位父老兄弟，有願意去迎接凱旋將軍的，無痕無限歡迎，無痕先走一步，謝謝。」

「走啊，跟雪將軍一起去迎接凱旋將軍遺體南歸。」喊聲中，許多民眾湧出京城。

天雷熱淚盈眶，在傷心的同時又爲民眾的激情所感動，他一路快馬加鞭回到校軍場，吩咐一聲：「拔營！」

大軍不久後起程，趕赴聖靜河邊大營，六百里的路，想快也快不起來，沿途的百姓不斷加入，一路浩浩蕩蕩，到達河南駐地時已經是四天之後，民眾達十萬餘人，散落於大營周圍。

騰輝起程趕赴河北帕爾沙特大營，只帶兩名隨從，到達河北河平城，有人帶領見帕爾沙特。

「嶺西郡特使騰輝見過帕爾沙特殿下！」

帕爾沙特仔細端詳著騰輝，他早就聞聽騰輝的大名，在不落城內十分的活躍，是西南、嶺西二郡在京城的代表，有分量之人，雪無痕讓他過河聯繫，問題已經進入實質性階段。

「騰輝先生請坐！」

「謝殿下！」

「上茶。」帕爾沙特熱情地招呼著騰輝，他明白騰輝不比其他使者，在他的心目中，嶺西的雪無痕分量比如今的虹日虹傲重，也不怠慢。

「謝謝殿下盛情。」

「騰輝先生遠來辛苦，不知雪無痕將軍到了沒有？」

「雪將軍已經到了，正往河南而來，將軍命小人爲殿下送來一份禮物。」

「啊，好啊，謝謝！」

「是，殿下。」騰輝從內衣處取出一張折疊的紙，交給帕爾沙特殿下。

帕爾沙特殿下伸手接過，展開觀看。紙顯然是一半張，寬一尺二寸，長二尺，在右側邊緣處明顯地有兩個半字，帕爾沙特仔細端詳，是「天下」兩字，他情緒漸漸激動，眼中精光暴射，站起身來，在室內轉了有兩圈，突然對騰輝說道：「雪將軍還有何吩咐。」

「雪將軍讓小人傳話給殿下：下半部輸者，用自己的身體來填寫。」

「呵呵……，好，好！天下有雪無痕，就沒有帕爾沙特，有帕爾沙特，就沒有雪無痕，雪將軍太看得起帕爾沙特了！你回去轉告雪無痕，帕爾沙特遵命就是。」

「是，殿下！」

「你的來意，我很清楚，關於凱旋將軍之事，一切按雪將軍吩咐的辦，三天後，帕爾沙特親自送凱旋將軍過河。」

「謝謝殿下！」

「不必，雪無痕有如此的豪氣，帕爾沙特豈能落後於人。」

「雪將軍臨來之時，讓小人轉請殿下，要搭建一座浮橋，迎接凱旋將軍南歸，望殿下成全。」

「好手筆，好豪氣，呵呵，好氣魄！」帕爾沙特仰天長笑一聲道：「好個雪無痕，帕爾沙特無不遵命就是，你想要獨領風騷，帕爾沙特豈敢相讓，帕爾沙特一生有雪無痕這個知己對手，於願足矣，好吧，我會全力協助！」

「謝謝殿下，不知殿下還有何吩咐？」

「你轉告雪將軍，就說禮物帕爾沙特收下了，帕爾沙特一定會讓這件禮物合而爲一，擁有『天下』。」

「小人明白，告辭！」

「來人，送騰輝先生。」

「是！」

騰輝渡河之時，看見河南岸沿河有一排大小船隻，四百餘艘，人員正在忙碌，知道是水軍到了。他來到岸邊大營，天雷正在休息，整個大營在天藍色中掩映著白色，沿河五百輛弩車一字排開，指向河北，弩車上有皮甲掩蓋，士兵有自己的小帳篷，正在檢查裝備，調試弩機。

「騰輝，辛苦了，坐吧。」

「謝謝！」

喘了口氣，騰輝這才打量帳篷內，凱文、凱雅都在，還有幾位豪溫家族的長輩在座，天雷端坐正中央，看了他一眼。

「帕爾沙特怎麼說？」

「一切按照將軍吩咐的辦。」

「好豪氣，天雷喜歡這樣的對手。」

凱雅在天雷的身邊鬆了口氣，知道帕爾沙特允諾送回父親的遺體，她起身對天雷下拜說道：「凱雅謝謝大哥！」

這時候，凱文和家族長老都起身施禮：「謝謝將軍大恩！」

「凱雅，你這是做什麼，難道這不是我應該做的嗎？各位叔伯，快不要這樣，無痕有愧了。」

「無痕，謝謝你，豪溫家族記下了！雅靈，你以後要好好侍奉無痕，以報大恩。」凱文有些激動，兄長的死對他來說打擊最大，他不是心痛兄長，而是心痛豪溫家族爲聖日家族的恩情就此了斷而痛。

「楠天，命令水軍明天開始搭建浮橋，後天還靈。」

「遵命！」

傍晚的時候，駐守在河南岸的原近衛青年軍團的軍官、將領多看望天雷，如今河南駐紮著聖日六十萬軍隊，雲武、海天等人都在，二人如今也是軍團長官了，見到天雷這個老長官格外的親近。天雷看見眾人都成爲大統領以上的軍人，又高興，又傷感。

當下，雲武向天雷介紹了眾人現在的情況，森得成爲鎮守京城十萬衛軍的督統領，是二殿下的心腹人士，威爾、尼可在凱武部，幾天前見過一次面，餘下的眾人多在各個部隊中，幾個年輕的將領看見河北凱旋將軍孤軍作戰，心如刀割，但虹傲不讓出兵，只得服從命令，如今得知凱旋的結局，大家十分擔憂，但也沒有辦法，希望將軍幫忙出主意。

為了迎接殉國的凱旋將軍遺骨南歸，嶺西郡雪無痕將軍做了一件驚天動地的大舉動，攔河搭建浮橋。當此大陸大亂，中原血戰之際，聖日弱，河北敵人幾十萬軍隊虎視，窺機渡河，而雪無痕此舉，無疑在聖日的軍民中掀起波瀾，他的膽識與氣魄，實在是令聖日軍民所敬佩和鼓舞，同時也擔上了許多心事和害怕。

京城聞聽雪無痕此舉，上下大動，朝野譁然，虹日、虹傲三次派人阻攔，但雪無痕無動於衷，一意孤行，水軍只用一個上午就搭建起一座巨大的浮橋。

橋橫跨大河南北兩岸，長二百三十六米，寬有十二米，下面用浮船支撐，鎖鏈相扣，環環相連，在粗大的鎖鏈上，三組木板鋪在上面，與鐵鏈相鎖，安然不動，直達河北岸，而河南河北士兵嚴陣以待，刀出鞘，弓上弦，一派森嚴。

九月十六日清晨，在聖日帝國聖靜河南岸的藍鳥軍團大營內，號角長鳴，悲聲陣陣，三十二名身材高大的壯漢抬著一個巨大的紅色棺木在百名衛士的護衛下，緩緩踏上橫河浮橋，向北而行。

這次渡河抬棺的人員，天雷本想讓重劍營的兄弟擔任，但豪溫家族的族長凱文說什麼也不同意，豪溫家族兩代人縱橫天下，威名震四海，在這樣的事情面前，哪能讓人恥笑，凱文親自上陣，站在了頭槓的前邊，凱雅拿起了引魂幡，三十二個豪溫家族子弟站在棺前，寸步不讓，天雷沒有辦法，只得同意，另派百名重劍營兄弟護衛，眾人一身重孝，抬棺而行。

棺到橋中，河北號角齊鳴，帕爾沙特殿下親自率領河平城內所有將領來到河邊，一白色的棺木裏停放著凱旋的遺體，三四十萬士兵盔甲鮮明，聲勢浩大，殺氣騰騰。

帕爾沙特立馬在橋邊，兩眼凝視著河對岸大旗下的雪無痕，兩人四目相對，目中精光四射，一會兒，同時呵呵大笑，聲震河兩岸。兩岸士兵個個臉上變色，同時也爲他們的豪氣沖天所撼，目睹兩位當世豪傑有如此的心胸氣度，無不爲之變色，心生敬佩。

凱文把凱旋的遺體放入棺內，他來到帕爾沙特面前，單膝跪倒，大聲說道：「豪溫家族凱文叩謝帕爾沙特殿下成全之德，豪溫家族必有以報。」

帕爾沙特點了點頭，說道：「豪溫先生客氣，帕爾沙特對凱旋將軍深感欽佩，不敢稍有不敬，先生請！」

凱雅雖知道父親是死在帕爾沙特之手，但這是國仇，與帕爾沙特本人無私恨，並深感還父遺體之情，她是明白事理之人，當下來到帕爾沙特面前，雙膝跪倒，兩眼流淚地說道：「雅靈謝謝殿下成全之德，雅靈永世不敢忘記。」叩下頭去。

「姑娘請起，帕爾沙特深表對姑娘的遺憾，但兩國交兵，各爲其主，帕爾沙特也只好如此，對不起姑娘。」

「雅靈明白，謝謝殿下。」

「姑娘請！」帕爾沙特在馬上微微躬身。

這時候，兩岸號角齊鳴，凱雅引領著眾人抬著凱旋的遺體，緩緩南歸。

「謝帕爾沙特殿下之情，雪無痕記下了。」

「雪將軍客氣，帕爾沙特期待著與將軍一會。」

「彼此，彼此！」

兩人同聲大笑，這時，棺木已經踏上南岸，雪無痕當先跪倒磕頭：「雪無痕恭迎凱旋將軍英靈南歸！」

「恭迎凱旋將軍英靈南歸！」

士兵們全體單膝點地，雪亮的長槍長刀高舉過頂，大聲呼喊，沿河南岸士兵百姓批批跪倒，大聲喊著：「恭迎凱旋將軍英靈南歸！」聲震四野。

「大哥，小弟迎接大哥來遲了！」

一聲大喝，如晴空霹靂，宏亮聲中帶著悲憤、蒼老，一行人大步穿過人群，來到棺木前，跪倒磕頭。

「二哥！」凱文流著淚，輕輕呼喚。

「大哥，凱武迎接大哥回家！」

「威爾、尼可迎接將軍回家！」

「迎接將軍回家！」

一行人跪倒在地，無不流淚磕頭，凱武起身，面向天雷，兩眼中神光閃爍，神情激動。凱武身高而粗壯，不像凱旋與凱文文弱俊秀，他粗獷的臉上帶著悲傷，兩眼含淚。

「雪無痕見過二叔！」

「好，好，好！雅星、雅靈有眼光，比他父輩強。」凱武悲聲大笑。

「凱文，給我吧！」

「是，二哥！」

凱武接過凱文肩上的木槓，挺直腰板，大聲喊道：「雅靈，回家了。」

「是，二叔。」

迎靈隊伍緩緩南行，藍衣眾沿途保護，嶺西水軍下河拆橋，第三軍團監視。凱旋的棺木被人輪流抬著，晝夜不停，一路南行，向京城而來。沿途百姓都出來為豪溫家族的子弟送行，哭聲顫動大地，四野含悲，充滿著對這位為國捐軀的英雄的景仰之情。

二十餘萬人一路慢行，四天後來到京城不落城門外，整個西門外人山人海，一片寂靜。在大道的中央，站立著一位一身重孝的美夫人，幾個丫頭也是一身重孝，扶持著夫人。美夫人看見遠遠而來的隊伍，哭拜於地。

「雅美雅迎接夫君英靈回家！」言罷大哭。

凱雅遠遠地看見母親跪倒在大道中央，心如刀絞，她快步來到母親身邊，倆人抱頭痛哭。

這時候，就見人群往兩旁一閃，當先走出一人，他緩步來到凱旋的棺木前，慢步施禮，細聲說道：「朝日代帝君二王子殿下迎接凱旋將軍南歸。」

凱武聽見朝日的話，冷冷地說道：「謝帝君厚恩，謝二殿下厚恩。」

這時候，百姓跪倒在地，大聲喊道：「恭迎凱旋將軍英靈南歸！」

凱武、凱文兄弟一起跪倒在地，大聲叫道：「謝謝，謝謝各位父老兄弟。」

雅美雅公主手扶棺木，兩眼流淚，眾人簇擁著向城西校軍場而去。

城西校軍場內一片雪白色，到處都是白幡白旗白花，校軍場的中央，搭建一座靈棚，凱旋將軍遺體棺木緩緩落下，有人打開棺木，讓雅美雅公主見上夫君最後一面，頓時，哭聲響遍大營。

豪溫家族在京城根深蒂固，嫡系子弟多達幾百人，加上各大世家前來吊唁的人員代表，不下萬人，凱武、凱文兄弟一一道謝，三天內，人來人往，絡繹不絕，鮮花堆滿靈棚，掩映棺木，雪無痕與凱文二人忙前忙後，答謝前來的代表，一直忙過了七天。

第八天清晨，雪無痕率領嶺西郡全體將士向東叩拜，拜別帝君，西行嶺西，凱文隨行，剛剛走出三十里，森得帶人追趕而來。

「雪無痕將軍請留步。」

「啊，是森得大哥啊，不知大哥前來有何事情？」

「森得前來為凱旋將軍送別。」

「啊，對不起，森得大哥，凱旋將軍的靈木已經在三天前西行了，遵照雅星大哥的吩咐，遺體將入嶺西望南城安葬，等待雅星大哥從雪月洲回來祭奠。」

「雪將軍說，凱旋將軍的遺體在三天前就離開京城了？」

「正是！」

「啊，雪將軍，帝君和二殿下有命要在西郊安葬凱旋將軍，這……這怎麼好。」

「森得大哥請回覆二殿下無痕抱歉，告辭！」

「慢！」

「怎麼，森得，想留下無痕嗎？」

「這……」

「森得，憑你還不夠分量！無痕奉勸你一句，不要爲虹傲陪葬，他是國賊，聖日有今天的局面，難道不是他包藏禍心所至嗎？大廈將傾，他不知爲國爲民，擁兵自重，害文謹、凱旋、凱武三位柱石，阻無痕面君，亡國不遠了，你難道還看不出來嗎？」

「這……無痕！」

「我不難爲你，但憑你森得還不夠分量，起程。」

天雷催馬而出，一身霸氣，身後藍衣眾個個頭帶煞神面具，催馬經過森得身旁，森嚴的目光裏充滿了煞氣，冷森森，森得及隨行的士兵個個渾身冰冷，頭皮發麻，望著遠去的眾人，森得擦了把冷汗。

森得成爲虹傲的心腹，掌握鎮京衛兵力，可以說如今大權在握，虹傲的事情他多知道並參與，正如雪無痕所說，虹傲與禹爾吉勾結，把持朝政，陷害凱旋將軍於死地，阻擋雪無痕進城面君，生怕他與帝君虹日聯繫在一起，分享權力，所以虹傲假傳帝旨，不讓其進城，不想這個雪無痕早有打算，利用迎接凱旋遺體事件大造聲勢，籠絡人心，使整個京城百姓及士兵個個對他們心生怨恨，豪溫家族、特男家族一聲不響地跟隨而去，重重打擊了帝家在人民中的地位。

虹傲這時候才感到情況不妙，要照這樣下去，京城就無人可用了，他趕緊命令森得攔住雪無痕，即使攔不住也要留下凱旋遺體，挽救局面。但雪無痕早有準備，三天前已暗中讓人先行，凱武將軍在傷心之餘，毅然扶靈而去，豪溫家族舉族西遷，先走一步，如今，雪無痕一點也不買森得的帳。

森得當然也想強留，但是他更知道雪無痕和藍衣眾的厲害，氣得臉色煞白，但他沒有這個實力，雪無痕說得對，森得還不行，還沒有這個分量，在京城，恐怕只有帝君和盛美公主有這個實力，他森得差得遠了。

森得瞭解，當初在路定城的時候，一萬兩千藍衣眾殺得映月一個騎兵軍團大敗而逃，森得當時就在場，況且，根據西面傳回的消息，嶺西藍鳥第一、二軍團、凌原軍團、青年軍團五十萬人馬全線向東推進，打著「迎接凱旋將軍英靈」的旗號，一路無阻擋，前鋒已經進軍六百公里，大戰一觸即發，要是真打起來，勝負不論，虹傲第一就得砍下他的頭。

森得望了眼遠去的雪無痕，心中充滿了欽佩之情，知道自己已經遠遠地落在雪無痕的後面了，怕永遠也追趕不上了，這就是人與人之間的差距，將與帥之間的距離吧，當下他圈馬而回。

天雷率領藍衣眾及凱文，三日後趕上凱武與雅靈等眾人，威爾、尼可也在，十萬餘人浩浩蕩蕩，一路扶靈西行，十天後，與秦泰率領的藍鳥第一軍團會合，二部人馬轉向望南城方向，來到邊原城時，衣特率領藍鳥第四軍團已經恭候在城外，眾人休息一日，大軍向望南城而去。

望南城內外，白幡招展，巨大的白色橫幅上書寫著「恭迎聖日民族英雄凱旋英靈西歸」的標語，民眾出城十里，站滿大路兩旁。西南郡、嶺西郡高級將領、城主親自迎接，騰越、比奧親自帶隊迎接老友遺體西來，儀式之隆重，待遇之高，令凱武、凱文、雅美雅、凱雅感激流涕，溫暖如春，更感到雅星、雅靈兄妹在嶺西人心中的地位，安慰不少，心頭的痛苦減少了許多。

凱武、凱文與騰越、比奧見面，互相安慰，眾人過來為凱旋遺體見禮後，迎入望南城內靈堂。靈堂寬大肅穆、莊嚴、氣派，令雅美雅滿意。

從此，凱武、凱文兄弟住在望南城內守靈，凱雅與母親住在一起，等待著雅星從雪月洲回來祭奠父親，以雪父仇。

嶺西郡出兵映月雪月洲，造成映月舉國上下群情激奮，一片譁然，民眾強烈要求帝國出兵收復雪月洲，青年紛紛要求加入軍隊，為國收復失地，聖皇月影的日子也不好過，他緊急發佈增兵令，調遣軍隊鞏固河防的同時，積極做好出兵收復雪月洲的準備。

由於雪月洲隔聖靜河天塹，出兵不是件容易的事情，需要增集木船，準備後勤等大量的物資，所以一直至八月才基本準備就緒，總計兵力約八十萬人，木船兩千餘艘，沿河一字排開，等待渡河。

聖靜河上游河道情況，映月軍部基本瞭解，各個渡口不用派人去，就打聽得一清二楚，生長在河邊的眾民紛紛要求加入渡河軍隊，幫助渡船，整個映月軍民信心大增。軍部對這次渡河作戰方案也反覆研究，多次推敲，最後確定了全線渡河的方案，報經聖皇月影同意，定於八月一日展開渡河作戰。

全線渡河作戰實際上是在八百里河岸的幾十個渡河點同時渡河，由於映月對河的情況瞭解得透徹，渡河點多，增加渡河成功率，減少傷亡，同時讓河南的佔領軍首尾不能相顧，方便迅速突破防線，展開作戰，但其缺點是兵力比較分散，攻擊力不強。

映月軍部計劃這個方案時，也有一定的民情方面的考慮，怎麼說雪月洲也是映月的國土，民眾當然希望本國收復國土，重新納入聖皇的統治之下，嶺西郡剛剛進入雪月洲不久，民情未穩，腳跟未定，如果民眾能夠稍加配合，加上比嶺西郡多一倍的兵力，相信不會有什麼太大的問題，雖然聽說嶺西進行了移民，但這是正常的事情，映月還向聖靜河北平原移民了呢，對戰局影響不會太大。

駐紮在雪月洲的雅星、驚雲、雷格、商秀等人當然知道映月會出兵渡河，所以也是加強河防，但八百里的河岸渡口情況不是全部瞭解，加上河邊三城剛剛收復不久，民心浮動不穩，雖經過商秀等人的鎮壓手段取得一定效果，但還是要嚴加防範，所以兵力駐紮在河邊的只有四個不整編的步兵軍團。

好在移民工作進展順利，移民量十分巨大，又採取雅星的二戶夾一，三戶連坐的方針，民團基礎好，效果較明顯，社會穩定。至八月，兩個多月的時間對於雪月洲的雅星來說十分寶貴，移民民眾迅速覆蓋了整個雪月洲，一百六十萬移民延伸到河岸地區，丈量土地，分田到戶，剷除地主，分發家財，安撫百姓，雖勞累過度，但相當取得實效。

正是民團的良好基礎，使雪月洲內節省了大量的兵力，從治安隊到尋查搜索殘餘勢力，民團逐漸承擔了大量的工作，各地的正規軍團士兵陸續回歸本部，至七月底基本到齊，加入到沿河防衛的隊伍中。

但無論如何，沿河八百里的防線四十萬兵力還是少了點，驚雲與雷格反覆研究，決定騎兵軍團不加入防衛工作，採取郡北會戰的方法，部署兩線，準備作爲反擊部隊使用，四個步兵軍團分別距離五十公里，後面配備一個騎兵軍團，閃電騎兵軍團爲預備隊。

但這次的沿河防守又不同與郡北會戰的部署，絕非誘敵深入，沿河阻擊強度大大加強，騎兵反擊距離大大縮短，強度增強了許多，力爭在河邊解決戰鬥。

八月二日清晨，在聖靜河上游地區八百里的河岸上，映月八十萬軍隊展開了全線的進攻，二千餘艘戰船一起渡河，白帆點點，聲勢浩大，兩百三十米寬的距離轉眼即至，映月士兵成批地登上河岸，把八百里的聖靜河南岸佈得幾乎滿滿的。

疾風、沈雲、驚雷、藍鳥第三軍團在河渡口與敵人展開了廝殺，首先，每個軍團百輛巨大的弩車對準河中的船隻，弩箭激射而出，穿透船上的士兵身體，一次幾人，在敵人剛剛靠岸時就消滅近半，敵人靠岸後，五千名中弩手、弓箭手引箭而出，一番射殺，最後上岸的敵人遭到步兵的反突擊，幾乎沒有一處成功，敵人全部斬殺在河上河岸。

但是，映月這次的渡河量大，且極其的分散，四處渡口只相當於其中的幾分之一，應有二十餘處被映月軍隊突破上岸，並迅速集結，向縱深發展，實在是令驚雲、商秀措手不及，好在二線有雷格的二十萬騎兵，迅速填補攻擊，起初，雷格、姆里、里騰等人以軍團為單位，向各個渡河點攻擊，每攻擊一處，映月軍隊一擊即潰，四下奔逃，以騎兵強大的攻擊力當然不是問題，但問題是敵人分散過大，不能造成全線的潰退，無奈之下，雷格迅速命令以兩萬人為單位，四處攻擊，情況才稍微好轉。

雅星掌握閃電騎兵軍團為預備隊，聽到雷格派人來彙報敵人全線渡河的情況，知道形勢不妙，一旦敵人深入內地，對移民的傷害過大，造成無法估量的損失。他迅速命令閃電騎兵軍團快速出發幫助反擊，又緊急通知各個村、鎮、縣民團做好準備，幫助打擊深入各地的敵人，保護自己，使各地民團快速組織起來。

民團平時的訓練和三戶連坐法，這時候顯示出了巨大的威力，幾十萬民眾被迅速組織起來，就連映月的民眾因爲害怕三戶連坐法也拿起武器，貧民的生活單純，誰對自己好就向著誰，嶺西佔領軍雖然是外族，但這段時間內，貧苦的百姓分到了土地，打倒了地主貴族，自己分有了財產，況且三戶連坐法中規定，每一戶受難，三戶共罰，全家斬首，所以百姓紛紛拿起武器，與映月軍隊展開了血腥的拼殺。

聖靜河在啼血，整個雪月洲在哭泣，河南百里內展開了血與火的絞殺，這時候，已經分不清楚誰是聖日族的移民百姓，誰是映月族的居民，他們團結在一起，用並不熟練的語言表達著相互之間的關愛，用手勢傳達著互相的關心，傳遞消息，表達天下百姓是一家的情懷，整個雪月洲彷彿就是一座熊熊燃燒的大熔爐，錘煉著苦難百姓的意志，錘煉著他們嚮往美好生活的激情、友愛，一隊隊映月軍被消滅，他們被整個雪月洲百姓燃起的大火所融化，被百姓的憤怒所嚇倒，被眼前的情景所征服，他們害怕了，迅速放下武器，混入百姓中。

雅星和驚雲、雷格、商秀等人也被眼前的情景所驚呆了，他們爲民眾的激情所感動，爲他們的善良所征服，到處是民眾呼喊著趕殺映月士兵的情景，到處是士兵放下武器的場面，映月士兵也是有父母親的人，他們都是貧民士兵，他們不願意殺害貧民，情願放下武器。

八月的雪月洲是鮮紅的，是激情的，是融合的，它激起百姓嚮往和平安定生活的願望，促進了民族的迅速融合。雅星審時度勢，宣布今年糧食稅收全部免除，對每一戶在戰爭中犧牲的人給予優厚的撫恤金，對領導反侵略的人給獎賞，大批的聖日族、映月族的英雄人物被推舉出來，得到了少量土地的獎賞，並對這樣的土地永遠免除稅收，世世代代享用。

百姓們高興了，雪月洲沸騰了，映月帝國害怕了。

聖皇月影接到渡河失敗的詳細消息，他百思不得其解，雪月洲是映月的國土，是映月的子民，爲什麼百姓會拿起武器，把自己的軍隊趕了出去，朝野的大臣們在哭泣，帝國的百姓不知所措，想不明白，短短的兩個多月時間，雪月洲的百姓們爲什麼會聽從聖日人的話，把自己的軍隊趕了出去，難道嶺西的雪無痕真的對百姓千好萬好，好得不得了嗎？

他疑惑，想知道答案。幾個月後，他知道是爲什麼了，如今的雪月洲沒有貴族，沒有地主，貧民百姓家家分到了土地，糧食自己吃，不用交租交稅，平民不再受苦了，這是他們在夢裏想要的生活啊。

雪月洲渡河戰役，映月損失軍隊四十餘萬，僅三十餘萬人退回河北，從此，映月國力大減，實力下降，遠遠地落在西星之後，聖皇月影大病一場，從此不敢提收復雪月洲之事，埋頭發展國力。

雪月洲百姓死傷十餘萬人，步兵軍團減員至十四萬，騎兵減員至十七萬，共計死傷軍民二十六萬餘人，取得保衛戰的全面勝利，奠定了雪無痕統治雪月洲的基礎。

大草原七萬勇士，永遠地躺在了雪月洲的土地上。

第十七章　銀月永存

天雷十月六日在望南城接到雅星傳回全面攻克雪月洲，移民工作基本結束，雪月洲聖靜河會戰全面勝利的消息，心情激動，當他瞭解到是雪月洲的百姓幫助擊潰映月軍隊的消息時，感慨萬分。如今，大草原、西南郡、嶺西郡和雪月洲連接在一起，形成一個馬蹄型環抱聖雪山周圍，像一輪彎月，他當即揮毫寫下「銀月洲」三個大字，令人送給雪月洲的居民，祝賀他們取得的勝利，祝願他們獲得新生，永遠幸福，同時，天雷傳令雅星即刻把事情交給驚雲，回轉嶺西郡。

銀月洲的全面勝利，驅散了望南城內豪溫家族人臉上的愁雲，在悲傷中感到了一絲的快樂和安慰，雅星這個家族長子建立如此偉業，不下於祖輩，在聖日如今的形勢下，更顯得尤其突出，凱武、凱文分別祭拜了兄長，告訴他這個好消息，雅美雅公主跪在自己夫君的靈前，流著淚水，告慰凱旋在天之靈，凱雅為自己的哥哥取得如此的功績而感到驕傲，為父親有如此的兒子更感到無比的榮耀。

既然有如此好的消息，況且雅星幾日後就將回轉，望南城內自然歡快了許多，氣氛也比較活躍，雅美雅臉上露出了些許笑容，凱雅看母親有了歡笑，更加的快樂。凱武、凱文兄弟知道這一段時間以來，大家都爲凱旋之事沒有過歡笑，得知這樣的一個好消息後，首先帶頭笑了起來，感染了周圍的人們，威爾、尼可過來爲天雷道喜。

「恭喜雪大哥！」

「呵呵，我看你們二人是眼紅了吧！這樣吧，你們以後和我一起幹怎麼樣？」

二人一起單膝跪倒：「謝雪大哥收留！」

「呵呵，起來吧，二叔，他們以後可跟我了，你可別心痛啊！」

「無痕，我還真有些捨不得，最近，北府軍到了許多，我還打算讓他們給我帶呢。」

「二叔，你是不是怕我虧待了兩位兄弟，多偏心啊！」

「呵呵，無痕，就你想得多，算計人還不想吃虧，那有這樣的好事！」

凱武、凱文兄弟心痛兄長凱旋身死，威爾、尼可兄弟跟隨在凱旋身邊，多照顧凱旋生活，臨死傳迅，保護家族的安危，實有恩於豪溫家族，況且，二人也是不可多得的人才，這才向天雷開口，隱含著多加照顧重用之意，天雷那裏會聽不出來，而且，威爾和尼可是他的同學，一同與映月西星比過武，共同會戰過路定城，二人的才藝天雷當然知道，今天實在是多得了二員虎將，他高興還來不及。

「兩位兄弟，我看最近你們比較清閒些，給你們找點活幹怎麼樣？」

「聽憑雪大哥吩咐！」

「別，別這樣，我們可是會戰過路定城的兄弟，這樣吧，楠天！」

「在！」楠天推門進來，後面卻跟著衣特。

「衣特，你來得正好！」天雷起身，拉著衣特的手神秘地說道：「衣特，我告訴你個消息，從北府軍來了許多的老兵，他們作戰經驗豐富，見識廣，不趕緊挑個千八百人，恐怕就讓他們兩個挑走了，最好趕緊行動！」

「謝謝大哥，我趕緊去辦！」衣特大喜，向凱武與威爾、尼可擠了下眼，轉身快速而出。

「呵呵，我說怎麼樣，無痕算計人，不露聲色，談笑間讓你就範。」

「別，三叔，我可沒有得罪你啊！」

「呵呵……」眾人大笑。

「威爾、尼可，剛才說什麼來著？」

「雪大哥要給我們找點活幹。」

「對，就是這事，我說威爾、尼可啊，這事可非你們莫屬。」

「不知道雪大哥有什麼事情吩咐，我們兄弟萬死不辭。」

「行！」天雷向二人點了下頭，轉過頭對著凱武說道：「二叔，我看他們最近也沒什麼事情做，就幫我帶帶第一軍團如何？」

「呼！」凱武把剛喝進的一口茶噴了出來，他看著天雷說道：「第一軍團？」

「是！」天雷點頭確認。

「無痕，他們兄弟恐怕還帶不了第一軍團吧？」

「我想試試！」天雷對著威爾和尼可說道：「第一軍團一直由我擔任軍團長，我很懶，沒什麼時間訓練，但第一軍團卻非同小可，它有一個五萬人的重步兵營，一個五萬人的槍兵營，還有一個戰車營，其中有一萬盾牌手、兩萬中弩手、兩萬刀手，還有一千輛弩車，萬名弩車手，另外還有一個攻城營，如今在路定城，共十個大隊，每隊有八十輛攻城車、八十輛投石車、二百架雲梯以及無數車輛，全軍團二十餘萬人。」

他看了眼吃驚的眾人，接著說道：「第一軍團必須是鋼鐵軍團，你們二人過去，不分主次，怎麼管理我不管，我只看結果，明年開春後我要驗收！你們把會的好東西教給他們，把你們不會的東西學會，要熟悉新型的戰術戰策，各種裝備的使用、配合，要會打仗，打好仗，讓第一軍團永遠是無敵的軍團，你們明白嗎？」

「雪大哥，我們……」

「不要多說，出去收拾收拾，立刻出發！楠天，你親自把他們給我送到第一軍團，告訴那些悍將們好好聽長官的話，多學習長官教給的東西，不要出什麼事情，開春後，我要驗收第一軍團。」

「是！」

看著幾個人出去，天雷哈哈大笑地說道：「事事有人管，本人多清閒，妙，妙，妙。」

凱武凱文兄弟相對一笑，心理感激天雷的同時，也為他談笑間收用兩位勇將的手段所感歎、佩服。

「無痕，我看你是派人幫忙的同時讓他們學習學習吧！嶺西郡畢竟不是他們所熟悉的地方，部隊有所不同，在鍛煉部隊的同時鍛煉他們，並讓他們與各位將領認識，提高他們的地位，一舉多得，好辦法。」

「我就知道瞞不過兩位叔叔的眼法，三叔，威爾、尼可我還算了解，是不可多得的人才，能到嶺西第一兵團效力，是無痕的福氣，我絕對不會埋沒人才。」

「好啊！」

「說實在話，叔叔，一直以來，我對嶺西郡還不是十分的放心，特別是這次進入京城，嶺西郡只剩下秦泰和越劍兩個人，他們雖說很好，但絕對不是擔當大任的好人選，如今二叔前來，無痕總算可以鬆了口氣，放開手腳，嶺西郡今後有二叔坐鎮，絕對不會有問題。」

凱武點頭說道：「二叔別的本事沒有，但幫助你守好家相信還沒有什麼問題，有秦泰協助我就行，你們儘管做你們的事。」

「我們就這麼說定了，三叔，恐怕以後無痕要多多聆聽你的教悔了。」

「無痕，不要這麼說，三叔盡力就是。」

傍晚時分，天雷和凱雅走在郊外的小路上，享受著兩個人的世界。很長時間以來，他們都沒有像今天這樣的清閒、舒暢，凱雅看著遠方，癡癡地感受溫情的美好和幸福，體會著天雷帶給她的無限溫馨，二人依偎在一起，漫步在悄悄爬起的月光下。

往回走的時候，天雷對著凱雅說道：「凱雅，過些時候雅星大哥回來後，我想出去走走，恐怕不能帶妳一起去，妳可別多心啊！」

「大哥要出去嗎？」

「是，中原大戰正酣，我們只與映月對壘過，西星、北蠻和東海的軍隊我還沒有見識過，這對我們十分不利，我想趁現在還有些時間，到中原各處去看看，作到知己知彼，百戰百勝，這樣可以少死許多士兵。」

「我明白，大哥！」

「謝謝你，凱雅！」

「大哥，你別這麼說，凱雅能跟隨在大哥身邊，真的好幸福。」

「我也是！」天雷點了點頭。

半個月後，衣特、楠天代表天雷親自到嶺西關外迎接雅星，隆隆的禮炮聲響徹雲霄，響遍嶺西關內外，嶺西郡老百姓都出城迎接他們心中的英雄，彩旗分飛，呼喊聲響遍關內外，雅星爲嶺西郡人民的熱情所感染，滿面春風，在馬上打著招呼，一路向望南城而來。

其實，雅星的心裏也十分的奇怪，嶺西的將領都在凌原城一帶，天雷在望南城幹什麼，一定是有事情發生了，但衣特和楠天都沒有說，他也不好問。到達路定城的時候，雅靈也不在，只有兀沙爾出來與自己會合，略微休息，眾人向望南城而來。

路定城距離望南城有一百餘公里，是通往中原的要道之一，藍衣眾駐紮在這裏。里斯、布萊、落德、卡斯四個小兄弟帶領著槍騎營的兄弟和部分重劍營、刀騎營的兄弟一路護送雅星向望南城，路上氣氛略微有些沈重，兀沙爾雖然與雅星有說有笑，但極力避免與雅星說起天雷的事情，雅星感到一定是出了大事情。

中午過後，眾人快馬來到望南城外，西門處人潮洶湧，熱鬧非凡，距離大老遠，歡迎的禮炮聲就可聞，一個一個的快馬探子穿梭不絕，傳遞著雅星等人的位置，顯示出訓練有素，兩排歡迎的人群排在路的兩旁。到達城門樓口，天雷立在人群前，左右旁邊緊挨著凱雅、雅美雅、凱武、凱文等人，雅星在人群中看見了家人，特別是母親，身帶孝，頭插白花，心頭頓時一緊，感到不好。

雅星滾身下馬，快步進前，天雷遠遠地張開雙臂，大聲說道：「歡迎我們的英雄雅星歸來！」

雅星來到天雷的身邊，兩人頓時擁抱在一起，天雷高興地說：「大哥，辛苦你了！」

「無痕，別客氣，應該的。」

凱武看見兩人分開，跨前一步說道：「雅星，好孩子，不愧是豪溫家族的子弟，沒有墜了你父親的威名。」說完，兩眼落淚。

雅星跪倒在地，面向兩位叔叔磕頭，凱文扶起雅星，流著眼淚說道：「好孩子，大家都在爲你高興，你是家族的驕傲！」

「謝謝叔叔的誇獎！」

「過去見見你母親吧！」

「是！」雅星來到雅美雅公主的身前，跪倒在地，大聲說道：「不孝兒雅星給母親磕頭了。」

雅美雅自從看見雅星第一眼起就開始在落淚，心中又是高興，又是難過，回想起她們夫妻從小就少與雅星住在一起，少於教育，如今雅星成名為聖日民族的英雄，少年有為，替父親爭光，想起凱旋，她失聲痛哭。

「雅星，我的兒！」

雅美雅緊緊地抱住雅星，淚水滾落在雅星的臉上。

雅星也是落淚，他近四年沒有見過母親，很是思念，如今雖然看見了母親，但身在嶺西，家中長輩全在這裏，沒有驚天動地的大事情是不會這樣的，況且母親身帶重孝，他一想就感到害怕。

「母親，妳這是……」

雅星眼盯著母親的孝裝，遲疑地問。

「你父親，他……他去了。」雅美雅抹了把淚，沈重地回答。

雅星楞楞地問道：「父親去了，父親去了，母親，是父親去了嗎？」

「是的，雅星！」

「父親！」雅星抱住母親，失聲痛哭。

凱武來到母子面前，拉起雅星說道：「雅星，你先不要哭，快進城拜祭你父親吧。」

「二叔，父親在這裏嗎？」

「是，就在城裏，等著你回來呢！」

雅星大喊一聲：「雅靈，頭前帶路！」跨步向城內走去。

凱雅抹了把淚水，搶在哥哥的前面，引著雅星向凱旋的靈堂走去，眾人跟隨在後，不久，來到靈堂的外面，就聽見兄妹兩人的哭聲，眾人止住腳步，豪溫家族的長輩向內走去，頓時，哭聲四起，響遍城內。

雅星換好孝服，來到凱武面前，語氣沈重地問：「二叔，父親是怎麼死的？」

凱武和凱文一起，把凱旋血戰河平城，孤軍奮戰三餘日，二殿下虹傲不肯派兵，以至於城破身亡，威爾怎樣突圍，傳遞消息，凱武撤軍，騰輝相助，雪無痕千里奔喪，索要遺體，跨河搭建浮橋，抬棺過河，扶棺而回，帝君及二殿下從未露過面，森得追棺，嶺西全軍出動，迎接凱旋遺體西歸等等事情的經過一說。雅星聽得恨處咬牙切齒，聽得京城民眾及嶺西軍民齊出，熱血沸騰，爲父親得民眾如此愛戴而高興，爲帝王家如此相待而難過，爲虹傲追棺而切齒，爲雪無痕的恩情所感動。

最後，凱武沈聲說道：「雅星，無痕的恩情你永世也報答不完，嶺西的恩德，豪溫家族世世代代也不敢相忘，你要記住：把你的一生獻給無痕，獻給嶺西的民眾！」

「是，二叔，父親有什麼遺言？」

「大哥告訴你：要好好奉養你母親，輔助好無痕！」

「叔叔，雅星記住了，恩恩怨怨雅星點滴也不敢相忘！」他起身向外走去。天雷及所有將領等候在外，聽見雅星的腳步聲響一起向門口處望去，就見雅星一身重孝，腳步沈重，滿臉的悲傷。他來到天雷的近前，雙膝跪倒在地：「雅星拜謝無痕大恩！」

他又對著眾人磕頭道：「雅星謝謝各位的恩情！」說完落淚。

天雷趕緊扶起雅星，說道：「大哥，你不要這樣，盟父去逝，大家都很難過，你要節哀，奉養好盟母大人。」

「謝謝！」

當天夜裏，雅星跪在父親的靈前放聲大哭，一會兒又仰天長笑，豪溫家族的人聽見雅星的哭笑聲都來到靈堂相勸。雅星看著拉住他的二位叔叔，悲傷地說：

「叔叔，我不是爲父親的過世而難過，而是爲豪溫家族償還聖日家族的恩情所高興，祖父大人、父親大人用鮮血償還了聖日家族的恩情，兩代人用生命報答了倫格帝君的知遇之恩，從此後我們兩不相欠，我好高興啊，好高興！」

「雅星，你別這樣！」

「叔叔，你們放心，我沒事，放下了負擔，如今剩下只有高興而已，償還了聖日家的恩情，心頭敞亮了許多，今後只跟隨無痕掃平天下，爲萬民造福而已。」

「雅星，你有如此的壯志，祖輩都會爲你驕傲，以後，豪溫家族就交給你了！」凱文激動地說。

「我們願跟隨少主人。」

「好，雅星就當仁不讓，要讓全天下的人看看我們豪溫家族的智慧與力量，讓聖日家看看放棄豪溫家族子弟兵的後果，今天，雅星在父親大人的靈前起誓言：一生一世跟隨無痕，掃平天下，造福萬民！」

「跟隨雪無痕，掃平天下，造福萬民！」眾人在凱旋的靈前，一起立誓。

雅美雅公主站在一角，看著眼前的一幕，知道聖日家族永遠地失去了豪溫家族，永遠地失去了雅星這個當世傑出的英才，虹日、虹傲放棄了凱旋，就如同放棄了整個豪溫家族，放棄了帝國大廈的砥柱，她看著雅星，又是高興，又爲聖日家族而難過。

此後，雅星就住在望南城，爲父親守孝，管理嶺西郡的各項事務，全力協助雪無痕。豪溫家族的子弟也陸續走上各自不同的崗位，管理嶺西，爲嶺西人民造福，而年輕的子弟如凱武、凱文的二個兒子雅安、雅興跟隨在雪無痕的身邊。

凱文自從把家族的擔子交給雅星後，心頭輕鬆了許多，平時無事，多與天雷在一起。天雷多向凱文請教，以師待之，凱文也誠心教導，兩人漸漸走得近。

清晨的空氣有些涼爽，十月底的天氣裏帶著絲絲秋天的清涼，天雷和凱文漫步在郊外的小路上，扯著話題，並不感覺拘束。

「如何才能統一天下？」

「興帝王業而統一天下。」

「何爲興帝業？」

「興帝王業重爲力、法、德。」

「何爲力、法、德？」

「興軍事爲力，有強大的軍事爲後盾，武力征伐天下，爲成霸業；以法制治理天下，爲明業，百姓守法則事明，事有律可尋，民有所依，事事明則業興，此爲明業；以德治理天下，教化萬民，使百姓守法、守禮，寬厚待人，處處以德，人人以德，則萬業興，此爲聖業。霸業、明業、聖業結合在一起，此爲萬世之帝王業。」

天雷沈思有頃，又問：「當今天下，如何？」

「大陸混戰，聖日如腐朽大廈將傾，子孫不知守業，嫉妒賢能，排除異己，自相殘殺，爭帝王位，滅亡在即；映月明強暗弱，征伐中原，經嶺西郡多次打擊，已經落後，已不足慮；北海國小，無實力可言，北蠻雖強橫，但人少，民不過百萬之眾，一戰可勝；南彝散亂，不善大戰，爭霸中原不行，只有西星與東海成為心腹之患。西星國強，以武立國，民雖為兵，個個高手，暗弱實強，況且雄兵百萬，高手如林，兵源取之不盡，不滅不敗；而東海雖不善陸戰，但中原人也不善水戰，況且，東海沃野千里，人多海闊，國富民強，實不可等閒視之。如伐中原，聖日必先滅，七王先去其一，再鼓動混戰，減弱實力，然後，南定中原兩河之間，擁半壁江山，後整合東海，北平北蠻、北海，最後征伐西星、映月，天下可定。」

「叔叔說得太好了，無痕雖無爭霸天下之心，但師父教誨，時刻以挽救天下黎民百姓為己任，只好略盡綿薄之力。」

二人順小路往回走，不久來到大路旁，就見一出家老尼站在路邊，凝視著走近的二人，嘴裏緩緩說道：「兩位施主人中之龍，中原明珠初現，這位小施主身含帝王之氣，不知尊姓大名？」說完呵呵一笑。

天雷和凱文聽老女尼一說，心吃一驚，齊向前看，就見她一身布衣，手挽拂塵，兩道白眉，一雙慧眼，臉帶慈祥的笑容看著二人。

天雷知道必是世外之人，趕緊回話：「小人雪無痕！」

「小人凱文！」

「果然是你們。」老尼點頭。

「不知前輩如何稱呼？」

「貧尼天月。」

「天月大師？」天雷吃驚地問。

「是的，你師父可好？」

「師父三年前飛升了！」

「他果然做到了，好大的福氣。」

「是，師叔！」

「我問你，明月何在？」

「聖雪山，藍鳥谷。」

「哼！」天月大師哼了一聲，緩緩說道：「我看你神罡已成，秋水神功已達天地之境界，含而不露，只不知武藝如何？」說罷手中拂塵向前一指，如利劍一般直指天雷胸前。

三人相距有二丈，凱文只感覺眼前一花，拂塵已指向天雷，他跨前一步，被天雷扯向身後，天雷躬身說道：「師叔指點小侄武藝，小侄獻醜了。」

天月大師手中拂塵一轉，回歸手中，安然不動，口裏說道：「好！」

天雷雙手結印，掌心向下，他跨前一步，右手小指向前一彈，一絲罡風如飛而出，空氣聲絲絲作響，第一次使用天王印訣。

「覆地印訣！」天月兩眼神光暴射，不敢怠慢，手中拂塵向前一指，化去一綹指風。

天雷雙掌向前一翻，掌心紅光暴漲，身體快速向前移動。天月大師手中拂塵圈起層層波瀾，向外推出，兩人在三尺距離相遇，一股巨大的氣流向四方飛射，沈悶的聲音輕響，兩人各向後退出幾步。

「好，貧尼幾十年沒有動手，今日遇天王印訣神功，不虛此行。」天月大師說完，身體急向前轉，飛射空中，手中拂塵向下圈起圈圈的氣光圈，一綹如利劍般的塵尖向下急射。

天雷雙手在胸前印出片片印跡，斗大的印痕向上層層托起，他雙掌向天，印訣中金黃色的光暴漲，向天印上。

「好，翻天印決！」

天月大師手中拂塵化爲飛絮，如雨點般飛落，根根如劍。

天雷身體在下急轉，雙手十指連彈如雨，與塵絲根根相對，彈起無數的銀雨後，身體急退，天月大師穩穩落地，雙眼凝視著他。

「你們師徒得到了天王寶藏了？」

「是，師叔！」

天月大師點了下頭，緩緩說道：「傳說得天王寶藏者可得天下，得天王印者可爲王者，你可是得到了天王印？」

「是，師叔！」

「哈哈，天意如此，豈可強求，望你上體天心，下撫黎民，平定天下，爲四海造福，你好自爲之。」說完，天月大師身如灰色的大鶴一般，憑空拔起，向西緩緩飛去。

凱文長出了口氣，抹了把頭上的冷汗，他第一次見識到了天下間如此的高手，有驚天動地之能力，怎能不怕。

天雷收回遠望的目光，對著凱文說道：「叔叔，我們走吧！」

「無痕，大師說得是真的？」

「是，還望叔叔守密。」

「我知道。」

天月大師出映月圓月教，經銀月洲到嶺西望南城，後轉至聖雪山藍鳥谷，看見明月公主帶著孩子在玩耍，心下安慰，從此轉回圓月教，不理俗事，苦心修煉，十年後飛升。

十一月嶺西郡少了份熱鬧，多了些許平靜，沒有了大批的移民百姓，一切彷彿恢復了正常，只有那些朝氣蓬勃的年輕人，熱情如火地投入到自己的工作中。如今的嶺西郡到處都能看見短人、草原人、映月族人的身影，彷彿他們就是一家人一樣，在同一塊天地間安詳地生活、勞作，用自己一雙勤勞的手，爲生活而奮鬥、忙碌。

一段時間以來，天雷很忙，一方面向凱文學習請教，另一方面爲到中原各處戰場走走做準備。自從中原大戰以來，嶺西郡只與映月人交過手，從高級將領到軍官、士兵都產生了一種驕傲和自滿的情緒，有些人甚至要求天雷出兵中原，參與中原爭霸，天雷的內心對這種現象十分擔憂，他多次召開了各級將領會議，認真分析總結前一段時間嶺西郡勝利原因，尋找自身存在的不足，要求各級軍官認真檢討，多向北府軍老兵學習，加強自身訓練，同時在軍隊中開展廣泛而深入的批評與自我批評教育，統一思想情緒，開展學習軍事活動與大練兵活動。

正是各級將領的自負，天雷對嶺西郡的擔憂從而產生到各處走走的想法，他認爲西星帝國士兵武藝高強，訓練有素，那麼到底作戰力如何呢?北蠻人強橫，東海聯盟士兵的飛鷹戰隊神秘，南彝戰象隊所向無敵，屢戰屢勝，自己不親眼見識一下將來作戰就要吃虧，就要多犧牲士兵的生命，他要做到心中有數，先去出去看看，他把這種想法與大家一說，雅星、秦泰等人也認爲十分必要，但天雷提出自己去看看，卻遭到大家的一至反對。如今中原戰局混亂，危險大，天雷作爲主將實在不宜親自出馬，經過他反覆的解釋，列舉許多理由，最後大家勉強同意，但也要帶人前往。

大家一致認爲凱文與兀沙爾一同跟隨天雷前往，兩人欣然同意。兀沙爾兩年多來在路定城休養，把嶺西郡的一切變化看在眼裏，記在心上，對於六十餘歲的兀沙爾來說，人生變化無常他體驗得非常的深刻，如今他孤身一人，內心實在沒有什麼欲望，只有天雷的恩情沒有償還，近二十萬兄弟放不下。兩年來，他把自己的一切都獻給了兄弟們，幫助他們建立新家園，訓練他們不要放棄武器，自己要保持強大的戰鬥力。這些映月士兵都是平民出身，吃苦耐勞韌勁大，平時訓練刻苦，加上他們本身就是正規軍團的士兵，所以依然保持著一定的戰鬥力和戰鬥欲望。

兀沙爾一生作戰無數，身經百戰，其實爲人十分狂妄，近年來兩次敗於天雷之手，內心深受打擊，後全家被斬，傷心欲絕，經過天雷兩年的相伴、關心，慢慢地撫平他身心創傷。在天雷身邊的時候，他親眼看到了嶺西軍民的團結，互相友愛，體會到了一種深深的親情關係，而這種關係，是他一生所追求而沒有實現的，他體會這種生活，融入在嶺西的生活中，他要看著天雷一步一步創造一個又一個奇蹟，跟隨他的腳步，見證戰爭歷史的新篇章，不管成功與否。

天雷這次前往中原，不是作戰，而是觀戰，所以不需要帶兵，他本想只帶幾個隨從與參謀，但是，雅星等人說什麼也不同意，最後，只好決定帶二千藍衣眾。雅星叫楠天到騎槍營挑選出兩千士兵，又從重劍營挑選出三百人爲衛隊，但騎刀營也要去，沒辦法，楠天又挑選出兩百人，一共二千五百人組成五個五百人隊，分別由他和里斯、布萊、洛德和卡斯率領，保護天雷的安全。

請續看《風月帝國 3》

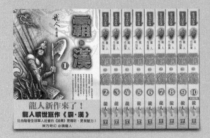

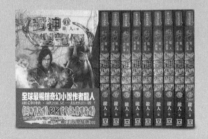

風雲時代